Für Uwe Frey, den Komponisten,
Hesse-Reanimator, Freund.

Mit heißem Dank an Karl Schempf,
den versierten Gastgeber der Klosterpost und
der Klosterschmiede zu Maulbronn.

Lindemanns Bibliothek
Literatur und Kunst im Info Verlag
dieser Band herausgegeben von
Constanze und Thomas Lindemann
Band 158

Titelfoto: Thomas Rebel
Redaktionelle Mitarbeit: Kurt Fay
Gedruckt von HIRSCH GmbH...Printmedien

Bibliografische Information der Deutschen Nationalbibliothek
Die Deutsche Nationalbibliothek verzeichnet diese Publikation in der Deutschen Nationalbibliografie; detaillierte bibliografische Daten sind im Internet über http://dnb.d-nb.de abrufbar.

Käppelestraße 10 · 76131 Karlsruhe
www.infoverlag.de

ISBN 978-3-88190-676-0

Johannes Hucke

AQUA ASINI

MAULBRONNER ESELSWASSER

Eine Kriminalerzählung
zwischen Kraichgau
und Stromberg

Lindemanns Bibliothek

Johannes Hucke, geboren 1966, hat mit seinem „Kraichgauer Weinlesebuch" (2007, 2. Auflage 2009) die Landschaft zwischen Schwarz- und Odenwald vinologisch erschlossen. 2010 folgte der Kraichgau-Krimi „Rotstich" (2. Auflage 2010), 2011 ein Krimi zu Peter und Paul, „Die Brettener Methode", sowie der Weingutskrimi „Frühlingsfahrt". Als Theaterautor ist er erfolgreich u. a. mit dem Wein-Theaterstück „Kellersequenz". Weitere Veröffentlichungen im Info Verlag: „Bergstraße Weinlesebuch" (2. Auflage 2012), „Südpfalz Weinlesebuch" (2009), außerdem mit Holger Nicklas „Strafraum", ein KSC-Krimi (2. Auflage 2010) und „Totland", KSC-Krimi Nr. 2 (2010), die Unternehmensgeschichte „Das Beste aber ist das Wasser" (2010), „Frankfurter Stückchen. Ein Märchen aus der neuen Altstadt" (2010), „Neckarstadt Western. Der durchgeknallte Mannheim-Roman" (2010), „Libellen greifen selten zu Labello", Gedichte (2010) und Mitherausgeber der Karlsruher Kindergedichte „Wo ich hingeh, geh ich hin" (2011).

Der ist der Herr der Erde,
wer ihre Tiefen misst
und jeglicher Beschwerde
in ihrem Schoß vergisst.

Wer ihrer Felsenglieder
geheimen Bau versteht
und unverdrossen nieder
zu ihrer Werkstatt geht.

Er ist mit ihr verbündet
und inniglich vertraut
und wird von ihr entzündet,
als wär sie seine Braut.

Die mächtigen Geschichten
der längst verflossnen Zeit
ist sie ihm zu berichten
mit Freundlichkeit bereit.

Der Vorwelt heilge Lüfte
umwehn sein Angesicht,
und in die Nacht der Klüfte
strahlt ihm ein ewges Licht.

Sie mögen sich erwürgen
am Fuß um Gut und Geld,
er bleibt auf den Gebirgen
der frohe Herr der Welt.

(aus: Novalis, Der ist der Herr der Erde)

Der ist der Herr der Erde, wer ihre Tiefen misst ...

Mit der Notfallaxt schlägt sie die Gipswand ein. Die letzten Splitter werden nach innen getreten. Dann ist der Weg frei. Was sie durch die Staubwolke zu erkennen glaubt, widerspricht sämtlichen Erfahrungswerten aus zwanzig Jahren Dienstpraxis; zweifelnd schiebt sie sich durch die Lücke – und prallt sofort zurück. Es ist ein Schrei, der im Halse aufsteigt, aber nur als Japsen aus den Lippen dringt. Unwillkürlich greift sie nach der Hand ihres Kollegen – eine zwischen den beiden ganz und gar unübliche Geste.

„Da ... das da ..." Mehr bringt sie nicht heraus.

Dem Kollegen ergeht es nicht besser. Er schaut durch den Spalt. Mit dem Handgelenk schützt er sich vor dem grellen Anblick. Stolpert zurück. In seinem Antlitz mischen sich Schreck und Staunen; ungeschützt, hilflos im Anblick des Nieerlebten, formt sich seine Mimik zu einer urmenschenhaften Blödigkeit.

„Oh! Das kann nicht sein ..."

Die beiden schauen einander an, versuchen durchzuatmen. Kopfschüttelnd starten sie einen zweiten Versuch, verschwinden nacheinander in der gewaltsam zustande gebrachten Öffnung. – Der Geruch hatte sie hinabgeleitet: bittersüß, tropisch, wie von sehr weit her.

Auf die Frage, ob unter dem Keller noch ein zweiter Keller sei, hatte der Marktleiter nur gegrinst und beinahe beleidigt geanwortet: „Also, wenn das der Fall wäre, müsste ich das wohl wissen, oder?"

Den entscheidenden Tipp hatte der Ortsvorsteher gegeben. Uli Briegel entgeht wenig, eigentlich nichts, was in Weißlettenheim, dem Zweieinhalbtausend-Seelen-Örtchen nahe Maulbronn, vom Morgen- bis zum Abendrot so vorgeht. Durch gezielte Beobachtung verdächtiger Kreise und anschließende ausgesprochen clevere Reflexion war es Briegel gelungen, eine zunächst absurd erscheinende Theorie zu konstruieren. Mehrmals musste er beim zuständigen Dezernat vorsprechen, bis man schließlich nachgab und eine Untersuchung einleitete.

Der Sparkauf-Markt, in den Siebzigern anstelle der alten Kelter errichtet, kann sich nur aufgrund seiner zentralen Lage gegen die Konkurrenz der Discounter in den Gewerbegebieten behaupten. Lediglich die ungeheuer hohe Stromrechnung bringt seit geraumer Zeit die Bilanz durcheinander. Dem neuen Marktleiter ist das sofort aufgefallen; eine Erklärung fand er allerdings nicht. Da half nur noch ein Gespräch mit dem Ortsvorsteher Uli Briegel, der bei seinem täglichen Dorfrundgang auch „seinen“ Supermarkt nicht verschont.

„Wie“, so hatte Briegel gemutmaßt, „wie, wenn euch einer anzapfe würd, hm? Also illegal, in großem Stil? Verstehsch?“

Dem Marktleiter erschien das kaum möglich. Auf der anderen Seite war ihm diese Variante sympathisch; denn das hieße ja, ihn selber träfe keine Schuld, mehr noch: Er könnte sich bei der Bezirksleitung als unerschrockener Problemlöser aufspielen ...

Die Hände zum Schutz gegen den Lichtschwall über die Augen haltend, versuchen Melina Chiaramonte und Ulf Schreyvogel sich einen Überblick zu verschaffen. Der Raum unter dem Keller des Supermarkts weist die Ausdehnung eines aristokratischen Tanzsaales auf. Die hintere Wand ist nicht zu erkennen. Eine professionell installierte Holzkonstruktion aus schweren Balken stützt die Decke ab. Lange Reihen von Tageslichtlampen erhellen eine Plantage, einen Urwald, einen Kontinent aus spitzblättrigen, zart gezackten Marihuanapflanzen. Der Geruch ist so intensiv, dass die beiden Entdecker unwillkürlich durch den Mund atmen. Die feuchte Wärme verstärkt die narkotische Wirkung. Noch einmal greift die Beamtin nach ihrem Kollegen, lässt ihre Hand auf seiner Schulter ruhen. Jetzt denken beide das Gleiche: So etwas Großes haben sie noch nie gesehen, geschweige denn im Namen des Drogenschutzgesetzes aufgestöbert.

Ulf spricht es aus: „Meh ... meh hän se auch net in Sri Lanka."

„Bestimmt nicht", gibt ihm Melina recht. „Die wären neidisch!"

Fassungslos durchstreifen die beiden Spezialisten die Pflanzreihen, langgezeilte Hochbeete, bestens gepflegt, edelste Sorten, hochwirksam, die Hälfte davon harztriefend, zur Ernte bereit. ... Immer wieder stoßen die zwei, denen im Verlauf ihrer Karriere schon mancherlei Erzählenswertes widerfahren ist, Laute des Erstaunens aus. Die am häufigsten benutzte Vokabel ist „nee".

„Meinst du, hier ist jemand?", flüstert Melina.

Ulf zuckt die Schultern: „Platz, um sich zu verstecke, wär für e ganze Mannschaft."

Vorsichtshalber behält Melina die Dienstwaffe in der Hand, schaut unter die Beete, arbeitet sich zwischen den Blättern durch bis zur rückseitigen Wand. Leise nicken die Pflanzen, wo sie hindurchschreitet, schließen hinter ihr den grünen Vorhang. Auch Ulf Schreyvogel durchkämmt nun die unterirdische Anbaufläche; systematisch sucht er sämtliche Gänge ab. Auf der einen Seite, exakt bis zum Hauptgang, stehen die Pflanzen hoch, auf der anderen wachsen, frisch pikiert, winzige Blättchen. „Antizyklisch", kommentiert der erfahrene Mann das Verfahren: Dem Besitzer dieser unterirdischen Cannabis-Farm wäre es vergönnt gewesen, sowohl im Frühjahr als auch im Herbst, zur tatsächlichen Reifezeit, die Blüten einzubringen. Wer weiß, seit wie vielen Jahren er das Verfahren hier unten schon anwendet ...

„He! Komm mal!"

Offenkundig hat Melina noch etwas entdeckt. Vergeblich versucht Ulf, sich den klebrigen Blütensaft von der verschwitzten Jacke zu wischen. Das Tropenklima macht ihm zu schaffen.

„Da. Das müsste es sein."

„Was?"

„Der Zugang."

„Wohin?"

„Denk doch mal nach: Unser Hanfbauer ist wohl nicht jeden Tag durch den Supermarkt hier runterspaziert ..."

Ein Holztürchen, wie man es in Baumärkten zu kaufen bekommt, fachgerecht eingebaut, befindet sich zwischen zwei Pyramiden aus Eimern mit Pflanzerde. Ein Blickwechsel verhandelt die Frage, ob man lieber Verstärkung hinzuziehen solle oder nicht. Melina Chiaramonte entscheidet sich dagegen und drückt die Klinke. Nicht abgeschlossen. Gefasst auf weitere an den Grenzen des Verstandes rüttelnde Wahrnehmungen, schalten die beiden Fahnder ihre Stabtaschenlampen ein und betreten einen schmalen Gang, der, einem Bergwerkstollen gleich, sachte ansteigend durch das Erdreich führt. Auf einmal wird es hell.

Melina hat einen Lichtschalter gefunden. „Kannst die Lampe ausknipsen. Hier hat einer für alles gesorgt."

Bei Licht besehen, erweist sich der Stollen als ein mit Dämmplatten isolierter, sauber und perfekt in Schuss gehaltener Zugangsweg. Die Beamtin schlägt die Hände vors Gesicht, als sie einen Bilderrahmen entdeckt, der die liebevoll gefertigte Kohlezeichnung einer Cannabis-Staude enthält.

„Des isch meh wie en Hobbykeller", lässt sich Ulf vernehmen. „Bin mal gespannt, wo wir rauskommen."

„Und ich erst", wirft die Kollegin ein und setzt die Inspektion fort. „Wir müssten jetzt ungefähr unter der Straße sein. Hörst du was?"

„Ja. Audos. Aber von unte. Vorsicht, dort vorn!"

Schreyvogel hat Treppenstufen ausgemacht, die in schummeriger Beleuchtung nach oben ansteigen. Vorsichtig schieben sich die beiden den Gang entlang und tasten die Treppe hinauf. Wiederum gelangen sie an eine Tür. Wieder unverschlossen. Chiaramonte öffnet, kommt aber zunächst nicht weiter. Etwas Dunkles hängt davor. Bei näherer Betrachtung entpuppt sich der das Türchen verbergende Behang als handgeknüpfter Wandteppich. Ulf und Melina stehen mitten in einem überaus behaglich eingerichteten Wohnzimmer, besser: in einer Art Raucherkabinett für Grasfreunde, bestückt mit zahlreichen Utensilien von eindeutigem Verwendungszweck. Auch hier beherrscht der Duft der alten Kulturpflanze die Atmosphäre, wenngleich in verbranntem Zustand. Schwere Schwaden durchziehen den Raum. Die Fensterläden sind halbverschlossen, lassen eben genug Tageslicht herein, um Wasserpfeifen, indische Lampen, lederne Sitzhocker mit Goldmuster, aufwändig verzierte Kissen und ein Glastischchen voller Aschenbecher, Papers und Holzpfeifchen kenntlich zu machen.

„Wenn ich noch lang hier drin bleibe, fang ich entweder an zu delirieren oder zu kotzen." Melina verdreht die Augen.

„Tja, des könnt passiere", erwidert Schreyvogel. „Vielleicht isses im Flur ja besser."

„Warten wir, bis die Wühlmaus nach Haus kommt?"

„Ob i des durchhalt?"

Als sie ins Treppenhaus tritt, atmet Melina durch. „Sagst du Bescheid?"

Ulf zückt sein Funkgerät: „Was soll i denn sage?"

„Keine Ahnung, lass dir was einfallen. Sag, wir hätten einen unterirdischen Gang nach Goa gefunden. Und falls der Chef es für nötig befindet: Bitte diesmal in Zivil. Am besten, die warten drüben im Supermarkt."

Ulf nickt, setzt sich auf eine Treppenstufe, drückt die Taste.

Im Sparkauf ist es inzwischen zu vergleichlos aufregenden Szenen gekommen. Nachdem die Beamten lange Zeit ausblieben, fasste sich Marktleiter Werner Dittes ein Herz, verabschiedete sich wortreich von den Kassiererinnen ... und stieg in die Tiefen des Lagerkellers hernieder. Wo waren die nur? Erst nach längerem Suchen fand er Spuren, die auf einen Betriebsraum hinwiesen. Dort war eine Verankerung ausgehebelt; eine kurze Treppe, die der gute Mann noch nie zuvor gesehen hatte, führte noch weiter nach unten. Also doch! Das hätte er nicht für möglich gehalten. Rasch stieg er hinab, wollte bereits umkehren, da es dort unten so dunkel war, doch dann gewahrte er einen Lichtschein. Zagenden Mutes näherte er sich dem Durchbruch, schluckte, spähte hinein – und sackte auf der Stelle zusammen. Wiederum mehrere Minuten später begannen sich die Kassiererinnen zu sorgen. Auch mehr und mehr Kunden hatten sich mit zunehmendem Eifer an den Mutmaßungen beteiligt, was dort unten wohl vor sich gehen mochte. Vor allem Uli Briegel dopste vor dem Sparkauf auf und ab, mäandrierte zwischen den Regalreihen, belästigte die Fleischereifachverkäuferinnen mit Statements zur politischen Weltlage und zur aktuellen Situation in Weißlettenheim.

Um weitere Verluste zu vermeiden, beschloss man, eine Nachrichtenkette zu bilden. Immer in Hörweite zueinander postierte man sich und gelangte so bis zu der Stelle, wo Dittes zusammengeklappt war. Der Schreckensruf der Lageristin hallte durch den Laden. Mit gesträubten Haaren machten sich sämtliche Beteiligte auf, um die Ursache für den Angstlaut herauszufinden. Uli Briegel hielt sich im hinteren Mittelfeld des Suchkommandos – nicht aus Feigheit, durchaus nicht. Falls jedoch Konflikthandlungen mit Einbrechern oder sonstigen gefährlichen Subjekten unvermeidlich sein sollten, kam es doch vorwiegend auf ihn an. Nur er war im Stande, augenblicklich Hilfe herbeizutrommeln, kannte er doch jeden Einwohner im Ort. Ja, seine Stimme hatte Gewicht; er sah sich schon von Tür zu Tür eilen und mit hitzigen Kommandos eine spontane Bürgerwehr organisieren. Da gelangte er in den Betriebsraum und sah die Kassiererinnen in weißen Kitteln, die um den Marktleiter herumknieten.

„Ist er tot?“, fragte Briegel, einen Kiekser in der Stimme.

„Ja, merr weiß es noch net. Nee, er schnauft noch bissel.“

Uli Briegel zögerte nur kurz. Schon kam ihm der passende Einfall. Etwas wie Enttäuschung klang mit, als er ausrief:

„Einen Arzt! Krankenwagen! Polizei!“

Mit zittrigen Fingern tipselte er auf seinem Handy herum ... um nach einer Weile festzustellen, dass er hier unten keinen Empfang habe. Rüde schob er sich an den von oben Herannahenden vorbei und begab sich so rasch als möglich hinauf, hastete durch den Markt, ohne auf die vielen Was-ist-denn-los-Rufe zu achten, stieß die Ladentür auf und wählte die 112. Gut fünfunddreißig potenzielle Helfer drängten sich an ihn heran, um seine Meldung zu belauschen, Befehle entgegenzunehmen.

Melina Chiaramonte glaubt ihren Ohren nicht zu trauen, als sie von Weitem das Signal eines Martinshorns vernimmt. „Spinnen die? Hast du denen denn nicht gesagt ...“

„Natürlich hab ich!“ Ulf Schreyvogel ist aufgesprungen. Der Dilletantismus seiner Kollegen raubt ihm den letzten Nerv.

Fassungslos starren sie einander an.

„Das gibt’s doch nicht!“ Laut aufseufzend begibt sich Melina durch den Korridor zur Haustür. „Jetzt können wir’s wohl aufgeben. Bei dem Lärm kehrt unser Maulwurf bestimmt nicht mehr in seinen Bau zurück.“

„Der Ärmschte“, heuchelt Ulf. „So e Werk einfach zu verlasse, des fällt so oim gewiss net leicht.“

Und jeglicher Beschwerde in ihrem Schoß vergisst ...

Der erste warme Vormittag seit Oktober. Allzu lange hat dieser Winter gedauert. Sogar der muntere April stand in diesem Jahr unter der gestrengen Herrschaft der Frostwinde. Hätte man das vorher gewusst, viele, denen dies zu Gebote steht, wären verzagt gen Süden geflüchtet. Erst heute, am fünften Mai, blitzt wieder etwas Blaues in den Baumkronen, dem man trauen darf. Jetzt wird's nicht mehr lange dauern, bis endlich alle Knospen das Grün freigeben. Im immer noch mancherorts kahlen Gebüsch knackt es. Das Holz dehnt sich, die Fühler strecken sich aus. – Als Goldfäden ziehen sich die Bahnschienen durch den Wald. Tamara Ratzel nimmt ihren wackligen Rollkoffer beim Griff. Alles ist so, wie sie sich das vorgestellt hat: Frühling im Süden! Nur eines bekümmert sie leise: Wo ist Maulbronn? Ratlos sucht sie nach einem Bahnsteigschild. Wo war es nur? Hat sie sich das nur eingebildet? Ach bitte nicht! Doch, da hängt es.

MAULBRONN-WEST

Sehr schön. Leider ist niemand mit ausgestiegen. Im Zug ist sie schon genug Leuten auf die Nerven gegangen. Immerzu hat sie ausgespäht nach dem Dachreiter auf der Klosterkirche. Nach irgendeinem Hinweis aufs Kloster. Dann, auf einmal, hinter einer Kurve: der Eilfingerberg! Herrlich, herzerhebend, dieser Anblick. Darunter die Alte Kelter. Der Aalkistensee. Ja, hier hat sie sich zu Hause gefühlt, jeden Herbst, wenn sie als Lesehelferin herkutschiert wurde. – Dann ist der Zug, der einer Straßenbahn glich, plötzlich abgebogen. Statt in den Ort hineinzufahren, wie sie das erwartet hatte, vollführte er einen Schwenk in die andere Richtung. Maulbronn-West. Mitten im Wald! Kein Mensch zu sehen. Kein Bahnbeamter. Kein Stadtplan. Komisch. Hat sie doch mal wieder etwas falsch verstanden? Mit diesen neuen, rotblauen Fahrkartenautomaten kennt sie sich sowieso nicht aus. Aber die Verbindung, ausgedruckt auf einen Papierstreifen von einem unwirschen Beamten im Solinger Bahnhof, besagt doch eindeutig, dass sie hier richtig ist! Verunsichert spaziert sie den Perron entlang. Immerhin regnet's nicht. Wo ist eigentlich das Bahnhofsgebäude?

Nach einer Weile macht Tamara ein Hinweisschildchen am Rande des Gleiskörpers aus. Bis sie dorthin gezockelt ist, dauert es noch einmal einige Minuten. Nun gut, sie hat ja keine Termine hier, wozu die Hetze? Wahrhaftig, „Maulbronn-Stadt" steht darauf geschrieben, nebst eindeutigem Pfeil in Richtung Wald. Die paar Meter wird sie schon schaffen. Zwar ist sie das Wandern nicht mehr gewöhnt, seit Jahren nicht, doch so ein paar Schrittchen werden ihr schon gut tun.

Nicht so ganz einfach gestaltet sich die Handhabung ihres Transportgeräts auf dem Waldboden. Das neueste Modell ist das nun wirklich nicht, keiner von den modernen Trollis, wie ihn diese anthrazitfarbenen Geschäftsleute selbstbewusst hinter sich herziehen, eher ein Einkaufswägelchen älteren Zuschnitts. Aber sie hat nichts anderes. Und das Ding tut's ja noch. „Unser Küchenmercedes", hat ihr Albert immer gesagt. Viele Witze hat er nicht gerissen während seines knapp bemessenen Erdenwallens. Aber wenn er mal einen wusste, dann hat er ihn gerne wiederholt. Bis es keiner mehr hören konnte.

Es war ja auch keiner da. Außer ihr, Tamara Ratzel, geborene Pacula, von klein auf unternehmungslustig und temperamentvoll. Und dann gerät sie an so einen stillen Mann! Freundlich war er ja. Industriemechaniker. Während eines Einsatzes als Erntehelferin in einem landwirtschaftlichen Großbetrieb im Rheintal, irgendwo bei Biblis, hat sie ihn kennengelernt. Da ging sie schon auf die Dreißig zu. Ihre Mutter lebte damals noch in einem Dorf bei Czernowitz.

„Du musst endlich heiraten!“, lag sie ihr permanent in den Ohren. „Am besten einen braven Deutschen. Die lieben Russinnen.“

Tja, ob er sie wirklich liebte, ihr Albert, das konnte Tamara im Verlauf der gut zwanzig Jahre, die sie miteinander verbrachten, nicht so recht feststellen. Immerhin, er war nett, genügsam, nie aufbrausend – aber er sprach so wenig! Hach ja, ihr Albert war ein Schweiger. Meist müde von der Arbeit. Kinder wollte er keine. Und dann wurde er auch noch nach Solingen versetzt! Es kam der Unfall, kaum ein Jahr, nachdem sie in diese schauderhafte Industriestadt gezogen waren. Lange pflegte sie ihn. Bis er vor drei Jahren plötzlich verstarb. Gerade einmal einundfünfzig Jahre alt. Schlimm! Denn nun hatte sie gar niemanden mehr, bis auf ein paar Nachbarinnen, mit denen sie zuweilen plauderte. Freundinnen waren das nicht. Den Kontakt zu ihrer Familie hatte sie inzwischen verloren. Die Mutter war gestorben, die Schwestern in alle Welt zerstreut. Und dann erkrankte sie selber. Autoimmunschwäche. Was sollte das denn heißen? Tamara verstand nur, dass es immer weiter bergab ging. Und ihr ohnehin recht unfrohes Leben wurde immer trauriger.

So. Wo ist nun Maulbronn? Hat sie sich verlaufen? Das Schild zeigte doch ganz klar in diese Richtung! Aber der Wald wird dunkler, der Weg immer aufgeweichter; es ist eine Senke, die sie mühsam durchwandert. Das Wägelchen streikt ab und zu, verhakt sich, fällt um. Kühl ist es hier, viel kühler als am Bahnhof. Riesige Haufen Laub vom letzten Jahre liegen zu beiden Seiten. Tamara bleibt stehen. Verschnauft. Das hat sie sich aber ganz anders vorgestellt. Hätte sie sich doch bloß besser informiert! – Früher, vor einem Vierteljahrhundert, ja, da war das einfach. Da saß sie inmitten der anderen Lesehelferinnen, abwechselnd fuhren sie den Bus, es wurde geschlafen, gesungen und gezecht, die lange, lange Fahrt lang. Das ging irgendwie ganz von selber. Und auf einmal war man da. Und dann stand man im Eilfingerberg oder im Closterweinberg und schnitt Trauben. Mal bei den Häges, mal bei den Jaggys, meistens aber war sie im Einsatz für den Herzog von Württemberg.

Eine Woge von Einsamkeit überläuft Tamara Ratzel, als sie nun, das Handtäschchen auf den Ziehwagen geklemmt, minutenlang diese Steigung hinaufkriecht, orientierungslos, ohne Hilfe von irgendwem. Wie konnte das alles nur geschehen? Wie war aus dem fröhlichen, flinken, drallen Mädchen, von allen gehätschelt, geneckt, geliebt, so eine verlassene, früh gealterte, verarmte Frau geworden? „Hm, hm, hm." Diese drei Laute: Tamara hat sich angewöhnt, sie bei jeder Gelegenheit zu benutzen. Darin scheint alles enthalten, was man über diese Art Leben äußern kann. Hm, hm, hm. Wieder fühlt sie einen leichten Schwindel, als „Vorzeichen" deklariert von ihrem ehemaligen Hausarzt. Das klang ganz furchtbar! Zumal sie niemals wagte danach zu fragen, wofür es denn stehe, dieses Vorzeichen; für ihren baldigen Tod etwa? Hm, hm, hm. Abermals pausiert sie. Stellt das Wägelchen ab. Die Tasche daneben. Natürlich, es kippt nach hinten, über die Tasche drüber. Ächzend hebt sie es auf.

Wie ist sie überhaupt auf den Gedanken gekommen, nach Maulbronn zu reisen? Sie kennt doch auch hier keinen einzigen Menschen mehr. Nun, es war ein junger Mediziner, während der Reha in Bergisch-Gladbach, der eindringlich zu ihr gesprochen hatte: „Wissen Sie was, Frau Ratzel? Die Diagnose mag ja stimmen. Aber das ist egal. Worunter Sie leiden, sind Depressionen. Sie brauchen mehr Freude! Hab ich recht?"

Auch das noch! Anstatt erleichtert zu sein, grämte sich Tamara nun noch viel mehr: Denn für Depressionen war man ja selber verantwortlich, nicht wahr? Für eine Krankheit – und trage sie einen noch so seltsamen Namen – kann man ja nichts. Aber Depressionen! Das ist doch nur ein anderer Ausdruck dafür, dass man etwas falsch gemacht hat in seinem Leben. Oder nicht? – In zwei weiteren Gesprächen gelang es dem jungen Kurarzt zu ergründen, welche positiven Ereignisse Tamaras Biografie aufwies; wann sie zum letzten Mal laut gelacht habe; wo sie sich bisher am wohlsten gefühlt habe ...

Das war ja nun leicht zu beantworten gewesen. In jedem Jahr, schon ab dem Frühsommer, hatte sich das halbe Dorf, zumindest die jungen Mädchen, darauf gefreut, wenn es wieder losging. Nach Maulbronn, zur Weinlese! Der Arzt hatte sofort bemerkt, dass Tamara zu strahlen begann, sobald sie davon erzählte.

„Naja," überlegte er halblaut, „dann würde ich an ihrer Stelle noch einmal da hinfahren."

„Aber warum denn, Herr Doktor? Das ist doch lange her ..."

Zunächst hatte sie den Einfall gar nicht ernst genommen. Erst zu Hause, in dieser öden Wohnung, in diesem gesichtslosen Viertel, fiel ihr wieder ein, was der Mediziner geraten hatte. Vielleicht war ja etwas dran? Sogar die Nachbarinnen forderten sie immer wieder auf: „Sie müssen mal Urlaub machen, Frau Ratzel!" Urlaub ... Auch das war ewig her. Während der Zeit, als sie Albert pflegte, war daran nicht zu denken gewesen. Außerdem war die Rente äußerst knapp; um eine neue Arbeit zu suchen, fühlte sie sich noch viel zu schwach. – Zum Auslöser für ihre waghalsige Unternehmung wurde schließlich ein Fernsehfilm aus der Reihe „Fahr mal hin". Der spielte zwar nicht direkt in Maulbronn, doch immerhin in der Nähe. Und er zeigte Weinberge! Nette Dörfchen! Besenwirtschaften! Tamara begann wieder zu strahlen. Wie schön es dort war ... Sie überlegte. Plante. Dann telefonierte sie und fragte im Hotel Klosterpost nach, was die Nacht im günstigsten Zimmer koste – aber bitte mit Blick aufs Kloster. Nun, sie hatte einen höheren Betrag erwartet; ein verlängertes Wochenende mochte also drin sein. Und danach? Hm, hm, hm ...

Inzwischen hat Tamara die Höhe erklommen, ein Anstieg, der einem gesunden Menschen vermutlich gar nicht aufgefallen wäre. Jedenfalls, der Weg erscheint ihr trockener und besser ausgebaut hier oben. Meisen pfeifen im Gesträuch. Ab und zu knarrt ein Eichelhäher. Zwischen den Buchenstämmen dringt das Licht in Streifen hindurch. Hätte sie noch einen Monat gewartet, es stünde alles in Blüte. In den vergangenen Jahren war im Mai bereits Sommer. Links zur Seite hört sie manchmal ein paar Autos fahren. Immerhin, eine Straße; es tut gut zu wissen, dass man nicht ganz allein mitten durch einen fremden Wald tapert. Aber kein Hinweis auf Maulbronn. Kein Wegweiser. Nicht einmal die Andeutung einer Siedlung. Also weitermarschieren. Nicht nachlassen.

Die Arme schmerzen vom Ziehen des Einkaufswagens. Immer häufiger muss Tamara Ratzel stehen bleiben. Abwechseln. Weiterschleichen. Endlich eine Bank, silbrig schimmernd im Sonnenlicht. Stöhnend lässt sie sich nieder. Schaut müde vor sich hin. Auf das Vorjahrslaub. Dabei entdeckt sie, dass längst die ersten Gräser zwischen den vergammelnden Blättern hervorgesprossen sind. Ihr Blick wandert weiter ... und auf einmal stellt sie fest, dass neben ihr, vor ihr, quer über den Waldboden verteilt, weiße Anemonenherden galoppieren. Wie konnte sie nur die ganze Zeit so trübe vor sich hinzuckeln, ohne ihre Lieblingsblumen wahrzunehmen? Nicht zu fassen ...

Dünn, zaghaft, von weit dringt das Gebimmel einer einzelnen Glocke an ihr Ohr. Tamara setzt sich gerade. Lauscht aufmerksam. Das kommt ihr doch sehr seltsam vor, seltsam bekannt. Etwas rührt sich in ihr. Ein Wiedererkennen? Aufgeregt nestelt sie ein Taschentüchlein aus der Handtasche, trocknet sich die Augen. Da kann kein Zweifel bestehen: Das ist nicht irgendein Dorfglöckchen, das ist die Klosterglocke, die kleine, die zum Mittagsgebet läutet! Sieh mal einer an ...

Wer weiß? In den letzten Jahren hat sie so oft gehofft, es könne sich einmal eine Erleichterung, irgendetwas Angenehmes, Erfreuliches einstellen; doch es kam nicht. Selbst von jener Information, man darf ruhig sagen, von dem Geheimnis, wovon sie seinerzeit erfuhr, hat sie keinen Gebrauch gemacht, niemandem gegenüber. Vielleicht wurde auf diese Weise, ohne es recht zu bemerken, ein gewisses Quantum angespart. Sollte dies der Fall sein, so würde sie ihre Glückszinsen am liebsten jetzt gleich abheben. Ach was, sie ist ja längst dabei: Die Anemonen und das Glöckchen, das müssen die ersten Vorboten sein. Die erste Rate, die das Schicksal an sie zurückzahlt. In diesem Falle dürfte der Zinssatz ruhig ein wenig höher liegen als gewöhnlich.

Doch ganz so schnell geht das natürlich nicht. Hat sich ein Mensch erst einmal an ein gewisses Maß an Verzicht und Zurücksetzung gewöhnt, benötigt auch die andere, die gebende Seite etwas Zeit zur Umstellung. So entbreitet sich hinter der nächsten Biegung auch keineswegs der erhoffte Weitblick auf die Klosteranlage, sondern ein merkwürdig grobianischer Industriebau wird im Tale sichtbar, langgezogen, verschachtelt. Soll das Maulbronn sein? Unmöglich. Aber was sonst? Gibt es hier überhaupt Industrie, in diesen geweihten Bezirken? Tamara Ratzel hatte nie davon gehört. Ihr Mann, wenn er nicht gerade bei einem Obsthof die Pressen oder in einem Weingut die Kellertechnik in Ordnung brachte, musste oftmals weite Fahrten unternehmen, nach Karlsruhe oder Heilbronn, um zur Arbeit zu kommen. Aber immer noch besser als Solingen.

Der Weg beschreibt jetzt eine breite Schlaufe. Es geht sanft bergab. So läuft sich's besser. Viel besser. Tamara muss nur aufpassen, dass sie nicht stolpert. Das wäre furchtbar. Nicht auszudenken. Da, schon wieder verhakt sich der viel zu schwer bepackte Wagen und verdreht ihr den Arm.

Das erste Maulbronner Gebäude, dem sie begegnet, ist ein würfelförmiger Wasserspeicher. Dahinter beginnt der Bürgersteig. Zivilisation! Umfriedete Bereiche! Bald wandert sie an einer dröhnenden Straße entlang. Tamara kann sich nicht erinnern ... Ist das wirklich ihr Maulbronn? Gab es dort überhaupt Straßen? Sie weiß nur noch, da war ein weiter Platz, der Klosterhof. Und drumrum Weinberge. An einen Ort mit Ausfallstraße und Industrie kann sie sich beim besten Willen nicht erinnern. Aber es hilft nichts; sie wird tapfer weiterlaufen, bis ihr etwas auffällt. Leider ist hier niemand zu Fuß unterwegs, den sie fragen könnte. Wäre ihr auch peinlich: „Entschuldigung, bin ich hier in Maulbronn?“ Man würde ja denken, sie sei tüttelig geworden.

Noch einmal muss sie stehen bleiben. In der Sonne, bei der vielen Bewegung, ist ihr zu warm geworden. Als sie endlich, nach einigen Verrenkungen, den Schal aus ihrem Mantel zupft, ist der klitschnass. Sie will weitergehen, da erkennt sie mit einem Mal, wo sie sich befindet: Direkt vor dem Haupteingang der Klosterpost! Und ja, da drüben, das alte Tor, die Mauer ... Nicht zu glauben, sie ist wieder daheim. Also doch Maulbronn. Zum ersten Mal seit langem überkommt Tamara die Empfindung, dass sie stolz auf sich sein kann. Sie hat sich nicht unterkriegen lassen: nicht durch Bahnverbindungen, die ins Nichts führen, nicht durch kräftezehrende Waldwege oder unfreundliche Hauptstraßen, die sie unablässig anbrüllten.

Die Klosterpost, welch stattlicher Bau. Endlich. Scheffel, Hölderlin, Maybach waren hier. Heuss kam zu Besuch. Und jetzt Ratzel. Tamara liest die Tafeln. Dann ordnet sie ihren Mantel, setzt die Mütze gerade. Blickt sich noch einmal um. Und wuchtet das Wägelchen die Sandsteinstufen hinauf.

Wenige Minuten später sitzt sie am Fenster im obersten Stockwerk und blickt hinüber zur Klosteranlage. Man muss sie am Telefon falsch verstanden haben, denn zunächst hatte sie das Zimmermädchen in einen Nebenbau geführt, von wo aus sie zwar einen Blick auf sonnige Terrassenmauern hatte; aber das Kloster sah man nicht! Es war der Achtsamkeit der jungen Frau zu danken, dass Tamaras Wunsch dann doch noch erfüllt werden konnte.

„Ist irgendetwas nicht in Ordnung?", hatte die Hotelangestellte gefragt, als sie, schon halb aus der Türe, den Gast seufzen hörte.

Der Neuankömmling fasste sich ein Herz: „Doch, alles sehr schön, wirklich. Ich hatte doch nur ... ein Zimmer mit Blick auf das Kloster gewollt. Wäre das denn nicht möglich gewesen?"

„Einen Augenblick, ich schaue sofort nach."

Die Wartezeit verbrachte Tamara Ratzel mit Stoßgebeten. „Ich bin ja wie ein Kind", dachte sie bei sich selber. Und dann kam diese muntere junge Frau zurück und lächelte und führte Tamara zum Fahrstuhl. Als sich kurz darauf die Tür zum Gastzimmer öffnete, hätte Tamara vor Dankbarkeit ihrer Retterin am liebsten beide Hände geküsst. Ihre Tante hat das immer so gemacht. Noch so eine Tradition, die langsam ausstirbt. – Ja, genau so hatte sie sich das vorgestellt: Ein Zimmer unterm Dach. Sie schob den Vorhang zur Seite ... und da war dann alles zu sehen, wonach ihr Herz begehrte. Seither sitzt sie am offenen Fenster, den Mantel aufgeknöpft, die Stiefel noch an den Füßen. Sie beschaut sich jedes Detail, das ihre Augen erhaschen können, beobachtet das Lichterspiel auf den Mauersteinen, die Reflexe über dem Moos, jedes funkelnde Hälmchen versucht sie sich einzuprägen.

Wo waren sie damals eigentlich untergebracht? Tamara kann sich kaum noch erinnern. Nicht in der Klosterpost, nein. Irgendwo auf einem Weingut? Jedenfalls, da gab es einen Hof, über dem die Trauben hingen. Und einen Keller. Und die Winzerin machte immer Kesselgulasch, mindestens einmal pro Woche.

Bei dem Gedanken beginnt Tamara Ratzel zu schmunzeln; jetzt kommt nämlich die Hauptsache. Ein Glück, dass die Sonne scheint. Man wird noch nicht draußen sitzen können, aber den großen Platz im vollen Mittagsglast erleben zu dürfen, das ist doch auch schon was. Tamara stellt den Rollwagen neben den Schrank; ausräumen kann sie später. Dann knöpft sie den Mantel wieder zu, stellt sich vor den Spiegel und richtet die Mütze. Die Handtasche nicht vergessen ... und auf geht's, nach draußen. Als sie das Treppenhaus hinuntersteigt, wird ihr doch mulmig zumute. Was, wenn es gar nicht mehr so schön ist? Oder, vielleicht übler noch, wenn sie der Anblick überwältigt, dass sie Herzflattern kriegt?

Beides geschieht nicht. Es ist ein stilles, versonnenes Dahinwandeln, das sie in den schwarzen Schatten des Klostertors führt. Wenige Touristen sind unterwegs. Nichts hat sich verändert, gar nichts. Gut so. Sehr gut.

Blinzelnd überblickt sie die weite Fläche zur Kirche mit dem Dachreiter und dem berühmten Baum davor. Zur Rechten besieht sie sich die Auslage der Buchhandlung. Dort hat ihr einer der Erntehelfer damals ihr erstes deutsches Buch gekauft, Hesse natürlich; sie hat kein Wort verstanden. Tamara fummelt es aus der Handtasche. Inzwischen hat sie es mehrere Dutzend Male gelesen: Narziss und Goldmund, selbstverständlich. Vor allem den Anfang liebt sie sehr. Ist das nun blödsinnig, einem Buch zu zeigen, wo es herkommt? Tamara kichert leise, als sie das zerlesene Taschenbuch aus der Tasche zieht. Sie hält es kurz in die Höhe und steckt es schnell wieder ein. Am Ende glaubt man noch, sie habe es soeben aus einem der Regale gezogen. Heute noch, oder vielleicht morgen, wird sie ihren Buchladen aufsuchen. Mal schauen, was sie sich mitnimmt. „Unterm Rad" hat sie noch immer nicht gelesen.

Scheu, den Blick gesenkt, bewegt sich Tamara Schrittchen für Schrittchen über den Klosterhof. Man muss ja nicht gleich alles auf einmal ins Auge fassen, sonst ist für später nichts mehr übrig. Kurz entschlossen wendet sie sich nach links, dem Rathaus zu, da steht sie schon vor der Klosterschmiede, leuchtend in Schwarz und Weiß, blumengeschmückt, ganz so wie sie's in Erinnerung hat. Noch immer, trotz ihres fortgeschrittenen Alters, erfasst Tamara Ratzel eine gewisse Nervosität, wenn sie alleine ein Gasthaus betreten soll. Den Gedanken, was „die

Leute" von ihr halten, kann sie nicht beiseite schieben. Die Tische im Freien liegen noch im Schatten. Dort sitzt jetzt niemand. Als sie die schwere Wirtshaustür öffnet und auf den Gastraum zusteuert, macht sie drei Tische am Fenster aus. Nur einer davon ist besetzt. Wie schön das Licht hereinfällt. Zwei Männer nimmt sie als Schattenriss wahr. Die sitzen im Eck und tafeln. In einem Nebenraum tagt eine größere Gesellschaft. Jetzt kommt die Bedienung Tamara zu Hilfe, nimmt ihr den Mantel ab. Damit wäre das Ärgste überstanden. Abwechselnd blickt Tamara durch die Fensterscheibe auf den Klosterhof und in die Speisekarte. Aber sie schafft es nicht, auch nur ein Wort zu lesen.

Als die Kellnerin zurückkommt, flüstert Tamara mechanisch: „Haben Sie denn noch diese Maultaschen?"

Die Bedienung muss lächeln. „Maultaschen in Maulbronn? Sie stellen aber Ansprüche! Schauen Sie mal ..."

Tatsächlich, eine ganze Seite, vollgeschrieben mit Maultaschenvariationen.

Tamara ist überfordert: „Und die ganz normalen?"

„Geschmelzt, in Brühe, mit Salatteller?"

„Ja, ja genau. Ist da auch ... Kartoffelsalat dabei?"

„Selbstverständlich."

„Und, ja ... Haben Sie noch ... Wie hieß der gleich? ... So ein Glas von diesem ... Silvaner war's, glaub ich."

„Vom Eilfingerberg? Aber sicher. Wasser dazu?"

„Ja, ja, danke. Man soll ja. Hm, hm, hm."

Indessen die glückliche Besucherin sich an das erste Schlückchen heranwagt, zum ersten Mal seit so vielen Jahren, hat zwei Tische weiter einer der Männer das Festmahl bereits beendet. Mit dem Ausdruck von Wohlbehagen faltet er die Stoffserviette zusammen. Rostbraten hat es gegeben, perfekt medium gegart und mit ausreichend Zwiebeln versehen. Mit einem voller Inbrunst eingeschlürften Schluck vom Eilfinger Lemberger aus dem Barrique spült der Genießer nach ... für die Mittagsstunde ein allerdings gewagtes Unterfangen, zumal ein Fläschchen Silvaner dem vorausging. Zwei Stunden Arbeit stehen noch auf dem Programm; das muss man irgendwie durchstehen. – Sein Kompagnon ist mit dem Essen noch lange nicht fertig. Außer dem runden Lembergerglas steht noch eines mit Silvaner neben dessen Teller. Darauf befinden sich Reste mit Lachsforelle gefüllter Maultaschen in Rieslingsauce, es ist ja Freitag.

Wie die beiden so dasitzen, die unterschiedlichsten Themen beplaudernd, allesamt verknüpft durch das niemals versiegende Leitmotiv Weib, erwecken sie den Eindruck innigen Einverständnisses. Soeben ergreift der ältere der beiden, ein Dunkelhaariger, der sich auf sein stets noch jugendliches Erscheinungsbild mit Recht einiges zugute hält, erneut das Wort. Seine Augen schließen sich, während er den Genuss beschreibt, den ihm die Liebkosungen einer überaus zarten, rotblonden Primanerin jüngst bereitet haben. Sein Name, Keith Saignée, deutet auf seine Profession hin: Der Mann ist Künstler, freier Künstler, Musiker zudem, in Lohn und Brot stehend bei einer theaterpädagogischen Vereinigung, die von ihren Mitarbeitern ein Höchstmaß an Flexibilität verlangt. Gemeinsam mit seinem Gegenüber oblag es ihm, zuletzt in London, Wien und Künzelsau, Theaterprojekte auf die Beine zu stellen, meist in Zusammenarbeit mit Studentengruppen oder Abschlussklassen von Gymnasien. Zu seinen Gewohnheiten gehört es, die jeweilige Hauptdarstellerin in sich verliebt zu machen; alle seiner Vorbilder aus der Geschichte haben es so gehalten, weshalb sollte ausgerechnet er so unbescheiden sein und eine Ausnahmerolle für sich beanspruchen?

Saignées bewährter Spießgeselle und Mitgestalter, Lazarus Schambes (kein Künstlername, sondern vom Schicksal verhängt), macht es sich auf dem Gebiete erotischer Usurpationen weniger leicht; bei vergleichbar üppig ausgeprägter Triebstruktur muss sich der meist ein wenig gebückt gehende, aschblonde

Schlacks zumeist mit der Rolle des kunstreichen Schwärmers, des anbetungsvollen Abgewiesenen begnügen. Keith vertritt die Auffassung, das sei ganz in der Ordnung und komme Lazarus' Kunstschaffen durchaus zupass; ja, es zieme sich, schon von wegen der Tradition, dass ein Mann des Wortes eben zu leiden habe – nur dann, so beliebt er sich auszudrücken, reife am Stamme der Dichtung die schönste Frucht: das Werk. – Man ahnt, wofür Lazarus Schambes zuständig ist: Indessen Freund Saignée mit frischen Akkorden und heißblütigen Rhythmen Aufmerksamkeit und Bewunderung nicht nur der musikalisch Begabten auf sich zieht, fällt Schambes die Aufgabe zu, gemeinsam mit häufig enorm komplizierten, an Metaebene und Theorie interessierten jungen Menschen in langwierigen Diskussionen Rollen, Struktur und Handlung des jeweiligen Stücks zu entwickeln.

Just dieses Problemfeld wird von Schambes wieder einmal thematisiert. Während Keith unter den Tisch blickt und auf seinem Handy die schwüle Nachricht seiner neuesten Eroberung studiert, befragt ihn Lazarus, was er von dieser Idee halte: Er plane, sozusagen als permanente Spiegelung der Realität im Kunstwerk oder umgekehrt, ihrer beider Geschichten in das soeben entstehende Werk einzuarbeiten, unter besonderer Berücksichtigung der betreffenden Herzensdamen. – Hierzu muss man freilich wissen, dass auch der mäßig begabte Literat in der Abschlussklasse des Evangelischen Seminars seine Favoritin gefunden hat – mit dem Unterschied wiederum, dass diese von seiner Neigung nicht das Mindeste ahnt. Aber eben dies sei der Trick! Ihr auf geschickteste Weise, gewissermaßen mit der Entfaltung des Theaterstücks, Seite um Seite seine Neigung zu offenbaren.

„Mit andern Worten", wirft Keith ein, „du traust dich mal wieder nicht. Bis du mit deiner verschwurbelten Methodik zum Zug kommst, hat doch längst einer ihrer Klassenkameraden zugeschlagen."

Lazarus hört auf zu essen.

„Oh, und bitte“, schiebt Keith hinterher, „schau nicht wieder so melodramatisch.“

„Was kann ich denn dafür?“, setzt sich der Gescholtene zur Wehr. „Mir ist es eben nicht so leicht möglich, den Altersunterschied, der doch immerhin ein erheblicher ist, so mir nichts, dir nichts ...“

„Ach, papperlapapp! Männer und Mädchen, das hat schon immer gepasst. Und wird immer so bleiben. Da änderst auch du nix dran.“

„Soso, immer so bleiben ...“ Lazarus studiert mit dem höchst eigenen Wohlgefühl des Zynikers, der sich allen Hoffenden überlegen dünkt, ein rotblaues Sonnenfleckchen auf dem Tischtuch. „Ich sage dir, wenn ... also wenn meine ... ich wag’ ihren Namen kaum auszusprechen ... also wenn sie, auch bei sich selbst, einmal feststellt, was uns beide verbindet, also sie und mich, dann wird unsere Liebe von einer Intensität gekennzeichnet sein, von der sich euereins nicht träumen lässt.“

„Hmhm“, stimmt Keith Saignée den Ausführungen scheinbar zu. Allerdings ist der Sachverhalt, dass sein Mitverschwörer so ausgiebig zu Wort kommt, nur dem Umstand zu verdanken, dass der Musiker unter dem Tisch eine Antwort an seine Süße tippt.

Binnen Kurzem schwenkt das Gespräch zurück zum Sujet des Theaterprojekts. Freilich, das war naheliegend, fast schon zu nahe, die Elevinnen und Eleven des Seminars bei der Entwicklung eines experimentellen Dramas über einen Stoff von Hermann Hesse zu begleiten. Der für mehrere Generationen Sinn stiftende Schriftsteller aus dem nahen Calw hatte nun freilich seine Maulbronner Zeit, da er Seminarsinsasse war, weit eher durchlitten als genossen; dennoch blieb er, im Gegensatz zu komplizierteren Dichtern wie Hölderlin, dem hierorts in früheren Tagen ähnliche Unbilden widerfahren waren, gewissermaßen zeitlos populär und wurde immer wieder gerne hervorgezogen, wenn Adoleszenz, Abschied von der Kindheit und die zu erwartenden Abenteuer des frühen Erwachsenenlebens verhandelt wurden.

Keith Saignée hatte für eine zeitgemäße Überarbeitung von Narziss und Goldmund plädiert. Schambes wollte erst nicht; was er dann aber, nach den ersten Doppelstunden im Kreis von neun talentierten Schülerinnen und Schülern, entwarf, begeisterte vor allem ihn selbst zunehmend – im Gegensatz zum Ideengeber, der die Gesamtanlage zunächst für viel zu abgehoben hielt. Nur der Titel, „Traurig sind wir übermorgen", fand sogleich seine Zustimmung; darin war doch einiges ausgedrückt, was seiner Erfahrung nach dieses Alter der Unsicherheiten und des Übergangs im Kern ausmachte.

Einmal mehr verliert sich Lazarus, der endlich die letzte Maultasche verdrückt hat und sich nunmehr mit Sinnengier dem schwärzlich-violetten Lemberger zuwendet, in Schilderungen der Anfangsszene, die er – so aufsehenerregend wie kostensparend – ohne Bühnenbild konzipiert habe; allerdings sollten die Schauspieler in die Rollen der Gebäude schlüpfen.

„Und weißt du, das Stadttor, das ist dann einfach so ein Typ, ja, der breitbeinig dasteht. Toll, nicht? Das Katasteramt liegt quer vor der Innenstadt und hat geschlossen. Die Kurklinik, muss natürlich weiblich besetzt werden, hockt droben im Grünen auf dem Hügel und ..."

„Guck mal!"

„Wohin?"

„Da, die hat recht."

Lazarus folgt mit den Augen der ausgestreckten Hand des Gesellen. Diese weist nach draußen, wo die ältere Dame, welche vorher drüben im Eckchen gegessen hat, eine Tasse Kaffee vor sich, im breiten Sonnenschein fläzt.

„Ein Vorbild, in der Tat!" Lazarus zeigt sich sogleich mitgerissen von dem Gedanken, die Mittagspause noch ein wenig auszudehnen und zum ersten Mal seit Oktober wieder im Freien

Kaffee zu trinken. „Dieser elend lange Winter ... Ich bin sehr erholungsbedürftig."

„Dann brauchen wir aber", wirft Saignée ein, der in seinen Planungen schon wieder ein Stück voraus ist, „noch zwei schöne Weinbrände, nicht wahr?"

Bevor sich Lazarus zu diesem riskanten Vorhaben äußern kann, gibt Keith der Bedienung ein Zeichen. Lazarus seufzt – und greift nach seiner Tasche, die verlässlich eine Auswahl guter Zigarren beinhaltet. In seiner Welt gibt es nichts Erhabeneres als Tabakschwaden zu bestaunen, die sich mit Sonnenstrahlen mischen.

„Für den Fall", mutmaßt Keith Saignée, indem er sich ohne Eile von seinem Sitz erhebt, „dass aus den zweien doch viere werden sollten, beziehungsweise, dass wir das große Gewächs doch noch, also nur zum Vergleich, verkosten müssen, können wir ja drüben anrufen."

„Wie?"

„Naja, wir haben eben einen Fehler im Konzept festgestellt, woran wir unbedingt heute noch arbeiten müssen. Oder so ähnlich."

„Aber ... wir haben die AG doch gestern schon ausfallen lassen!"

„Siehst du? Dann sind sie ja dran gewöhnt."

Tamara nickt den beiden Herren, die sich drei Tische weiter in der Sonne niederlassen, verständnisvoll zu. Wann wäre sie zuletzt so vergnügt gewesen!

„Muss man doch ausnutzen", versetzt der Aschblonde. „Endlich ein bisschen Wärme!"

„Ja, ja", gibt sie ihm recht. „Das hatten wir lange nicht. Hm, hm, hm."

Heute ist sie wirklich mutig. Unter Normalbedingungen hätte sie sich nicht getraut, die Bedienung zu fragen, ob sie sich nach draußen setzen dürfe – auch noch als Einzige auf dem ganzen Klosterhof. Als sie sich auf diesen von der Sonne vorgewärmten Sitz niederließ, kam es ihr tatsächlich so vor, als weihe sie, Tamara Ratzel, die Maulbronner Freiluftsaison ein. Ausgerechnet Ratzel ...

Während sie den Kaffee trank, kamen die Erinnerungen zuhauf. Einen Sommer lang hat sie selber als Kellnerin ausgeholfen, in der Klosterschmiede. Das Gerenne machte ihr damals gar nichts aus; es war eine muntere Mannschaft. Manchmal, nach Dienstschluss, saßen sie noch ein paar Stündchen zusammen, hier draußen, vielleicht sogar an diesem Tisch. Da war dann bald nichts mehr zu sehen gewesen als ein paar Laternen und die langen Gauben der Fruchtschranne, im Mondlicht blinkend. Wunderbaren Wein haben sie bekommen; der Chef saß selber ab und zu dabei. Manchmal sangen sie Lieder, russische, deutsche, alles durcheinander.

In einem andern Jahr hatte sie für das Haus Württemberg gearbeitet, war als Lesehelferin im hochnoblen Eilfinger Berg eingesetzt. Auch dabei wurden ihr die Anstrengungen nie zu viel.

Der Herzog selber sagte einmal zu ihr: „Also Fräulein Tamara, Sie wirft aber auch gar nichts um."

Das war spät am Abend, in der Kelter, da hätte sie längst Schluss machen können; aber sie huschte noch immer hin und her, den Wasserschlauch in der Hand, Ordnung schaffen. Ach, die Alte Kelter ... Die will sie ja auch noch besuchen. Wie war das noch weitergegangen, damals? Freilich, in jenem Jahr war die Ernte besonders prachtvoll ausgefallen. Herzog Michael hatte die gesamte Lesemannschaft in die Klosterschmiede eingeladen. In die Fauststube, das weiß Tamara noch. Großartig – und sie hatte dazugehört! Beileibe hätte sie sich nicht vorstellen können, dass eines Tages alles so ganz anders sein würde. Dass sie als Fremde wiederkäme. Nein, hier waren alle Erinnerungen an sie erloschen, da musste sie sich keine Illusionen machen.

„Frau Ratzel?“

Tamara hat den Kopf sinken lassen, halb aus Kummer, halb der Sonne wegen. Vor ihr steht – ist es denn die Möglichkeit – Karl Schempf, ihr Chef von damals.

„Nein, das gibt's doch nicht: Tamara Ratzel! Ich hab vorher schon gedacht, die kennst du doch!“

„Herr Schempf, das kann ich gar nicht glauben: dass Sie mich noch erkennen!“

„Also bitte!“ Karl Schempf steckt die Hände in die Taschen der karierten Kochhose, mimt den Beleidigten. „Tamara Ratzel, das sag ich Ihnen: Wer Sie vergisst, mit dem muss etwas nicht ganz in Ordnung sein. Wie lange ist das jetzt her?“

Einmal mehr fummelt die Frau das Taschentüchlein hervor und presst es gegen ihre Augen. Sie ist so überwältigt, dass sie auf einen Schlag alle Scheu verliert: „Ich weiß es nicht mehr, Herr Schempf. Wissen Sie, ich hab so viel Unglück gehabt, die letzten Jahre ...“

„Oh, ... aber nicht schön ... Da hat der Herrgott sicher etwas falsch verstanden. Warten Sie doch bitte einen Augenblick.“

Was hat er jetzt vor? Tamara dreht sich um, so, als wolle sie sicher gehen, dass ihr unverhoffter Wiederentdecker auch wirklich zurückkommt. Es dauert keine Minute, da sitzt Karl Schempf schon neben ihr. Ein Gläschen hat er mitgebracht.

„Probieren Sie mal.“

„Hm, was ist das?“ Mit zittriger Hand führt Tamara das Glas unter ihre Nase. „Oh, Schnaps!“

„Ich bitte Sie: Schnaps ... Das ist ein ganz wunderbarer Brand, nach uraltem Rezept. ‚Maulbronner Eselswasser‘ haben wir's genannt. Sie sind der erste Gast, der es zu verkosten kriegt. Ich kam noch gar nicht dazu. Was meinen Sie?“

„Oh, wirklich, ich bin die Erste?“

„Außerdem ist es heilkräftig. Gut für die Seele.“

Tamara lobt den Obstbrand. „Also der ... den ... haben Sie aber wirklich schön hingekriegt.“

Schempf freut sich sichtlich. Und dann erkundigt er sich: Was denn eigentlich vorgefallen sei; warum sie nie wiedergekommen wäre; was der gute Albert so treibe. Als er vom frühen Tod des Mechanikers erfährt, blickt der Besitzer der Klosterschmiede ein Weile unter sich.

Dann kommt ihm die richtige Idee: „Wohnen Sie bei uns, in der Klosterpost?"

„Selbstverständlich."

„Selbstverständlich sind Sie unser Gast."

„Aber nein!"

„Aber ja!"

„Auf gar keinen Fall!"

„Auf alle Fälle!"

Der kleine Disput wird unterbrochen, als von drinnen die Bedienung nach dem Küchenchef ruft.

„Wir sehen uns ja noch ..."

„Auf alle Fälle. Ich meine, ich hoffe es."

Als Schempf verschwunden ist, bekommt Tamara ein schlechtes Gewissen. Hätte sie ihm nicht auch sagen sollen, was sie von der Klosterschmiede weiß? Es scheint, als hätte hier keiner eine Ahnung, sonst hätte man doch längst etwas unternommen. Gut, sie kann es ja immer noch tun; aber jetzt wäre die Gelegenheit gewesen! Vielleicht wird er sauer, wenn er erfährt, dass sie's ihm verschwiegen hat. Andererseits, sie ist sich ja gar nicht so sicher. Im Grunde kommt ihr die Geschichte vor wie eine Sage. Bei ihrem letzten Aufenthalt in Maulbronn hat ihr's der Josef, der Erntehelfer, geflüstert – jener, von dem sie den Hesse aus der Buchhandlung Krüger bekommen hat.

„Ich bin mir ziemlich sicher, Tamara", hatte der damals angefangen, „dass wir uns nicht wiedersehen, weiß auch nicht warum ..."

Sie hätte ihm beinahe eine gescheuert. „Bist du still! So was zu sagen!"

Dabei, sie wusste nur zu gut, dass er eifersüchtig war auf den Albert, den sie kaum ein halbes Jahr später heiraten sollte.

„Egal. Wie dem auch sei ..." Der Josef hatte ziemlich gebechert, den ganzen Nachmittag über. War zwar noch auf der Höhe, aber sie sah's ihm an. „Hör mal, Tamara, für den Fall, dass du mich überlebst – und davon gehen wir ja beide aus ..."

Noch einmal hatte sie ihn angeherrscht, nicht von solchen Dingen zu sprechen. Doch schließlich war sie auch neugierig. Tja, und dann beschrieb er ihr umständlich, was ihm der alte Kellermeister einst anvertraut hatte, also der ganz alte. Der hatte seinen Vor-Vorgänger noch kennengelernt, dessen segensreiche Tätigkeit für die Württemberger noch in die Zeit der Monarchie gefallen war. Und von dem hatte er's. Eine sonderbare Überlieferung, die den Maulbronner Untergrund betraf. Tamara hat sich alles Wort für Wort gemerkt; seltsam eigentlich, denn sie hatte es ja gar nicht für wahr gehalten. In großen Abständen hatte sie immer einmal wieder daran gedacht; doch das Leben in Solingen war so ganz anders, die Pflege erforderte so viel Kraft, dass sie nie ernsthaft daran dachte, die Information zu nutzen.

Wenn aber doch etwas dran sein könnte, dann würde die gesamte Region aufmerken, mehr noch: Eine Sensation wäre das! Und wer weiß, vielleicht bekäme sie, Tamara Ratzel, verlassen von allen, die ihr einmal von Bedeutung waren, verarmt, abgestellt auf ein Nebengleis des Lebens, sogar ihr Schärflein ab ... Erst einmal aber will sie herausfinden, ob der Josef wirklich schon das Zeitliche gesegnet hat; es ist anzunehmen, krank war er damals schon. Aber wen soll sie fragen? Den Besitzer der Klosterschmiede? Das traut sie sich denn doch nicht. Was soll der denken von ihr? Dass sie eine lustige Witwe ist, die auf den Heiratsmarkt geht?

Wer ihrer Felsenglieder geheimen Bau versteht ...

Wuff gibt auf. Über eine Stunde hat er nach diesem elenden Schlüssel gesucht – das Ding bleibt verschwunden. Unauffindbar untergegangen im Gestrüpp des Mittelstreifens der A 8, unweit Pforzheim. Nur selten kommt ein Auto um diese Zeit und erhellt die Leitplanken für Sekunden. Zweimal schon ist Wuff den Weg zu seinem prähistorischen Simca hin- und zurückgetapert; währenddessen gab auch noch die Taschenlampe den Geist auf. Hoffentlich nur die Batterien; für eine neue fehlt im Augenblick das Geld. Verdammt aber auch, wie konnte ihm so was schon wieder passieren! Alles hatte so gut angefangen: Ein paar Stündchen geschlafen. Ein Tütchen geschmaucht. Das Material eingesteckt. Dann ganz gemütlich losgegondelt. In geziemendem Abstand zur Pflanzstelle geparkt. Über die Fahrbahn gewitscht. Und nach einigem Suchen nach der optimalen Situation die Kleinen in den Boden gebracht. Keine neue Versteck-Variante, durchaus nicht. Auch nicht in allen Jahren ratsam: Wie oft schon sind Wuffs Guerilla-Plantagen von grobianischen Fahndern oder unsensiblen Grünpflegern einfach weggesenst worden. Oder ein unzeitiger Frost verhinderte das Gedeihen.

Nun, hier im Mittelstreifen wurde vor Kurzem erst geschnitten. Gemeinsam mit dem anderen Gesträuch werden seine edlen Hanf-Pflänzchen behütet aufwachsen. Immer mal wieder wird er bei ihnen vorbeischauen, im rechten Augenblick die männlichen Exemplare entfernen, um dann, zur Erntezeit, unbelästigt reiche Beute zu machen. – Und jetzt das ... Nach vollbrachtem Morgenwerk, begierig nach der Wärme der Autoheizung und einem Pfeifchen, stand er vor seinem Wagen und fand den Schlüssel nicht. Klar, muss ihm rausgerutscht sein, bei der Pflanzaktion. War ja auch nicht ganz einfach, den harten Boden aufstemmen, auf den Knien herumrutschend, ohne das empfindliche Pflanzgut zu beschädigen. Warum um alles in der Welt hat er den Reißverschluss nicht zugemacht? Immerhin, in der Jeansjacke findet sich vorbereitetes Rauchwerk. Streichhölzer sind auch da. Also alles halb so schlimm. Erst mal zur Ruhe kommen. Der Inspiration das Tor öffnen. Dann planen. Den Plan ausreifen lassen. Und ohne Hast zielstrebig umsetzen.

Während der Verkehr langsam zunimmt, der Lärmpegel anschwillt, immer häufiger die grellen Scheinwerfer unter ihm den Frühmorgen erhellen, steht Wuff auf der Autobahnbrücke und raucht. Es wird nicht anders zu machen sein: Wenn er jetzt loslatscht, ist er gegen halb elf daheim in Weißlettenheim. Bei Jacky klingeln, die wohnt auf halbem Wege, das wäre noch zu früh, das kann er ihr nicht antun. Nach dem Frühstück wird er sich ein paar Stunden aufs Ohr legen. Den Zweitschlüssel einstecken. Und sich von einem Kumpel zu seinem Simca fahren lassen. So wird's gehen, so kann man's machen. Eigentlich war für heute tagsüber Siesta anberaumt. Aber was soll's.

Wuffs amtlich eingetragener Geburtsname, Andreas Siebenrath, findet nur Anwendung, wenn es um Formalkram geht. Kaum einer unter seinen hunderten quer über den Kraichgau und den Stromberg verstreuten Duzfreunden erinnert sich mehr daran. Wuff heißt Wuff seit gut fünfundzwanzig Jahren. Damals hatte sich sein Wolfshund, ein schluffiger, lieber Kerl, angewöhnt, seinem Herrchen stets ein Stück vorauszulaufen ... Wenn er auf Bekannte traf, bellte er kurz und dunkel. Ein Begrüßungswuff, der so unmittelbar mit dem Hundefreund in Verbindung gebracht wurde, dass man ihn umtaufte, ohne dessen recht gewahr zu werden. Achtzehn Jahre lang war der

Wolfshund Wuffs Begleiter, sein Totemtier, wie er selber sagte. Als er starb, rechneten die meisten damit, Wuff würde sich sofort auflösen. Aber er zog sich nur zurück, wochenlang. Bei einer Feier in Knittlingen sah man ihn wieder: gealtert. Seine Lachfalten waren verschwunden; der Kummer hatte ihn gezeichnet. Moni, die Frau, mit der er damals zusammen war, machte die schwer erträgliche Bemerkung, seit dem Verlust seines pelzigen Trabanten habe Wuff selber so einen Hundeblick drauf. Besonders freundlich ist sie ja nicht, seine Moni. Aber zärtlich. Auch nicht zu verachten.

Ansonsten kann sich Wuff überhaupt kein Leben in festen Bindungen vorstellen. Er ist tierlieb, auf jeden Fall kinderlieb, auch, na klar, und wenn da oder dort die eine oder andere eins bekommen hätte, keine Frage, er würde sich dazu bekannnt haben. Aber bei Wuff ist und bleibt verwirklicht, wovon viele träumen, wenn sie den Übergang von der Pubertät zur Erwachsenenwelt zu fürchten beginnen: Kein Tag ist vorgeplant. Alles geschieht spontan. Dieses Höchstmaß an Freiheit gilt es zu erhalten, um jeden Preis. Freilich hat es Jahre gedauert, bis sich alles einspielte; ohne den riesenhaften Freundeskreis wäre es auch gar nicht möglich, ein Auskommen zu finden. Denn Wuff arbeitet nur stundenweise. In einer Autolackiererei. Er liebt den frischen Lackgeruch, deswegen ist es nicht so schlimm. Aber manchmal kommt es vor, dass er die Sprühpistole einfach beiseite legt, den Schutzanzug auszieht, sich sein Jäckchen schnappt und ein paar Tage abtaucht. Da sein Chef natürlich ein Freund, also kein Chef ist, bleiben Wuffs Fluchten ohne Konsequenz.

Niemand hat das beabsichtigt, es hat sich allmählich ergeben: Wuffs nicht eingetragene Handelsvereinigung lebt gewissermaßen autark. Kaum einer geht dem nach, was man eine geregelte Tätigkeit nennt. Aber alle produzieren landwirtschaftliche Güter, zudem von erlesener Qualität. Nach und nach hat man es als entwürdigend empfunden, voneinander Geld zu verlangen. Also wurde die gute, alte Tauschwirtschaft wieder eingeführt: Birnen gegen Kartoffeln, Weizen gegen Lammfleisch, Ziegenkäse gegen Holzofenbrot, Wein gegen Maismehl, Milch gegen Hanf ... Die meisten Tauschaktionen finden bei Zusammenkünften an den Wochenenden statt. Niemals verabredet man sich vorher, es ergibt sich. Manchmal sind sie nur zu viert, sitzen bei Wuff in der Wohnstube und füttern den Kachelofen mit Tannenzapfen. Manchmal kommen über fünfzig, aus einem Frühstück wird ein dreitägiges Gelage, aus einer Tauschvereinbarung eine Orgie mit Tanz und Gesang und Buffet und Selbstgebranntem und jeder Menge sanft narkotisierender Rauchwaren.

Das ist ein Leben für Wuff – und sonst gar keins. Beeinträchtigt wird es bisweilen durch übereifrige Ordnungshüter vom Wirtschaftskontrolldienst, vom Gesundheitsamt, von der Drogenfahndung. Mit manch einem steht man auf gutem Fuße; längst hat man der „Selbstversorgerorganisation Kraichgau-Stromberg" das Etikett „harmlos" aufgeklebt. Doch da sind auch andere, allen voran Ortsvorsteher Briegel. Weiß der Teufel, warum er einen so hartnäckigen Kampf gegen die – zumeist sogar ökologisch produzierenden – Freigeister führt. Eigentlich waren sie immer nett zu ihm gewesen. Möglich aber, dass schon das Erscheinungsbild der permanent wohlgelaunten, entspannten Nahrungsmittelguerilleros den biederen Ordnungsfetischisten stört. Dass er die netten Partys auf dem Lockenberg, einem Hügel am Rande Weißlettenheims, verhinderte, indem er die Grillhütte nicht mehr an Wuffs Freunde vermietete, schließlich eigenhändig abriss, das ließ sich vielleicht noch dadurch erklären, dass es hin und wieder zu einer Dauerbeschallung der Gemeinde mit psychedelischer Musik über das gesamte Wochenende hin gekommen war. Warum Uli Briegel aber beständig dafür sorgt, dass immer neue Trupps von Beamten die friedlichen Tauschprozesse stören, indem er den Handel als „illegal" und „defätistisch" anprangert, das kann beim besten Willen niemand sagen.

Außerdem, zum Freundeskreis zählen ja nicht nur Freaks, beileibe nicht; im Lauf der Zeit ist es zu lustigen Assoziationen gekommen, zu Sympathieverbindungen, wo Außenstehende nur Fremdheit, wenn nicht gar Feindschaft vermutet hätten. Denn viele der Klein- und Hobbybauern, die sich nach und nach dem nahrhaften Treiben anschließen, haben einen durchaus konservativen Hintergrund, stehen anarchischen, hippiehaften Bestrebungen sozusagen von Natur aus fern. Allerdings ist es über die Jahre zu regelrechten Freundschaften über alle Kulturgrenzen hinweg gekommen: Sieht man etwa die rote Susi, die leblang keine Kirche von innen betrachtet hat, beim alten Lauffer stehen, einem strenggläubigen christkatholischen Bauern, so offenbart sich etwas von diesem inklusiven, schöpferischen Geist, den Wuff verkörpert.

Gäbe es ein Zentrum dieses Zirkels, es wären wohl Wuff und seine beiden Getreuen Pinkus Janhagel und Django Heppinger; doch würden just jene – mit Fug – von Grund auf ablehnen, dass die einzige jemals auf deutschem Boden verwirklichte Basisdemokratie überhaupt ein Zentrum haben könne. Alle sind gleich wichtig. Wer etwas anderes denkt, gehört nicht dazu. Diese Grundeinstellung ist der einzige Mitgliedsausweis, den man braucht. Auch Ortsfremde wie der Durchwanderer Matthias, der spontan zu einem Lagerfeuerabend eingeladen wurde, sind potenzielle Anwärter. Sein Beitrag hatte damals zunächst nur in seiner persönlichen Anwesenheit bestanden.

„Weisch, des isch kei Problem. Wenn d'mal was hasch, kannsch du uns ja einlade."

Genau dies geschah im vergangenen Herbst. Ohne ein Wort darüber zu verlieren, hatte Django Heppinger dem Heimatlosen ein Gartenhäuschen organisiert (mit Kohleofen!), außerdem ein Stückchen Land, zum Gemüseanbau. Die Gegeneinladung erfolgte in Form einer Art Erntedankfest. Es gab Rüben und Kartoffeln und Zwiebeln, zum Eintopf verkocht, dazu frisch gepressten Apfelsaft. Matthias hatte sich revanchiert. Und selbst das wäre nicht nötig gewesen. Die geistige Unabhängigkeit vom weltdurchwirkenden Thema Geld geht so weit, dass man Währungskrisen, wirtschaftliche Katastrophen und Zusammenbrüche von Staatensystemen mit größtmöglicher Gelassenheit registriert.

In Wuffs Worten: „Jedes Rad dreht sich. Erst war'n die andern dran. Bald komme mir."

Auch jetzt, da er sich im Eilschritt über eine Morgenwiese auf ein Bächlein zubewegt, verlieren sich seine Gedanken in solchen Gefilden. Für Wuff ist klar, dass ohnehin alles zueinander gehört; wir alle sind Sternenstaub, Hedge-Fonds-Manager und Runkelrüben, Computertastaturen und Kartoffelhacken. Alles dasselbe! Die Unterschiede sind nur scheinbar. In naher Zukunft, dessen ist er sich gewiss, wird sich diese schlichte Erkenntnis auch dem Verstocktesten offenbaren. Denn die Zeit ist reif, dass sie wiederkommen: Die Sternenfahrer mit ihren Mutterschiffen! Wuff hat Nachrichten erhalten, nicht wenige – und zwar von überallher. Gechannelt. Aus der Zeitung. Aus informierten Kreisen zugetragen. Man muss kein Bewunderer von Däniken sein, um die simple Schlüssigkeit seiner Theorien zu akzeptieren; alles kam aus dem Weltall. Von dorther wird es wiederkommen. Manchmal kann er's kaum noch erwarten: Was für ein großer Moment wird das werden, wenn er mit ausgebreiteten Armen auf die schimmernden Raumschiffe zuschreitet, würdig empfangen und in Ehren. Oh ja, dann wird auf einmal offenbar werden, dass alle schon immer miteinander befreundet waren, dass wir einander kennen, quer durch den ganzen Kosmos hindurch ... und dass der Rationalismus ein Irrweg war, ein gewalttätiger, stumpfsinniger, viel zu lange andauernder Irrweg.

Wuff übt schon mal und ahmt ein Segelflugzeug nach. Genau so, wie er jetzt auf das alte Bildstöckel unter den Birken zuschreitet, wird er sich, in kurzer Frist, den Wiedergekehrten nähern ... Leicht besorgt untersucht er noch rasch die kleine

Pflanzung am Bach, die er vorgestern eingegraben hat. Pinkus ist ja der Meinung gewesen, das sei noch viel zu früh, „die krepiere dir beim erschte Froscht.“ Aber Wuff hat sich nicht um die Tradition gekümmert, die Auspflanzungen erst ab dem fünfzehnten Mai vorsieht. Im Internet studierte er die Fernwetterprognose und las alles Mögliche über diese spezielle „Ur-Cannabis“, die sehr lange im Freien reifen muss, um guten Ertrag zu bringen. Dann aber, dann ... wird der Kenner staunen! – Siehe da, die vorgezogenen Stauden fühlen sich wohl in ihrem geschützten Winkel. Hat ihn sein Gefühl doch wieder einmal nicht getrogen. Das muss er unbedingt dem Pinkus erzählen, heut Nachmittag, wenn der ihn zu seinem Simca fährt.

Schon hat sich Wuff von dem Bachlauf abgewandt und strebt einem Hügel zu, um den herum ein feuchter, besonnter Schmelz aus Morgenlicht schwebt. Als er oben angekommen ist, trifft ihn der erste Sonnenstrahl. In der Ferne prangen die Weinberge von Dürrn, Hohenklingen und Freudenstein, die Ebene dampft, aus den Dörfen steigt Rauch. Uralte Kulturlandschaft, besiedelt seit unvordenklichen Zeiten, Heimat sakraler Herrschaft, duldsamen Bauernlebens, aber auch verschwiegener Kulte. Wuff streckt die Hände nach oben aus und ruft alle Götter an, die ihm in den Sinn kommen. Durchaus, auch die Götter gehören zum Unvergänglichen; auch sie halten sich bereit, selbst die ältesten, für die Stunde der allgemeinen Auflösung.

„Ra!“, ruft Wuff mit weithin tragender Stimme. „Komm herab, Horus! Odin, mein Freund, lass dich hören! Helios, Mächtiger, segne uns! Jehova, verschone uns von deinem Zorn!“

Bei der Auswahl seiner Lieblingsgottheiten verfährt Wuff durchaus polytheistisch. Nicht anders hält er es mit seinen Favoriten aus dem Reich der Musik, wo indische Meditationsmusik, harter Punk und Johann Sebastian Bachs mystische Formeln eine übergeordnete Einheit ergeben. – Befeuert von spirituellem Erleben, Morgenstimmung und selbst angebauter

Marihuana-Auslese gleitet Wuff über Hügel, durch Dörfer, an Wäldern, an Bauernhöfen vorbei, ab und zu singt er Melodiefetzen, die ihm in den Sinn kommen, leckt an einem Tannenzweig, worin sich Tau gehalten hat, fühlt keine Müdigkeit und keinen Hunger. Wuff macht sich keinerlei Gedanken, ob er auf dem richtigen Weg sei; das ist eine Sache des Vertrauens. Manchmal muss man sich führen lassen: Es kommt nur darauf an, dass man den Zeitpunkt kennt.

Und Wuff kennt ihn. Schon bald hat er die weite Strecke bis in die heimatlichen Gefilde durchmessen. Es kommt ihm selber vor, als wäre er dahingesegelt – worauf auch immer. Lange läuft er durch Wald; unruhig ist's hier auf einmal. Überall huscht's und flattert's, alles fängt wieder an: Das gibt einen Frühling! Wuff empfindet sich als Teil davon, in bester Gesellschaft von Eichhörnchen und Blaumeise. Noch einmal muss er eine Steigung nehmen, den Lockenberg hinauf. Auf der anderen Seite, aus dem Tal herausgerodet, mit einer schattigen, waldnahen, und einer hellen, an ausgedehnte Weideflächen angrenzenden Hälfte, liegt Weißlettenheim. Gleich wird er zu Hause sein. Dann schnell einen Milchkaffee, einen Kanten Früchtebrot ... und ab in die Kiste.

Aber Wuffs Fußwanderung wird noch einmal unterbrochen. Kreislaufschwierigkeiten lassen ihn langsamer werden, als er das Hochplateau des Lockenbergs erreicht. Hier starrt noch alles winterkahl, graugrün und struppig das Gras, ein Erlenhain erhebt sich schwärzlich vorm Horizont. Wuff wartet, bis sein Atem wieder gleichmäßig geht. Will sich aufmachen. Doch dann stockt er. Was ist denn das hier, direkt vor seinen Füßen? Was kann das sein? Wuff bedeckt die Augen mit der linken Hand. Die andere streckt er langsam aus, geöffnet und nach oben.

Aber niemand ergreift sie. Noch nicht. Kaum wagt es Wuff, den Blick wieder auf diese Erscheinung zu heften; am meisten befürchtet er, sie könnte verschwunden sein. Aber nein: Ein weißer Kreis, über vier Meter im Durchmesser, liegt vor ihm in die Wiese gezeichnet. Womit? Das lässt sich nicht sagen. Wo sich die Kreiszeichnung befindet, wächst kaum Gras. Es ist wie abgebrannt. Indem er sich heftig die Stirne reibt, umwandert Wuff das merkwürdige Zeichen.

Da sieht er das zweite: Noch so ein Kreis! Ähnlicher Umfang. In nächster Nähe. – In der folgenden Stunde zählt der Morgenwanderer siebzehn solcher Kreise. Seine Stimmung hat sich zur Dauerekstase gesteigert. Einem Derwisch gleich, umtanzt er die neu entdeckten Hinweise, über deren Sinn und Natur es keinen Zweifel gibt: Es sind die Landeplätze! Wuff hat die Landeplätze gefunden! Endlich, sie kommen also. Noch in diesem Jahr, da ist er sich sicher. – Sogleich muss er zum Pinkus hinunter, Freund Heppinger aus dem Schlaf klingeln ... und den beiden das hier zeigen. Wie oft haben sie zusammen die Bildbände gewälzt, mit vielen seltsam beleuchteten Fotos von diesen (wie es heißt) unerklärlichen Kornkreisen. Die Biologen, die Meteorologen, die Archäologen, alle lügen sie sich was zusammen. Aber Wuff weiß, worum es geht. Mit einem Jauchzer springt er auf den Feldweg und rast zu Tale.

Auf seinen Kumpel Pinkus trifft Wuff schneller, als er geahnt hätte. Aber ins Dorf hinunter, in sein Häuschen, wo er das ganze Forschungsmaterial gesammelt hat, kommt er heute nicht mehr. Wuff wird sich überhaupt nicht mehr nach Weißlettenheim hinunterwagen; denn kaum ist er des Kirchturms ansichtig geworden, hüpft ein Schatten auf ihn zu und hindert ihn am weiterrennen.

„Hey? Soll'n das?"

„Wuff, du musch fort! Die Scheißkerl' hän dein Tunnel g'funne!"

„Wer?"

„Die sin bei dir im Haus. Kumm, mach, i heb's Auto da drübe geparkt."

Pinkus Janhagel, der die Aufgabe übernommen hat, das Dorf von Norden her zu observieren, um den Freund zu warnen, führt den Verwirrten rasch beiseite. Heppinger läuft im Westen Streife. Für Wuff ist das alles zu viel: Erst den Autoschlüssel verloren, dann die weite Wanderung – die Entdeckung auf dem Lockenberg – und jetzt das: aufgestöbert. Hochgegangen!

„Welche Sau hat mich verzinkt?"

„Weiß mer noch net. Mir tippe auf Briegel."

„Dem zünd i d'Hütt an!"

Janhagels Kleinlaster steht in einem Hohlweg, halb unter einer überhängenden Rotdornhecke verborgen. Schnaufend wirft sich Wuff in den Beifahrersitz, schlägt die Hände vor die Augen. Noch bevor er den Motor anlässt, steckt Pinkus eine Selbstgedrehte an, reicht sie an den Kumpel weiter.

Wuff keucht: „Verdammt ... Fünf Jahre Arbeit!"

„Herber Verlust. Für uns alle. Aber echt."

Auf Feldwegen kurvt Pinkus aus dem Dorf, über einen Höhenpfad, passiert Zaisersweiher, hält schließlich auf einen Aussiedlerhof zu. Kurz darauf sitzen sie, die Ellenbogen aufgestützt, an einem Nussbaumtisch, der einst für eine vielköpfige Familie gezimmert worden war. Ein Strauß Weidenkätzchen steht in der Mitte. Brotbrösel liegen herum. Wuff und Pinkus schweigen und rauchen. Schlürfen Milchkaffee. Doch sind sie traurig? Deprimiert? Ach, woher denn! So manches verläuft bei ihnen anders als bei gewöhnlichen Mitbürgern; Spießer, die an Erwerbsgütern hängen, waren sie nie. So nimmt es Pinkus denn auch keineswegs wunder, als plötzlich, ohne Ankündigung, Wuff den Kopf hebt und lacht.

„Was?" Pinkus Janhagel kennt den Freund lange genug, um zu ahnen, dass ihm soeben wieder einmal eine ganz spezielle Erkenntnis gekommen sein muss.

„Der Spruch da ..., was mir neulich g'hört ham, beim Oschi ... von dem Typ aus ... aus ... na-du-weisch-schon ..."

Pinkus grübelt. „Ach so, ja ... Der Zen-Meischter, gell? Wie ging der noch: Verluscht ..."

„ ... befreit uns."

„Niederlage ...“

„ ... mache uns weise.“

„Verfolgung ...“

„ ... weist uns uff de Weg des Heils!“

Längst haben Melina Chiaramonte und Ulf Schreyvogel ihre Aktion abgebrochen. Seit gut einer Stunde stellt ein Sonderkommando Spuren sicher, in Wuffs Behausung und im Keller des Supermarkts. Melina studiert einen Lebenslauf, den sie unter der Schreibtischunterlage hervorgezogen hat. Recht kurz gefasst, enthält er doch immerhin den Namen des Gesuchten: Andreas Siebenrath.

Doch kaum sind sie auf die Straße hinausgetreten, hopst ihnen wild gestikulierend der Ortsvorsteher entgegen und versorgt sie mit Sonderwissen.

„Kennen Sie Herrn Siebenrath näher?“, unterbricht Schreyvogel den Aufgeregten und zückt seinen Notizblock.

„Ha, unner dem Name finde Se den net“, freut sich Briegel, den Beamten eine Nase lang voraus zu sein. „Den nenne hier alle de Wuff, en saudämlicher Name, passt aber. E ganz e verkommenes Subjekt isch der, des kann ich Ihne sage. Außerdem weiß i, wo er isch.“

Überrascht blicken die Drogenfahnder einander an.

Melina fixiert das hippelige Männchen: „Sind Sie sich da wirklich sicher?“

„Hajo!“, plustert sich der Ortsvorsteher auf. „Der hängt doch ewig mit seinere Droge-Clique rum. Des sin zwei, drei Adresse, meh net. Wenn Se die abfahre, hän se’n.“

„Tja, wenn das immer so einfach wäre.“

„Des isch so oifach.“

Ohne weitere Fragen nehmen Chiaramonte und Schreyvogel den privat engagierten Ordnungshüter ins Schlepptau. Er soll sie umgehend zum vermutlichen gegenwärtigen Aufenthaltsort des abgängigen Straffälligen führen; einerseits ein wahrer Luxus, der ihnen weitere Ermittlungsarbeit erspart; andererseits haben sie nun permanent dieses aufgeregte, aggressionsgeladene Gequake im Ohr. Aber was tut man nicht alles, um einen spektakulären Fall so schnell wie möglich zu lösen ...

Und unverdrossen nieder zu ihrer Werkstatt geht ...

Weißlettenheim gehört zu jenen Ortschaften im Grenzgebiet zwischen Stromberg und Kraichgau, zwischen dem Württembergischen und dem Badischen, die sich trotz zahlreicher Gebietsreformen eine gewisse Eigenständigkeit bewahren konnten. Die jahrhundertelang mal als Gefahr, mal als Chance wahrgenommene Randlage zwischen politischen Mittelmächten hat eine höchst eigenwillige, unbeugsame, manche sagen: bauernstolze, in jedem Falle aber auf Tatkraft und Individualstreben gegründete Identität mitbewirkt. Wiewohl die Einwohnerzahl, verglichen mit Nachbargemeinden, die seit den 50er-Jahren Bauboom um Bauboom erleben, noch immer recht bescheiden ausfällt, hat man es hier mit einem Gemeinwesen zu tun, das sich eine beeindruckende Infrastruktur zu erhalten oder teils gar neu zu schaffen wusste. Eine Buslinie, die von halb sechs Uhr morgens bis halb neun Uhr abends stündlich verkehrt, bindet den Ort an den Schienenverkehr an. Ein Zahnarzt und ein Allgemeiner versorgen wie vor Zeiten auf höchstpersönliche Weise die Bewohnerschaft mit Gesundheit. Fünf Bauern im Haupterwerb gibt es auch noch. Zwei Kirchengemeinden. Ein Gasthaus. Und einen Supermarkt.

Ortsvorsteher Uli Briegel übernimmt in etwa die Funktionen, die früher, vor der Eingliederung in ein Verbandsgemeindeverhältnis, dem Herrn Bürgermeister zugefallen waren. Vermittels einiger Verhandlungskniffe gelang es Briegel, Büro und Wohnung in dem schmucken spätklassizistischen Rathaus, das einen Neuanstrich freilich vertragen könnte, zu installieren. Die Vor- und Nachteile der Lage sind evident: Das zweigeschossige Gebäude mit der Bronzetafel überm Türsturz, welche auf eine Heimatdichterin hinweist, liegt an der einzigen Kreuzung zweier Hauptstraßen, die Weißlettenheim aufzuweisen hat. Zu den Stoßzeiten ist der Verkehr extrem; vor allem die Lastkraftwagen, die hier auf Mautspar-Kurs entlangdröhnen, sind dem Ortsgewaltigen ein Ärgernis.

Allerdings muss er sich hüten, gar zu deutlich mit den sieben bis neun Umweltaktivisten, die ebenfalls im Örtchen leben, zu paktieren; so blieb Briegel der Enthüllung eines zehn Meter langen Banners am Ortseingang fern. „Kein Schwerlastverkehr in Weißlettenheim!" stand darauf zu lesen, ein paar spielende Kinder waren ungelenk darauf gemalt. Obschon mit dem Ziel der grünen Einwohner übereinstimmend, begab sich Uli Briegel eines Nachts zu der bewussten Stelle, montierte das Banner ab und versteckte es in einem Altholzhaufen, den er bald darauf als Herbstfeuer zum Gemeindefest auflodern ließ. – Welchen Eindruck macht so ein Fetzen denn auch! Regieren jetzt in Weißlettenheim die Anarchisten oder wer?

Es ist der Morgen nach dem das Dörfchen aufrüttelnden Ereignis. Briegel hat kaum geschlafen. Allzu unvollständig ist sein Triumph ausgefallen: Die Fahrt im Dienstwagen gemeinsam mit den Beamten vom Stuttgarter Drogendezernat geriet ihm zum Fiasko. Von den Verdächtigen war niemand zu Hause; Briegel bestand darauf, dass man Durchsuchungsbefehle erwirkte. Mit zweifelnden Mienen kamen Frau Chiaramonte und Herr Schreyvogel seinem Drängen nach. Zwar wurde allerlei Werkzeug gefunden, das mit dem Konsum leichterer Drogen in Zusammenhang zu bringen war – doch leider Gottes alles im Rahmen der Legalität. Und: Der Gesuchte blieb verschwunden! Weg! Briegel regte sich so sehr auf, schwadronierte derart lautstark über „diese Verbrecherbande", dass er mehrmals zur Ordnung gerufen werden musste.

Der abschließende Kommentar von dieser gestrengen Polizeibeamtin gab ihm dann den Rest: „So, Herr Briegel, jetzt hatten wir zwar einen netten Nachmittag miteinander; aber das nächste Mal überlegen Sie sich bitte genauer, ob sie etwas ‚ganz bestimmt wissen' oder nur vermuten, weil sie persönliche Animositäten hegen."

Zu einer Entgegnung war er nicht mehr gekommen, denn diese Frau Chiaramonte fuhr so rasch an, dass er erschrocken den Fuß zurückziehen musste.

Nach einem Marmeladenbrotfrühstück mit den üblichen drei Tassen Kaffee zieht sich Uli Briegel in sein Büro zurück. Es ist Punkt sieben Uhr dreißig. Die Sprechzeit beginnt. Selbstverständlich nutzt nur selten ein Weißlettenheimer die Chance, zu solch früher Stunde Angelegenheiten von kommunalpolitischem Belang vorzubringen. Erst gegen acht Uhr fünfzehn klingeln die ersten Mitbürger an der Haustür – meist früh erwachte Ruheständler, deren Hauptanliegen wohl auf dem Gebiet der sozialen Kontaktnahme zu suchen sein dürfte. Grundsätzlich neigt man zu zwei Phrasen, womit die jeweiligen Ersuchen eröffnet werden: „Un, Herr Briegel, gibt's was Neies?" Oder aber: „Herr Ortsvorsteher, könnte Sie da net mal was mache ..." Briegel hört zu, notiert, leitet weiter, erstattet Bericht. Ob es sich nun um die wiederholte Klage handelt, vom Ortsbolzplatz drängen zur Abendstunde gar zu wilde Geräusche in die kleine Neubausiedlung „Am Schwaneck" hinüber oder aber um die elfte Anfrage, weshalb der Ortszuschlag in Weißlettenheim um 2,3 Prozent niedriger liege als in Knittlingen ... Uli Briegel nimmt sämtliche Anliegen gleichermaßen ernst.

Heute freilich belagern schon um sieben Uhr fünfzig sechs Personen die niedere Amtsstube. Die Grundstimmung des Ortsvorstehers ist von extremer Nervosität geprägt; zwar wurde striktes Stillschweigen vereinbart, doch droht immerdar und jederzeit das Hereinbrechen der öffentlichen Neugierde in Form eines unbarmherzigen Schreckgespenstes: der Presse. Selbstverständlich fühlt sich Briegel in Fällen von erhöhter Brisanz ein jedes Mal wie gesalbt aus höheren Sphären. Nur eines stört ihn dabei kolossal, seit nunmehr sechs Jahren: dass er den Kaffee selber kochen muss. Ganz früher war das Sache der Verwaltungskraft; die wurde ihm gestrichen. Späterhin übernahm diese Aufgabe seine Frau. Doch Silke Briegel hielt das Leben auf dem Land nicht mehr aus, so zumindest die offizielle Version. Etwa zeitgleich mit der Flucht seines Sohnes Reinholt, benannt nach dem Großvater väterlicherseits, setzte sich auch die um etliche Jahre jüngere Ehehälfte in die Großstadt ab. Allerdings: Auch diese beiden zogen nicht zusammen. Indes Silke eine Wohnung mitten in Karlsruhe bezog, trieb sich der Sohn fortan in Stuttgart herum ... und dies vermutlich bis zum heutigen Tage. Nach wie vor ist es dem Ortsvorsteher scheußlich unangenehm, darauf angesprochen zu werden, ja, wenn er ehrlich wäre, müsste er zugeben, dass er jede Tasse Kaffee, die er selber einschenken muss, als Gestaltwerdung einer gänzlich unverschuldeten Demütigung empfindet.

Bis zehn Uhr neunundfünfzig dauert heute die vormittägliche Anhörung, die Uli Briegel zu einem Dauerpamphlet gegen die Schlampigkeit der heutigen Polizeiermittlungen, die kriminelle Energie gewisser Einwohner von Weißlettenheim sowie gegen die Verrohung der Sitten im Allgemeinen nutzt. Drei betagte Witwen, ein krankgeschriebener Baukranführer, eine Supermarktmitarbeiterin und ein Pensionär, im Berufsleben einst Forstwart, hören ihm zu. Lediglich Letzterer wagt, eingedenk seiner einstmals machtvollen Position, bisweilen mehr einzustreuen als das obligate „Nee, nee, nee“ oder „Ach Gott, ach Gott“.

Einmal muss Briegel sogar richtig durchgreifen, als sich der Alte zu einer halben Unverschämtheit versteigt: „Äh, naja, Herr Briegel, wie ich gehört hab, wollt die Polizei ja absolute Ruhe ham im Ort, damit der Buddler keinen Verdacht schöpft. Wieso sin Sie denn dann die ganze Zeit die Hauptstraße rauf und runner gerast?“

„Also, Herr Forstwart!", ruft der Ortsvorsteher den Vorwitzigen zur Ordnung. „Das könne Sie doch gar net beurteile! Wer sollt denn die Organisation mache, wenn net i, sage Sie mir des emal!"

Elf Uhr. Zeit für den täglichen Rundgang. Uli Briegel komplimentiert die „Kunden", wie er seine Gäste neuerdings amtskorrekt zu nennen pflegt, nach draußen. Räumt grummelnd die Tassen in die Spülmaschine. Schlüpft in seine mittelbraune Allzweckjacke. Klemmt sich die Aktentasche unter den Arm. Und begibt sich auf die Hauptstraße. Dort wartet der Forstwart auf ihn, offensichtlich, um sich zu entschuldigen. Doch so leicht soll der ihm nicht auskommen! Briegel simuliert einen Telefonanruf, hält sich das Handy ans Ohr und stürmt an dem verlegen Harrenden vorbei.

„Ja bitte? Briegel? Hallo? Wer spricht?"

Bis zum Zebrastreifen dehnt er die Schauspieleinlage aus. Dann geht die Darbietung in wüstem Schimpfen unter, denn ein Zwanzigtonner holpert ohne zu verlangsamen direkt vor ihm vorbei.

„Unmööglich, Herr Briegel, gell, unmööglich!" Von einem Vorgarten her, wo in glatter Front die ersten Forsythien leuchten, dringt die Stimme der ehemaligen Metzgersfrau. Vor wenigen Jahren haben die Volks ihren Betrieb schließen müssen, da man im Sparkauf daran ging, eine eigene Frischfleischtheke einzurichten.

„Die Eingabe liegt der Behörde vor, Frau Volk. Die dreizehnte."

„Na, irgendwann muss es ja mal klappen."

„Nicht aufgeben, Frau Volk. Niemals!"

„Klar, Herr Ortsvorsteher, wir kennen Sie doch."

Mehr muss nicht kommuniziert werden. Die Positionen sind ohnehin klar. Seit Langem. Die Gesprächspartner wissen, was sie voneinander zu halten haben. Der Groll, den die Fleischerin gegenüber dem Ortsvorsteher hegt, ist für diesen durchaus nachvollziehbar – hatte er doch, obgleich Stammgast der Metzgerei Volk, die Einrichtung der neuen Fleischtheke im Sparkauf unterstützt, war sogar Fleischkäsbrötchen mampfend gemeinsam mit dem neuen Marktleiter vor dem Schandbau auf und ab promeniert. Andererseits, um sich's ganz und gar mit einem Mann in einer solchen Position zu verderben, lag der Fall doch zu heikel; dergleichen sollte man hübsch bleiben lassen, dazu ist Margit Volk immer noch Geschäftsfrau genug. Also hat man sich – über die Jahre – darauf geeinigt, grundsätzlich nur noch über den Durchgangsverkehr zu meckern, grußlos, ohne weitere Anteilnahme an privaten oder öffentlichen Vorkommnissen.

Als Briegel in einen Seitenweg abbiegt, wird es sogleich ruhiger. Man hört nur noch, im Gehrhythmus, seinen Schlüsselbund klingeln, den er, wer weiß, vielleicht als Zeichen seiner Machtbefugnis, stets offen trägt und nimmermehr in der Tasche verstauen würde. – An dieser Stelle bot Weißlettenheim bis vor Kurzem noch den Anblick echter Dörflichkeit. Zwei Holzschober stehen nach wie vor auf der ehemaligen Dorfwiese, mittlerweile aufgeteilt zwischen Rathausparkplatz und Gummireifen-Lagerhalle. Das alte Umspannwerk, Baujahr 1914, beeindruckt noch stets mit seiner schlanken Gestalt und dem roten Spitzdach. Der Anbau erfolgte 1973, weniger elegant, dafür sämtlichen Erfordernissen der neuen Zeit entsprechend. Dass der Dorfweg endlich mit roséfarbenen Betonguss-Knochensteinen gepflastert wurde, gilt zu wesentlichen Teilen als Briegels Verdienst. Langsam schreitet er die saubere Gasse ab. In den langgezogenen Gärten hinter den Häusern ist es still. Erst als er beim Gasthaus „Zum Bockshorn" um die Ecke biegt, trifft er wieder auf Menschen. Ein paar Kanalarbeiter haben ein Absperrband gezogen, stehen um einen Gulli herum und gucken unverwandt hinein.

Nachdem ihm einer der Männer winkt, gesellt sich Briegel hinzu, schaut ebenfalls ins Loch und stellt Fachfragen: „Un, Männer, wie?"

Bis zum Mittagsläuten wird Briegel neun kurze Gespräche und ein längeres geführt haben, selbiges mit dem zweiten Vorstand des Feldhandballvereins – immerhin, in den Achtzigern hat Weißlettenheim ja mal in der zweiten Liga gespielt! Eine Fülle von Kleinstinformationen geht ihm auf diese Weise zu, worunter die Mitteilung, dass Flocki, der Haushund der Bäckerei Ehrhardt, „in letschter Zeit gar koi Griebewurscht mehr mag", nicht als die unwesentlichste erachtet werden kann. So etwas verwechseln nur Laien.

Zwölf Uhr fünf. Es wird Zeit zur Visite im Sparkauf. Der Marktleiter, immer noch ein wenig wackelig auf den Beinen, begrüßt Briegel wie nach einem Trauerfall. Im Büro bekakeln die beiden noch einmal die Hauptereignisse des gestrigen Tages. Von Herzen sichern sie zum Abschied einander zu, wie sehr sie hoffen, man werde sich bald und vollständig davon erholt haben. Zur Bekräftigung erwirbt Briegel noch eine Flasche Ettaler Klostergeist, erkundigt sich bei der Kassiererin nach deren Befinden und verlässt das Geschäft.

Sein Vorhaben, sich auf direktem Wege zum Auto zu begeben, wird von der Leiterin des Kindergartens „Die Wipfelmännlein" torpediert. Einer Tagung wegen hat sie die schlimmen Vorkommnisse nicht aus nächster Nähe mitverfolgen können.

„Und was gedenken Sie jetzt zu tun, Herr Briegel?"

„Nun, des könne Sie sich denke", streicht sich der Ortsvorsteher über den rotgrauen Oberlippenbart, „dene Kerle noch genauer auf die Finger schaue! Von jetzt ab geht des net mehr, was die ganze Zeit gange isch. Die solle sich wunnere ..."

Die Erziehungsleiterin nickt respektvoll, begierig auf Sensationen. Doch Uli Briegel hat es eilig. Ohne nach rechts oder links zu blicken, eilt er seinem VW-Kombi zu. Die Mittagspause, das ist eine heilige Sache, die darf man sich nicht verschwatzen lassen. Ins „Bockshorn" lässt er sich schon lange nicht mehr jagen, so der dorfübliche Wortwitz; da hat es Differenzen mit der Wirtin gegeben, schwerwiegende sogar, als Briegel seinerzeit die Ortsversammlung vom ehemaligen Tanzsaal ins neuerbaute Vereinsheim des VfF Weißlettenheim verlegte. Nur, wenn sich's nicht vermeiden lässt, besucht er die Gaststätte noch. Dann trinkt er ein Pils, isst nichts – und verschwindet sobald als möglich. Doch auch diese zunächst unerfreuliche Wendung hat ihr Gutes: Mit seinem neuen Reservat für herz- und magenerfreuende Mittagspausen zeigt sich Uli Briegel mehr denn zufrieden.

Man fährt keine fünf Minuten bis nach Knittlingen hinüber. Meistens stellt Briegel seinen Wagen direkt unter dem Faust-Denkmal ab, das mit expressionistischer Gebärde das Geschehen auf dem Gemeindeparkplatz dirigiert. Den Schlüssel hin- und herschwenkend, überquert der Politiker die stark frequentierte Straße, schlupft ohne anzuhalten ins Innere des Traditionsgasthauses „Kanne-Post", vor Zeiten eine der wichtigen Etappen im Netzwerk des Fernreise- und Transportsystems der Fürsten von Thurn und Taxis. Kaum hat sich die eichene Türe hinter ihm geschlossen, ist alles wieder gut. Selbst wenn keinerlei Aufregungen vorausgegangen sind, stellt sich beim Betreten der Gaststube unweigerlich das Empfinden ein, alle Wunden seien für immer geheilt.

Der Stammplatz ist reserviert, wie sich's gehört. Die Wirtin, eine versierte Köchin und kräuterkundige Naturschützerin, dabei durchaus konservativen Gepräges, bringt unaufgefordert die Flasche Mittagswein. Briegel trinkt Reichshalde. Ein tadelloser Mittags-Riesling, nicht zu schwer und dennoch voll mineralischer Kraft. Heute entscheidet er sich für eine Kombination mehrerer, unterschiedlich geformter, auf verschiedenartigste Weise gefüllter Maultaschen, worunter die waldensischen seine liebsten sind.

Da die Herrschaften an den anderen Tischen bereits versorgt sind, gönnt sich die Wirtin ein Schwätzchen mit dem Ortsvorsteher. Das Thema freilich ist vorgegeben; doch gegen die mitteilsame Vitalität der Seniorin hat Uli Briegel keine Chance. Immer wieder setzt er an, den Tathergang aus seiner Sicht zu schildern – doch die Gute weiß schon alles. Hat ihre eigenen Hypothesen entwickelt. Und überrascht den Stammgast mit einem originellen Vorschlag: „Wisse Sie was, Herr Briegel? Am beschte wär's doch, mer dät all dene Leut ihr Quantum Wei zuteile, wie im Mittelalter, so zwei, drei Liter am Dag, dät i sage ... dann bräuchte die net uff so dumme Gedanke komme und Zeugs anbaue, wo verbote isch."

Leicht verwirrt ob der Entschiedenheit, mit der die Herrin der „Kanne-Post" ihr Strategiekonzept vorbringt, verspricht Briegel, die Sache bei der nächsten Regionalgebietshauptversammlungsabgeordnetensitzung einzubringen. Dann bleibt er allein, denn aus dem Nebenzimmer, einer der zahlreichen Faust-Stuben im Rund, dringen Akkordeongeräusche.

„Oje, die Leut habbe Durscht!", verabschiedet sich die Gastgeberin.

Während eine Kellnerin die Vorsuppe serviert, eine sämige Grünkerncrème mit wunderbar morbiden Markklößchen, versinkt Briegel in seiner habituellen Mittagspausenmeditationsstimmung. Frühlingslicht fließt durch die Scheiben, ringsum wird gemampft, ein träges, verteufelt behagliches Arom durchzieht den Gastraum.

Früher hat Briegel nie geschwiegen. Schon gar nicht am Mittagstisch. Da hatten ihm Frau und Sohn gewissermaßen als Erweiterung des Vormittagspublikums gedient. Per Aufforderung stimmten sie sämtlichen seiner Ausführungen zu. Er erzählte und schwadronierte, machte sich lustig, streute Anekdoten, teils deutlich überspitzt, dazwischen, worin sein eigenes, dem Gemeinwohl gewidmetes Trachten und Wirken in den heldenhaftesten Farben zur Geltung kam.

Und dann waren sie plötzlich weg, alle zwei. Bei Silke lag der Fall klar: Selbstverwirklichung ... Das hätte Uli Briegel freilich nie gedacht, dass seine Frau, die zweite, einmal in solche

Niederungen absinken würde; hatte er sie nicht genug geimpft mit seinen Darlegungen der Nichtswürdigkeit und Weltfremdheit feministischer Ansätze? Offenbar hatte sie ihm nicht folgen können. Von wem nur wurde sie indoktriniert? Sicher eine der Damen aus dem kirchlichen Friedenskreis! Bei der Aktion zum Welttag der Frauen, als ein zweihundertsiebzehn Meter langer Strickschal vom Turm der evangelischen zum Dachreiter der katholischen Kirche gewunden wurde, waren auch ein paar dieser Weibsbilder aus dem Umkreis der Alternativen, die sich Selbstversorger nannten, dabei. Anzunehmen, hier mochten Gesinnungen verbreitet worden sein, die einer treuen, den Sitten des Ortslebens verhafteten Ortsvorstehersgattin vorübergehend den Kopf vernebelten. Doch Briegel war sich sicher: Silke würde zurückkehren, vermutlich schon bald. Ganz ohne Bedingungen würde er sie nicht wieder aufnehmen; dazu würde dann auf alle Fälle die Versorgung seiner Besucher gehören.

Was Reinholt anbetrifft, gestaltet sich die Sache weitaus dramatischer. Uli Briegel bekommt kaum mit, wie schlupfrig die gebutterten Maultaschen heute wieder geraten sind – denn all seine Aufmerksamkeit ist von diesem einen Gedanken okkupiert: Wie geht es ihm? Ist er unglücklich, in Not? Nicht auszuhalten, diese Vorstellung! Reinholt, sein Wunschsohn, sein Ein und Alles. Einen Moment lang muss Uli Briegel die Zähne aufeinanderpressen, die Lider zusammenpetzen, als ihm die über Jahre hin täglich wiederkehrende Szene vor dem inneren Auge erscheint: Der Kleine kommt nach Hause, von der Schule, vom Fußballtraining, von Freunden ...

Die erste Frage des Vaters, da rumort Reinholt noch im Flur: „Wo kommst du her, mein kleiner Schatz?"

„Ich komme aus dem Silberland!"

Und dann fliegt es herein, das gelenkige Kerlchen und fällt ihm um den Hals, ihm, seinem geliebten, bewunderten, angehimmeltem Vater! Die Mutter trägt die Suppe auf, gibt Uli zuerst, dann dem Sohn, ganz wie es sich gehört. Voller Einfälle ist der Knabe immer gewesen, hat so lustig erzählt, von all den Kleinigkeiten, die ein aufgewecktes Kind erlebt. Aufblühend im stolzen Gefühl der Vaterschaft, streichelte er ihm immer wieder über den Hinterkopf, während Reinholt schmauste. – Dieses Silberland, es kam in einem Märchenspiel vor, das im letzten Kindergartenjahr kurz vor Weihnachten aufgeführt worden war. Reinholt hatte einen Ritter gespielt; und es war sein Satz.

Die Begrüßungsformel hielt sich bis zur Sexta, da fuhr er schon nach Bretten ins Gymnasium. Zu der Zeit ging's noch. Spätestens ab der achten Klasse nahmen die Konflikte zu. Reinholt wurde aufsässig. Ließ sich kaum mehr sehen. Trieb sich mit Gestalten herum, die Uli Briegel am liebsten hinter Schloss und Riegel gesehen hätte. Es wurde ihm zugetragen, sein einziger Sohn säße nach der Schule in Gesellschaft dieser Mischpoke an der Saalbach und „haschte"! Von da an war klar, wo die Feinde zu suchen waren: Die Weißlettenheimer „Drogenmafia", wie Briegel sich ausdrückte, hatte den Kleinen verführt.

Reinholt verließ die Schule nach der Zwölften, floh nach Stuttgart ... und der Vater führte, ganz allein, den Krieg weiter gegen diejenigen, die seiner Meinung nach diese furchtbare Entwicklung verursacht hatten. Briegel las Fachliteratur, Wissenschaftliches, Halbwissenschaftliches, Populärwissenschaftliches, zur Verfügung gestellt von den verschiedensten Gesundheitsinstituten, verfasst von Betroffenen, die clean geworden waren. Dabei weiß der Vater bis heute keineswegs, ob der Sohn nach diesen jugendlichen Versuchen, die ebenfalls nicht bewiesen waren, überhaupt je wieder Drogen welcher Art auch immer konsumiert hat; er vermutet es aber. Was sonst könnte seinen Sprössling so verwandelt haben, dass er den Kontakt zu seinem eigen Fleisch und Blut, seinem vergötterten Vater abbrach? Eben. Es stand ja in allen Ratgebern: Drogenkonsum verändert den Menschen.

„Herr Briegel, isch alles in Ordnung?"
„Wie? Äh, ... ja, sicher. Alles beschtens!"
„I hab gedacht, vielleicht hän Sie uff e Pfefferkorn gebisse ..."
„Was? Nein, nein. Doch, ja, auf die Zunge ..."
„Oh, des isch schlimm, des dut weh."
„Geht schon. War übrigens heute wieder alles wunderbar. I nemm dann noch en Obschtler. Äh – Mirabelle. Un die Rechnung."

Mit seinem großen Taschentuch trocknet sich der Ortsvorsteher die Augen. War er denn so tief in Erinnerungen versunken? Nicht zu fassen. Nun ja, es ist aber auch ein hartes Schicksal, das er zu tragen hat, keine Frage. Briegel leert die Neige aus der Weinflasche in sein Glas und zupft den Geldbeutel aus der Gesäßtasche. Jetzt erst mal hinlegen, dreißig Minuten. Dann beginnt Teil zwei seines Arbeitstages. Er wird sich umkleiden, die blaubraune Phantasieuniform des privaten Wachdienstes „Securitas Dorée" anlegen, wo er seit der Aufgabe seines Metallwarengeschäfts arbeiten muss ... und seine Untergebenen kontrollieren gehen: zunächst rund um das große Bruchsteinverarbeitungswerk, dann geht's weiter nach Karlsruhe, Durlach, Söllingen, Vaihingen, Sachsenheim. Bis Punkt 21.30 Uhr wird das dauern. Dann, zu Hause, bei einer Flasche Rotwein, schreibt er den Tagesbericht. Vorm Fernseher noch ein Fläschchen. Und um 5.30 klingelt der Wecker.

Wenige Kilometer entfernt, im ehrwürdigen Elitegymnasium des Maulbronner Seminars, hat die Mittagspause noch nicht begonnen. Es ist ein nervenaufreibender Vormittag für Lazarus Schambes; die Kinder, wie er sie nannte, die ja schon längst keine mehr sind, haben einmal wieder eigene Ideen entwickelt. Dergleichen schätzt er gemeinhin nur bis zu einem gewissen Grade. Kollege Keith wirft ihm deswegen „Scheindemokratie" vor. Dem mag so sein. Aber da kann Lazarus nicht drüber: Den letzten Teil, den wahrhaft künstlerischen Part im Prozess übernimmt er selbst; nur dann ist von einem inspirierten Ergebnis auszugehen. Seit drei Wochen sitzt er regelmäßig mit acht Schülerinnen und vier Schülern in diesem Eckzimmer des Schultrakts zusammen und diskutiert und entwickelt und schreibt mit. Währenddessen dringen aus dem Musikzimmer scharf angeschlagene Akkorde, rhythmische Tonfolgen herüber, manchmal auch wildes Lachen – das ist der andere Teil der „Theater-AG“. Keith hat es wie immer leichter: Fünf Burschen und drei Mädchen scharen sich um den Musiker, der eine ganz verteufelte Begeisterungsfähigkeit besitzt.

Bei Lazarus wird leider viel gegähnt.

„Das kommt noch“, verspricht er den jungen Eleven immer wieder, „wenn wir erst mal mit den Proben anfangen. Dann wird's erst so richtig spannend!“

„In echt?“, gähnt dann meist einer ungläubig.

Bis es so weit ist, streut Lazarus, nicht ungeschickt, immer einmal wieder einige Improvisationselemente ein. Besonders gerne macht er Phantasiereisen. Da müssen sich seine Schützlinge auf den Rücken legen, die Augen schließen ... und dann erzählt er ihnen, was sie sich vorstellen sollen. Vor allem liebt er diesen Methodenteil, seit sie, deren Namen er nicht nennt, von der Musikgruppe zu ihm übergewechselt ist. Welch ein Triumph! Ausgiebig nutzt er die Gelegenheit, dies biegsame Wesen zu betrachten, während er irgendetwas brabbelt, was im weitesten Sinne als Phantasiereise durchgehen kann.

„... und wir kommen jetzt in einen ganz großen Raum ... was ist da drin, in diesem großen Raum ... es wird uns ganz warm, wo kommt nur diese Wärme her ... ja, richtig, dort hinten, da ist ein Kamin ... das Feuer prasselt ... wir kauern uns hin und strecken uns richtig schön aus ... genießen die Wärme ...“

Der Moment nun freilich ist fast nicht auszuhalten, wenn die dunkelhaarige Schöne mit dem Knabenhaarschnitt sich seinen Worten fügt und sich tatsächlich dehnt und räkelt und dabei die Augen schön geschlossen hält. Mitunter muss sich

Lazarus abwenden, da er den Anblick solch makelloser Schönheit nicht erträgt. Nichtsdestotrotz, er macht die Übung immer wieder. Es kommt auch kein Widerspruch, alle sind sowieso immer müde in seinen Kursen, so dass die Gelegenheit, sich hinzulegen, von Herzen zu gähnen, die Augen zu schließen, gerne angenommen wird.

Beim letzten Mal hat sie, deren Namen er nicht nennt, während des Stuhlkreises einen fabelhaften Einfall gehabt. Das heißt, diese Idee hatten vor ihr schon andere, doch so richtig überzeugend fand er's erst, als ihre viel zu weichen Lippen diese Sätze formten: „Also ich find, wenn wir so viele Szenen haben, also, wir können ja nicht dauernd umbauen ... Wie wär das denn, wir lassen die Szenen irgendwie so ineinander übergehen, ohne Pause, also vielleicht dann auch ohne Applaus, ja ... und spielen einfach immer weiter?"

„Ineinander übergehen, fantastisch!", war Schambes von seinem Sitz gerissen worden. „Genau so machen wir's! Das ist wirklich neu, das ist mal was ganz anderes, klasse, äh ..."

Ja, und dann hätte er ihren Namen sagen müssen. Doch er brachte es nicht fertig. Also nickte er nur stumm, anbetungsvoll und hingerissen. Hatten die anderen seinen Gefühlsausbruch richtig gedeutet? Und hatte sie ihn richtig gedeutet? Ach woher denn ... Was sollten die denn wissen von ihm? Was sollte sie denn wissen, halb so alt, halb so schwer, halb so traurig wie er? Im Gegensatz zu allen anderen scheint ihr Blick immer ein wenig umflort, so, als trage sie ein finsteres Geheimnis mit sich herum. – Nun, heute wollte Lazarus eigentlich zum ersten Mal dieses Ineinanderübergleiten der Szenen ausprobieren ... und da kommen diese vorwitzigen Kerlchen und vermasseln ihm alles.

„Herr Schambes, wir haben uns gedacht: Können wir heute nicht mal tauschen?"

Die Schülerin, die ihm diesen befehlsmäßigen Vorschlag unterbreitete, war niemand anderes als Philomena von Wiese, Keith Saignées rotblonde Gespielin, deren Verhalten geprägt ist von einem furchterregenden Selbstbewusstsein.

„Äh, naja, gut, wenn ihr meint? Ich hatte heute eigentlich ganz was anderes ..."

Was sollte er tun? Manchmal muss man sich eben fügen. Flexibilität heucheln. Einverständnis simulieren. Freundlichkeit vorlügen. So lässt er denn jene jungen Leute, die sonst in der Obhut seines Freundes sind, ein paar Sequenzen improvisieren. Sie sollen „Gefühle" spielen. Angst, Trauer, Freude, Wut. Immer zu zweit. Und die anderen müssen raten, welches Gefühl in welcher Situation soeben dargestellt wurde. Zwei aus der Gruppe scheinen die Sache überhaupt nicht ernst zu nehmen: Zwei Knaben, natürlich. Der eine, dick und unzugänglich, der andere schweigsam, dabei zornmütig, offenkundig verletzt, sicherlich oftmals zurückgewiesen. Lazarus erkennt solche Merkmale auf Anhieb. Die beiden Jungs stören ihn kolossal. Ein Glück, dass sich Keith gewöhnlich mit denen herumschlagen muss ... Als die beiden dran sind, legen sie sich einfach auf die improvisierte Bühne, schließen die Augen und schnarchen. Na, großartig.

Eine Weile erträgt Lazarus Schambes den Unsinn. Als die anderen zu grunzen beginnen, unterbricht er: „So ... Das war jetzt eigentlich nicht gemeint. Welches Grundgefühl solltet ihr darstellen?"

Während ihn der zornige Junge zornig anfunkelt, gibt der beleibte gähnend zur Anwort: „Müdigkeit?"

„Nein, falsch."

„Oh, hab's vergessen."

„Wenn ihr zwei keine Lust habt, ihr müsst das hier nicht mitmachen", zischt Schambes und ruft die Nächsten auf.

Das also ist nun Philomena ... So ausführlich hatte er noch nie Gelegenheit, die Kleine zu studieren. Gemeinsam mit einer etwas knubbeligen Freundin versucht sie, die Empfindung von Freude pantomimisch darzustellen. Dabei fehlt auch diesen beiden jedweder theatralische Ernst. Während sie ungeschickt Elfen simulierend und Kreise tanzend über die Bühnen hopsen, müssen sie immer wieder kichern. Lazarus lächelt dazu. In Gedanken ist er ganz woanders; immer wieder versucht er sich vorzustellen, wie dieses fast noch pubertär wirkende Mädchen mit diesem geschickt geflochtenen Haarkranz über dem glatt gekämmten Rotgold überhaupt so etwas tun kann; sie kommt ihm viel, viel zu jung vor für all diese Dinge, die Keith von ihr so gerne ausführlich erzählt.

Lazarus schlägt eine andere Einheit vor, doch er verhaspelt sich, ist nicht bei der Sache. Die beiden Kasper lachen laut heraus. In Lazarus' Hirn verhaken sich die Gedanken. Eine brennende Sorge macht sich breit: Was geschieht nur da drüben, von wo immer wieder Lachsalven zu hören sind? Eindeutig, ganz eindeutig ist es immer wieder ihre Stimme, die besonders laut und ekstatisch vernehmlich ist. Was tut dieser Keith da gerade? Kennt der denn gar keine Grenzen? Warum quält er ihn so?

Die Befürchtungen des Lazarus Schambes bewegen sich auf einem Niveau, das der Wirklichkeit nicht einmal annähernd entspricht. Hätte er eine Ahnung von den Dingen, die einen Klassenraum weiter vor sich gehen, er käme herübergestürzt, würde seinen Freund packen, ihn würgen, mit Faustschlägen traktieren, seinen Hinterkopf auf den Boden schlagen. Denn Keith Saignée, kundig in sämtlichen Bereichen der Kontaktaufnahme mit weiblichen Wesen – mögen sie auch noch so unerfahren sein – hat als Einstimmung in die Struktur von Musik und Gesang das Oberthema Atem gewählt. Zunächst geht es darum, den eigenen Atem zu spüren, sich gleichsam zu vergewissern, dass man wirklich auf Erden weilt. Zu diesem Behuf muss sich die Gruppe auf den Boden legen, das sind sie ja bereits gewöhnt. Sie, deren Namen Lazarus nicht zu nennen wagt (sie heißt Susanna), liegt ebenfalls brav da und atmet nach Anweisung.

Es ist unglaublich, wie Keith den Psychokitsch, der solche Exerzitien hervorbringt, mit Witz zu überspielen weiß. Beständig fallen ihm Skurrilitäten ein, die die Abiturienten zum Lachen bringen. Dabei scheut er auch vor Anzüglichkeiten keineswegs zurück. „So, Susanna, jetzt leg dich mal auf den Rücken. Die Position kennst du ja, nehm ich an ..."

Es geschieht etwas Unglaubliches, Befreiendes, eine Verwandlung, die Saignées verklemmtem Theaterpartner nie gelingen würde: Selbst die aufs Zotenhafteste in den Mittelpunkt des Interesses gerückte junge Frau stimmt in das Gelächter ein. Keith meint genau zu wissen, dass es Heranwachsende freut, ja geradezu ehrt, wenn sie wie erfahrene Connaisseure behandelt werden. Dass derlei bisweilen die Tore zum finsteren Gebiet des Missbrauchs weit aufstößt, ist ihm ebenso bekannt.

„So, jetzt schaut einmal her."

Ohne Scheu gruppieren sich die Theater-Novizen um den Meister und die Schülerin und schauen zu.

„Die Susanna macht das ganz perfekt, seht ihr? Sie atmet ganz tief in ihren Bauch hinein. So ist es richtig. Leg mal die Hand auf deinen Bauch, Susanna. Nee, 'n bisschen höher, sonst schlaf ich heut Nacht schlecht ..."

Angespornt durch das erneute Gelächter, nimmt Keith behutsam Susannas Hand von ihrem Nabel weg und legt seine eigene darauf. Einen Moment Stille. Susanna schließt die Augen. Atmet weiter.

Und auf unglaublich sanfte Weise, so dass die Umsitzenden die Luft anhalten, statt selber weiter in ihre Bäuche hineinzuatmen, fragt er die Liegende mit nur einem Wort: „Okay?"

„Hm, hm", macht die Schülerin. Räuspert sich. Lächelt. Und wird rot.

Beim anschließenden Musizieren mit Keith hat die Gruppe so viel Spaß, dass allesamt nach und nach erkennen, die falsche Wahl getroffen zu haben. Bestimmt wird das auch ganz annehmbar, was sie zusammen mit dem Schambes auf die Bühne bringen; aber dieser Saignée, von dem kann man wirklich was lernen! Vor allem, dass Lernen etwas mit Leidenschaft zu tun hat. – Die Gitarre in Kniehöhe, tobt der Mann durch den Proberaum, verschmolzen mit den Tönen, unbekümmert, ob dabei irgendetwas peinlich wirken könnte. Die wenigen, die sich trauen, ein Instrument, das sie leidlich beherrschen, tatsächlich in dieser Situation zu spielen, fühlen sich wie von innen heraus befähigt ... und auf einmal gelingen ihnen die tollsten Läufe, die gewagtesten Modulationen. Sogar die anderen, die mit Rhythmusinstrumenten vorlieb genommen haben, verspüren auf einmal ein Vermögen, die Welt um sich herum zum Tanzen zu bringen. Immer hitziger lenkt Keith das Tempo, immer wilder werden die Improvisationen.

Besonderen Eindruck erweckt Keith bei den jungen Menschen durch seine Offenheit, als er erklärt, es sei ein absolut neues Lied, das er mit ihnen gerade zum allerersten Mal spiele. Heute Nacht sei es ihm eingefallen. Im fertigen Musical werde es vermutlich an einer Stelle zum Einsatz kommen, da zwei der Hauptpersonen eine Bar betreten. Ein Tanzstück – keine Frage. Aber er habe sich, so Saignée bescheiden, sehr bemüht, etwas mehr hineinzulegen als schlichte Tanzbarkeit; es solle auch etwas von der Verzweiflung zu spüren sein, die im Kontakt zwischen Menschen immer möglich ist; von der Enttäuschung, die manchmal schon im Vorhinein zu fühlen ist, kaum dass man sich kennengelernt hat ... Vielleicht wird sie erst sehr viel später Wirklichkeit ... und dennoch hat man es ganz bestimmt gewusst. Die meisten sitzen da und nicken, denn die Erfahrung, die der Musiker skizziert, ist keinem fremd. Zumindest glauben das im Augenblick alle.

Als die Projektstunde abgelaufen ist und endlich die Uhr auf Mittagspause steht, kommt es zu einer kurzen Begegnung im Flur. Nur eine Sekunde, vielleicht zwei, nicht länger geschieht so etwas wie ein staunendes Verharren, worin sich eine Stimmung ausdrückt, deren emotionale Schwerkraft die Ereignisse des kommenden Sommers prägen wird. – Keith Saignée tritt aus der Tür ... und sieht Philomena, die offensichtlich zu ihm kommen wollte; doch zwischen beiden steht Susanna Seiberth, die Augen ebenfalls auf Keith gerichtet. Noch einer hatte vorgehabt, Keith aufzusuchen: Lazarus Schambes, der sich vergewissern wollte, dass ihm nur die alte, dumme Eifersucht einen Streich gespielt habe. Damit nicht genug; im Hintergrund, schon nahe der Treppe, wenden sich die beiden widerständigen Jungs ebenfalls nach dem Musiker um, der rundliche mit undefinierbarem, der hagere mit wütend entschlossenem Antlitz. – Niemand sagt etwas, niemand folgt nach diesem Moment der Erstarrung seinem ursprünglichen Vorhaben. Alle gehen auseinander, jeder in eine andere Richtung als beabsichtigt... und keiner weiß, dass dies eben nichts anderes war als die Konstellation eines Duells.

Keiner, außer Keith Saignée. Er liebt solche Offenbarungssekunden, in denen sich mit schicksalhafter Wucht zusammendrängt, was gemeinhin durch Konventionen, also Lügen, überlagert wird. Erst als alle aus dem Flur verschwunden sind, setzt er sich langsam in Gang: voll gespannter Vorfreude auf den weiteren Verlauf. Wer aus alledem als Sieger hervorgehen wird, steht zwar schon fest; doch er ist ja kein Unmensch: Lazarus, seinen Freund, wird er sogleich aufsuchen, ihn ein wenig trösten und zum Mittagessen einladen. Man muss es dem Guten ja nicht allzu schwer machen. Nur eines wird er ihm nicht versprechen können: Wenn diese Susanna da so weiteratmet, dann könnte es sein, dass er seiner Philomena schneller untreu wird als es dem gewohnten Verlauf entspricht.

Er ist mit ihr verbündet und inniglich vertraut ...

Dreimal schon hat Wuff seinen Aufenthaltsort wechseln müssen. Anfangs war er sich gar nicht so sicher, ob „die" es wirklich so ernst meinen. „Die", das sind nicht die leutseligen, toleranten Polizeibeamten, die er aus Maulbronn und Bruchsal kennt. Nein, auf einmal weht ein scharfer Wind. Wie ihm zugetragen wird, zeichnet vor allem ein Fahnder-Duo von der Stuttgarter Drogenfahndung für die ungewöhnliche Intensität der Ermittlungen verantwortlich.

Kaum hatte ihn Pinkus Janhagel bei seiner Tante Mariechen untergebracht, einer Kleinbäuerin aus Lienzingen, die sich auf Hühnerzucht versteht, schon musste eine neue Bleibe gesucht werden. Umsicht und Vorsicht waren dabei geboten; denn die Beamten ermittelten schnell. Innerhalb kürzester Zeit hatten sie herausgefunden, wer zu Wuffs engerem Freundeskreis gehört.

Bereits am Tag nach dem Aufsehen erregenden Plantagenfund zu Weißlettenheim mussten sich Pinkus und Django, Wuffs anderer treuer Gesell, über unliebsame Besuchskontakte aufregen: In der Tat, klug aus Erfahrung, pflegen Melina Chiaramonte und Ulf Schreyvogel meist zweimal – oder gar dreimal – in kurzer Folge bei Verdächtigen aufzukreuzen. Vielteilige Gehöfte zu durchsuchen, erweist sich meist als zu aufwändig; geschickter ist es, die Observierten in Sicherheit zu wiegen, um sodann, durch einen Zugriff zur Unzeit, den Flüchtigen dingfest zu machen.

Aber nicht mit der „Selbstversorgerorganisation Kraichgau-Stromberg“ – zumindest nicht so leicht ... Niemals zuvor, zu keiner Stunde, hat man sich einer derartigen Kriminalisierungskampagne ausgesetzt gesehen; sicher, Wuffs Baumaßnahme unter dem Weißlettenheimer Sparkauf war ein dreistes Stück. Hierfür würde er einfahren müssen, gar keine Frage. Mit Geldstrafen (wovon bezahlen?) oder gar Bewährung wäre es nicht getan. Aber kann es denn angehen, dass ein ganzer privater Handelsverband unter Generalverdacht gestellt wird?

So etwas fordert Widerstand heraus. Sogar brettkonservative Assoziés wie der alte Lauffer fühlen sich an der Ehre gepackt. Außerdem: Gerade in den Grenzlanden zwischen Kraichgau und Stromberg hat sich von alters her ein wacher Sinn für das Menschenrecht des Verfolgten gehalten, gleichgültig, welches Delikt vorliegt – und dieses Recht heißt: fliehen dürfen. Obdach gewährt bekommen. Mit Nahrung versorgt werden. Und dies so lange, bis es dem Betreffenden gelingt, außer Landes zu gelangen oder bis er denn doch den Häschern in die Hände fällt ... Oder aber die Justiz mitsamt ihrer dienstbaren Exekutive verliert das Interesse, wird mürbe, gibt auf. Nach dieser Richtung tendierte Wuffs heimliche Hoffung.

Nun, man weiß eben noch – oder spürt zumindest subkutan – wie es um das Los der Inkriminierten hierzulande einst bestellt war. Keineswegs hatten die Maulbronner Mönche und ihre Vollzugsbeauftragten das Land allüberall mit christlicher Milde behandelt. Unterm Krummstab war selten so zu leben, wie dies die Propaganda verlauten ließ. Grausame, noch nach Jahrhunderten Entsetzen erregende Strafen wurden vollzogen, meist ohne langwierige Gerichtsverhandlungen, sondern eher nach Gutdünken. In Knittlingen, die Wirtsleute der „Kanne-Post“ könnten da Auskunft geben, hat man die riesenhafte Kelter teils umgenutzt zu einer Justizvollzugsstätte ersten Ranges. Ein – nicht sehr geräumiges, aber dafür umso tiefer ausgebuddeltes – Verlies wurde eingerichtet, wo man die Gefangenen vermittels komplizierter Apparaturen hinabzuhaspeln beliebte. Öffentliche Strafvollzugsmaßnahmen auf einer hocherbauten Schandbühne prägten das Bewusstsein von der eigenen Hinfälligkeit, vom unentrinnbaren Ausgeliefertsein auf Generationen hin. Vorwiegend zweierlei Reaktionsweisen bildeten sich heraus: Revolutionsgeist oder Demut – wobei selbst letztere Schutzmaßnahme nicht immer die gewünschte Wirkung zeitigte, da man feststellen musste, dass selbst der blindeste Gehorsam immer köpfbar bleibt.

Inwieweit all dies tatsächlich noch mitschwingt in der verschwiegenen Anteilnahme, die das Schicksal einer von jetzt auf nachher aus allen Bezugssystemen der bürgerlichen Sicherheit katapultierten Frohnatur namens Wuff allenthalben auslöst, mag dahingestellt bleiben. Freilich erhöht sich das Risiko, je mehr Personen von einem derart sensiblen Thema Kenntnis erhalten; umso staunenswerter, dass – zumindest bis zu diesem Zeitpunkt – kaum sachdienliche Hinweise aus der Bevölkerung bei den Polizeidienststellen eingegangen sind – die täglich anschwellende Informationsflut, ausgelöst vom Weißlettenheimer Ortsvorsteher Uli Briegel, ausgenommen. Da viele der naheliegendsten Verstecke aufgrund der Annahme, dass die Beamten über Wuffs allernächste Sozialkontakte unterrichtet waren, gesperrt blieben, musste man rasch in die Breite gehen. So erwies sich schon die zweite Etappe der Flucht als eine Örtlichkeit, die der Gejagte noch nie betreten hatte: Ein pensionierter Universitätsprofessor aus Heidelberg, der seinen Lebensabend überwiegend im beschaulichen Gochsheim zubrachte, stellte, eingedenk politisch linker Aktivitäten gegen Ende der wüsten Sechziger, ohne jegliche Gegenforderung sein Gartenhaus zur Verfügung. Es war gut belüftet.

Doch auch hier war kein Bleiben. Zurzeit befindet sich Wuff wieder in Weißlettenheim – eine geradezu halsbrecherische Maßnahme, gewiss; doch geht man, vielleicht zu unrecht, davon aus, dies sei fürs Erste der sicherste Ort auf Gottes Erdboden. Wuff hält sich bei der Käse-Astrid verborgen, genauer: in einem jener abdeckbaren Metalleimer zur Aufbewahrung frisch angelieferter Ziegenmilch. Bequem ist das nicht, keine Frage, zudem mit allerlei Aufregungen verbunden, da just in diesem Moment ein Einsatzwagen der Stuttgarter Polizei im Hof vorfährt. Die Käse-Astrid, der es nach vielfachen Versuchen vor Kurzem endlich gelang, ihren Betrieb zu legalisieren, sprich sämtliche Auflagen der Gesundheitsbehörden akribisch zu erfüllen, gehört mitnichten zu den von Grund auf mit Berufsrevolutionären sympathisierenden Salonbolschewisten, wie man dies von dem Heidelberger Akademiker mit Fug behaupten konnte. Ihr Lebenszugriff ist ein ganz und gar praktischer; politisches Bewusstsein beschränkt sich bei ihr auf die Gefilde der Ökologie. Da aber kennt sie keine Kompromisse. Um Wuff vor der Obrigkeit zu verbergen, bedarf es für sie keiner Begründung; der bloße Tatverhalt genügt: So natürlich, wie man gereiften Ziegenquark mit aromatischen Blättern ummantelt, um ihn vor äußeren Einflüssen zu schützen, so selbstverständlich stellt man sein Quartier demjenigen zu Verfügung, der es benötigt. Punktum.

Nun, im Augenblick des Zugriffs durch das Beamten-Duo, ohne innezuhalten dringen sie in Astrids Verkaufsladen ein, zeigt sich doch eine gewisse Unerfahrenheit auf diesem Sektor. Etwas zu laut und seltsam überfreundlich begrüßt sie das in Zivil gekleidete Pärchen, wodurch – ein einziger Blick genügt – bei den Ermittlern umgehend höchste Einsatzbereitschaft ausgelöst wird. Für die vorgeschriebene Überprüfung lässt man sich nur wenig Zeit; auch in diesem Falle steht da zunächst wenig zu erwarten.

„Kennen Sie diesen Mann?“, fragt Schreyvogel, fast schon nebenbei, indem er der Käse-Astrid ein Foto hinschiebt.

„Wen? Den? Nee. Ach so. Ja klar: De Wuff.“

„De Wuff. In der Tat. Un wenn ich Sie jetz frag, ob Sie ihn in letztscher Zeit mal gesehn hän, sage Sie bestimmt nee.“

„Ja."

Einmal mehr blicken Ulf und Melina einander an und ziehen die Augenbrauen hoch.

„So langsam", murmelt die Beamtin, „gehen die mir hier auf die Nerven mit ihrer Billigsolidarität ..."

„Wie meine?"

„Nix. Hausdurchsuchung."

Überrumpelt, ohne Gegenwehr, lässt Astrid die Fahnder gewähren. Erst als die beiden auf ihr Allerheiligstes zusteuern, den Reinraum für die Käseproduktion, kommt Leben in sie.

„Halt! Halthalthalt! Da könne Sie net nei!"

„Und warum nicht, bitteschön?", feixt Melina Chiaramonte im Vorgefühl eines nahen Sieges.

„Weil ... weilweil ... wege de Keime!"

„Ah, die Keime. Ja, was machen wir denn da?"

Kurz darauf bewegt sich eine Dreiergruppe, ein wenig an einen Betriebsausflug von Außerirdischen erinnernd, durch die sterile Schleuse. Eingeschnürt in himmelblaue Plastikumhänge, mit ebensolchen Hauben versehen, selbst die Schuhe sind mit Plastiktüten zugebunden, stapfen Astrid und ihre Besucher in die klinisch blitzende Werkstatt hinein. Ohne sich weiter zu erkundigen (es hätte ja doch keinen Zweck), ziehen die behandschuhten Polizistenfinger an Schrankgriffen, drücken Türklinken nieder, fühlen in Hohlräume hinein. Im Eingangsbereich stehen drei riesige silberglänzende Milchgefäße nebeneinander. Unwillkürlich hebt Schreyvogel einen Deckel hoch.

„Na", uzt ihn Melina, „spielen wir Aladins Wunderlampe, ja?"

Ulf blickt ins Leere. „Bei dene hier weiß merr nie. Dene trau ich sogar zu, als Flaschegeist unterzutauche."

Astrid steht schreckstarr unter der Absaugvorrichtung und sagt nichts. Um welche Dimensionen aber wächst ihre Besorgnis, als der Beamte, nachdem er sich schon abgewandt hat, noch einmal zurückkehrt und – seiner Kollegin zugrinsend, den zweiten Deckel hochhebt.

„Des war wie Hütchespiele!“, wird der Eingeschlossene, dem im Nebenkübel das Herz gegen die Blechwand donnert, späterhin oft und oft erzählen. Zwar, es kommt nur selten vor, doch immerhin, bei den allerersten Versuchen hat man manchmal Glück in dieser Disziplin: denn Schreyvogel schaut nicht einmal richtig in das Gefäß hinein. Dass jemand auf einen solch naiven Gedanken verfallen könnte, sich selbst ohne Aussicht auf Rückzug in eine derartige Zwangslage zu bringen, das erscheint denn auch dem mit allen Eventualitäten des Polizeialltags seit Langem Vertrauten höchst unwahrscheinlich.

Noch während sich die beiden dem Dienstwagen nähern, wird Wuff in seiner Tonne rege, ausgelöst durch einen abermaligen gewaltigen Schrecken. Denn plötzlich, ohne dass er Stimmen gehört hätte, öffnet sich über ihm doch noch der Deckel. Es ist aber nicht das hämisch-anonyme Gesicht der Justiz, das ihn anschaut, sondern ein wohlbekanntes.

„Mensch, Pinkus!“, flüstert Wuff. „Bass uff, die sin noch da!“

„Weiß i doch! Die komme glei zurück. Verlass dich druff.“

Fast entgleitet Pinkus der blecherne Deckel; dann hilft er dem Freund aus dem Rieseneimer. Durch den Lagerraum, wo sich die herrlichsten Käse bis zur Decke stapeln, entweichen sie in einen Keller. Von dort aus führt ein unbeleuchteter Gang zu einer Treppe, die sie hinauf ans Helle bringt. Schon schlüpfen sie aus dem Gartentor. Dann erst, unter einem tiefhängenden Apfelbaum, umarmen sie einander und beklopfen sich nach alter Gewohnheit.

Zeitgleich bringen sie den einen Satz heraus: „Isch des ’ne Scheiße ...“

Wenige Meter hinter Astrids Garten beginnt ein halb zugewucherter Hohlweg, den Männern bestens bekannt durch zahlreiche Pflanzaktionen in früheren Jahren. Aber so recht wollten die Stauden hier nie gedeihen; falsches Mikroklima für die wärmeliebenden Gewächse, so wurde vermutet. Ein anderer, tiefer eingeschnittener, aber der Sonne zugewandter Hohlweg wird diesem hier gegenwärtig vorgezogen.

„Mer kommt net mal mehr auf normalem Weg aus seiner Wohnung 'naus", beschwert sich Pinkus, neben dem Kumpan unter Weißdorn und Liguster hindurchkriechend. „Ein Glück, dass mir vorg'sorgt hän ..."

Noch immer außer Atem vor Angst, stimmt Wuff dem Kumpel zu. „Als hätt mer's geahnt ..."

Wovon die beiden sprechen: Ein seit trutzigen Rittertagen in seiner Dichte und Vielgestalt nicht wieder erreichtes Tunnelsystem haben Wuff, Pinkus, Django und einige Freunde in den letzten Jahren im heimischen Löss ausgehoben, beständig unter der Befürchtung leidend, ihre Freude an hoher Rauchkultur werde dereinst Anlass zu hartnäckiger Verfolgung sein. Erst im letzten Jahr gruben sie von Pinkus Janhagels Obstkeller einen Gang, immerhin gute fünfzehn Meter lang, bis zu einem trockengelegten ehemaligen Wasserspeicher, dessen Abschlusstür sie gleich mit erneuerten. So ist es jederzeit möglich, sich im Freien zu bewegen, selbst wenn das Wohnobjekt observiert werden sollte. Und davon geht Pinkus derzeit begründetermaßen aus.

„Weisch, i kann au gar net lang bleibe. I bring di grad zum Budde, der isch hier in der Näh mit seiner Herd. Hab ihn scho informiert."

„Ah, der Budde. Der isch recht. Frag mich nur, wie lang des gut geht, uff die Art ..."

„Net beschreie, Wuff, net beschreie. Mir schaffe des, okay?"

Ohne ein Wort mit dem Kollegen zu wechseln, hat Melina Chiaramonte den Dienstwagen langsam vom Hof gefahren, dann hurtig einen Feldweg hinaufgesteuert und hinter einer Hecke geparkt. Stumm stehen sie an der Stelle, wo Wuff und Pinkus soeben ins Gebüsch abgetaucht sind. Um die Spuren zu erkennen, muss man sich nicht einmal bücken. Vorsichtig bewegen sich die Beamten neben dem Hohlweg entlang. Nach einigen hundert Metern Aufstieg befinden sie sich am oberen Ende. Vermittels einer Geste fragt Schreyvogel an, ob er Unterstützung anfordern soll. Auf ebenso stumme Weise wird ihm bedeutet, dass jedes Geräusch den Erfolg gefährden könnte. Die Angel ist ausgeworfen, an der bestmöglichen Stelle; jetzt heißt es warten.

Trotz der immer noch recht frischen Temperaturen sind Wuff und Pinkus völlig verschwitzt, als sie endlich, fast eine dreiviertel Stunde später, in der Nähe des Lockenberger Hochplateaus aus dem Hohlweg ins Freie krabbeln.

Wuff zieht sich ein paar Dornen aus den Armen und sieht sich um. „Du, Pinkus, hab ich dir das erzählt?"

„Bestimmt. Was denn?"

„Vom Landeplatz? Die Steinzeitkreise?"

„Hä?"

„I hoff, es isch noch da. Sonst hab i e Problem."

Ein Weilchen muss der Flüchtling herumsuchen, da atmet er erleichtert auf. „Siehsch des? Da? Un da?"

Pinkus schützt seine Augen mit beiden Händen, überblickt die Wiese – und japst erschüttert: „Des gibt's ja net!"

„Siebzehn wie mit em Zirkel gezogne Kreise, Pinkus. Siebzehn Stück! Wenn des nix zu bedeute hat ..."

„Des isch ... des isch ... Hasch du ne Ahnung?"

„Sicher."

Wuff liebt es, den Spezialisten zu geben. Meist schaut er mitleidig-bekümmert drein, wenn jemand, zumal einer der Freunde, seine Ahnungslosigkeit in verschwörungstheoretischen oder sonstwie esoterischen Fragen offenbart.

Begütigend legt er dem Kumpel die Hand auf die Schulter: „Weisch ... des isch ... Da kommt alles zusamme. Meiner Meinung nach sin die Dinger aus der Stoizeit."

„Echt?"

„Aber net nur. Die sin damals scho g'macht worde, damit sie's wiederfinde."

„Sie?"

„Ja, sie."

„Die Außerirdische oder wer?“

„Net so laut. Ha ja, wer denn sonscht!“

„Un warum, glaubsch du, hat die koiner früher entdeckt?“

„Ja des ...“ Mit Mittel- und Zeigefinger weist Wuff auf seine eigenen Augen. „Wer Augen hat zu sehen, der sehe!“

Während die beiden sämtliche Kreise der Reihe nach abschreiten, entfaltet Wuff seine Theorie, die er in letzten Tagen, da er viel Zeit mit Warten verbringen musste, entwickeln konnte. Selbstverständlich beginne alles mit dem Namen: Lockenberg ... Ob Pinkus da nichts auffalle?

Nichts fällt ihm auf. So wird der Staunende denn unterrichtet, dass der Name etymologisch ganz eindeutig auf den altnordischen Gott Loki zurückgehe. Loki ... die Teufelsgestalt der alten Germanen! Na? Jawoll: Kein anderer ist es, der den großen Ragnarök, den Untergang der alten Welt, auslöse. Ob ihm jetzt ein Lichtlein dämmre?

Immer noch nicht. Also gut. Loki, das ist der Lichtbringer, wie Luzifer – sie sind ein und dieselbe Figur. Und was ist dieses Licht? Die Aufklärung der letzten Geheimnisse. Die Offenbarung, klar? Nicht anders der Mayakalender: Der endet zu demselben Datum. Es sei also eindeutig zu erwarten, dass die Sternenfahrer hier auf dem Lockenberg, besser: Lokiberg, landen werden, ihre Getreuen einsammeln, um dann die sündige Welt ihrem letalen Verfall zu überlassen.

„Du, des isch gut, Wuff“, gerät Pinkus ins Grübeln. „Aber manchmal ... kommt's eim so vor, als wär des alles schon bassiert. Also, wenn i mir die Welt so aguck, weisch ...“

Unter diesen Gesprächen sind die Freunde die Anhöhe hinuntergeschritten und haben einen Aussichtspunkt erreicht, von wo aus das schwarzgrüne Hügelmeer des Strombergs weithin zu überblicken ist. In einiger Entfernung, mit bloßem Auge kaum wahrnehmbar, bewegen sich einige Punkte über eine Weide.

„Guck, Wuff“, weist Pinkus die Richtung, „des isch der Budde. I muss zurück. Hab so e dummes Gefühl. Schaffsch des allei?“

„Klar. Geb mer Müh."

Enthusiasmiert durch die Aussicht auf den nahen Weltuntergang, verabschiedet sich Wuff von dem Freund. Dankbar boxt er seinem Retter vor die Brust. Und noch einmal begehen sie ihr neues Ritual.

„Verlust ..."

„ ... befreit uns."

„Niederlagen ..."

„ ... machen uns weise."

„Verfolgung ..."

„ ... zeigt uns den Weg des Heils!"

Auf der anderen Seite des Lockenberges ist die Stimmung weitaus weniger optimistisch. Über eine Stunde lang haben die Polizeibeamten gewartet, sind dann den Pfad neben dem Hohlweg zurückgegangen – und haben dabei festgestellt, dass ihnen im Gestrüpp ein Abzweig entgangen ist. Diese zweite, engere, wadiartige Einbuchtung in den Lössboden schlängelt sich in entgegengesetzter Richtung den Berg hinauf. Weise verzichtet man darauf, einander Vorwürfe zu machen; auch die Meldung über den gescheiterten Zugriff wird nicht in der üblichen Exaktheit formuliert. Dafür reift neue Entschlusskraft in den getäuschten Ermittlern: Nachdem man dieser Käse-Astrid ordentlich aufs Dach gestiegen ist, wird man sich, der Reihe nach, noch einmal sämtliche Herrschaften vornehmen, die vom Ortsvorsteher Briegel zum Unterstützernetzwerk gezählt werden. – Die erste Vernehmung des Pinkus Janhagel in dessen Weißlettenheimer Behausung noch an selben Nachmittag wird allerdings den unerquicklichsten Unternehmungen des Duos Schreyvogel-Chiaramonte zuzurechnen sein, seit die beiden als Team unterwegs sind.

„Nicht schon wieder Sandelholz", vermerkt Melinas Spürnase, als endlich, mehr denn eine Viertelstunde nachdem sie den altmodischen Klingelzug betätigt haben, die Tür aufgeht.

Wo auch immer zuletzt Hausbesuche unternommen wurden, stets der gleiche Geruch: Allerdings weiß selbst der tütteligste Hinterwäldler, dass Sandelholz-Räucherstäbchen nicht nur zur Reinigung muffiger Buden eingesetzt werden, sondern gerne auch zur Überlagerung brennbarer Narkotika.

Nervlich ist die Beamtin seit Längerem recht angespannt; es gibt kaum Fortschritte im aktuellen Fall. Hatte es zunächst noch danach ausgesehen, als würde man die Sache rasch und erfolgreich abschließen können, versickert nun allmählich der Impetus der Ermittlerin in einem zähen sozialen Gewebe, dessen Hauptkennzeichen, zumindest gegenüber der Polizei, eher ein sizilianisches zu sein scheint: Omertà, unerbittliche Verschwiegenheit.

„Wo kommen Sie denn gerade her, Herr Janhagel?"

„I? Ausm Bett. Schuldigung, hab gestern Nacht lang gearbeitet", gähnt Pinkus. Die Müdigkeit muss er nicht spielen.

„Ah, geschlafen. Sie sehen eher aus, als hätten sie sich ganz schön abgehetzt."

„Haja, von der Couch bis zur Tür, des isch scho e Stück ..."

„Warum haben Sie nicht gleich aufgemacht?"

„Wie? Warte Sie scho länger?"

„Sie habe nichts dagege," mischt sich Ulf Schreyvogel ein, „wenn wir uns e bissel bei Ihne umsehe?"

„Ach, woher! So intressant isch des bei mir aber net ..."

„Werden wir ja sehen."

„Mache Se nur. Jemand Tee?"

Auf Anhieb erinnert Janhagels Häuschen an die zahlreichen Wohnungen, die das Ermittler-Gespann in den vergangenen Tagen aufgesucht hat: Alles ist so frisch aufgeräumt, so sauber abgewischt, so sandelholzduftig ausgeräuchert, dass von einer präzise abgesprochenen konzertierten Aktion, abzielend auf polizeiliche Nachforschungen, ausgegangen werden muss. Schon bald nehmen die Beamten auf Janhagels persischem Sofa Platz, ohne auch nur ein einziges verdächtiges Krümelchen gefunden zu haben. Auch die Bodenklappe, versteckt unter einem Teppich und einem altertümlichen Wandschrank, der als Zugang dient, ist ihnen verborgen geblieben. Entsprechend miserabel ist die Atmosphäre.

„Herr Janhagel“, beginnt Melina Chiaramonte in scharfem Ton die Vernehmung, „es ist Ihnen bekannt, dass Sie mit uns kooperieren müssen?“

„Äh, wieso?“

„Ihr Freund Andreas Siebenrath, genannt Wuff“, übernimmt Schreyvogel, „hat's offekundig e bissel übertriebe, net?“

Keine Antwort. Pinkus dreht sich eine Zigarette mit Landewyck-Silber-Tabak.

„Es erscheint ja verständlich“, fährt Melina fort, „dass Sie im Augenblick der Auffassung sind, Sie müssten Ihren Freund schützen.“

„Ha, wovor denn? Vor euch?“

„Sie wissen ganz genau, was wir meinen. Es verhält sich aber eindeutig so, Herr Janhagel: Je länger Sie's hinauszögern, desto schlimmer wird's nur. Vor allem für Sie.“

Keine Antwort. Pinkus steckt sich die Zigarette an und versinkt im Reservoir seiner Imaginationsfähigkeit.

Ulf Schreyvogel versucht den Faden wieder aufzugreifen: „Es dürft ja auch Ihne klar sein, dass mer so e Versteckspiel net ewig treibe kann; deswege möcht ich Sie ermuntre, endlich zu kollabo- ... zu kooperiere.“

„Sie sage's ganz richtig, Herr Polizischt“, freut sich Pinkus über den Versprecher, „aber des isch jetz alles sowieso egal.“

„Warum?“, fragen Ulf und Melina gleichzeitig.

„Weil sowieso bald alles vorbei isch.“ Vielsagend bläst Pinkus eine flaschengeistförmige Rauchwolke Richtung Zimmerdecke.

„Das müssen Sie uns genauer erklären.“

Möglicherweise ist diese Ermunterung der Kardinalfehler des Gesprächs; von da an nämlich redet sich Pinkus in eine Weltuntergangsekstase hinein, die erst – und zwar augenblicklich – wieder abschwillt, als die Drogenfahnder seine Bude verlassen haben. Ausführlich beschreibt er die diversen Zeichen, die er höchstpersönlich erhalten habe ... und dass vermutlich noch in diesem Jahre die Mutterschiffe landen werden.

„Die wer?“, fragt Schreyvogel erneut allzu unvorsichtig.

„Die Mutterschiffe. Manche werde abgeholt. Andre net.“ Zuversichtlich erklärt Janhagel, dass er selbst durchaus Anlass habe anzunehmen, zu den Auserwählten zu gehören. „Was Sie zwei anbetrifft“, fügt er sorgenvoll hinzu, „kann i mir des net so richtig vorstelle ...“

Melinas Seufzer ist die erste Äußerung eines Rückzugsgefechts, das die Beamten noch eine halbe Stunde ihrer Dienstzeit kosten wird.

Erst im Auto, nachdem sie den Motor angelassen hat, sprudelt es aus Chiaramonte hervor: „Sag mir das, Ulf: Simulieren die ... oder sind die alle miteinander verrückt?“

Zum Schrecken der Kollegin wägt Ulf Schreyvogel bedenklich das Haupt: „Weiß i net. Könnt ja au sein, dass er eifach recht hat ...“

„Wie? Jetzt erzähl mir nicht, dass du jetzt auch so'n Apokalyptiker bist?“

„Nein, um Gott's Wille! Aber ausschließe ... ausschließe möcht i nix.“

Es ist selten geworden, dass Melina italienische Fluchwörter in ihre Rede einflicht. Beim Verlassen des Janhagel'schen Anwesens jedoch ist es wieder einmal so weit.

Und wird von ihr entzündet, als wär sie seine Braut ...

„In den einsamen Stunden des Geistes ist es schön, in der Sonne zu gehn.“ Das steht auf einem Kalenderblatt, das Tamara Ratzel über ihrem Fernsehsessel aufgehängt hat, gut verwahrt in einem Holzrahmen mit Fensterglas. Sie weiß nicht, von wem der Vers stammt, versteht auch nicht so genau, was damit gemeint ist ... aber eine Ahnung sagt ihr, dass sie die Bedeutung sehr wohl fühlt. Außerdem sieht das Bild darunter wirklich hübsch aus: Eine rotbraune Mauer windet sich einen Weinberg hinan. – Daran muss sie jetzt denken, als sie die letzten Häuser des Maulbronner Neubaugebiets hinter sich lässt und ins Freie, in die Reben gelangt. Kahl sind die Stöcke, nass vom Morgentau, schwarzglänzend wie Aale. Der Rebschnitt wurde schon vor Monaten vollzogen; nur die auserwählten Triebe hangeln sich an den Drähten entlang. Aber im Gras zwischen den Reihen zeigen sich winzige weiße Blümchen, die leise schimmern. Es ist ein frühlingswarmer Vormittag, wie gemacht für einen Spaziergang. Den Weg zu ihrer ehemaligen Wirkungsstätte, der Kelter am Eilfingerberg, musste sie sich beschreiben lassen. Von alleine hätte sie den nicht mehr gefunden.

„Wo waren Sie denn gestern Abend, Frau Ratzel? Wir haben Sie vermisst! Mein Bruder hat mir gesagt, dass Sie hier sind.“

Nur kurz hatte Jürgen Schempf, Mitinhaber der Klosterpost, zuständig für die betriebliche Organisation, in den Frühstücksraum der Klosterpost hineingespickelt, just als Tamara den Löffel mit weichem, heißem Hühnerei in den Mund schob. Was hätte sie antworten sollen? Dass sie einmal mehr zu schüchtern war? Dass sie sich, statt in aller Ruhe in der Klosterschmiede zu speisen, auf ihr Zimmerchen verzogen hatte, um eine halbe Scheibe mitgebrachtes Graubrot mit Teewurst zu verzehren?

Also die übliche Notlüge. „Tut mir Leid, ich war so müde."

„Ach so, na klar. Von der Reise ..."

„Ja, von der Reise."

„Wie lange bleiben Sie denn noch?"

„Nur heute."

„Oh, schade. Wir sehen uns aber noch, ja?"

„Ja, ich komme auf jeden Fall noch mal rüber."

Jürgen Schempf verabschiedete sich und begab sich in sein Büro. Es war das einzige Gespräch, das Tamara heute Morgen geführt hat. Immerhin, gewöhnlich ist überhaupt niemand da, mit dem sie reden könnte. Und auf dem Weg die Straße hinauf wurde sie sogar gegrüßt! Ein freundliches Mädchen, Karl Schempfs jüngste Tochter Madeleine, hatte ihr einen guten Morgen gewünscht; dergleichen passiert ihr in Solingen nie. Die Aussicht auf die Rückreise schnürt Tamara das Herz ab: So lange hat sie sich auf die Fahrt gefreut ... und wenn sie wieder zurückgekehrt ist, was bleibt dann? Worauf soll sie sich freuen? Auf nichts. Dann geht die Trübsal eben wieder los, die Einsamkeit, das Einerlei. Seufzend lässt sie sich auf einer Bank nieder, die an einer geschützten Stelle vor einem mit Gebüsch überwachsenen Graben errichtet wurde. Erst einmal sitzenbleiben. Ausruhen. Die Beine erholen. – Im Tal sieht sie ein Gewässer blinken, der Aalkistensee vermutlich. Weiter oben, dieses Gebäude unterhalb des Rebhangs, das muss schon die Kelter sein. Wahrhaftig, Tamara Ratzel hat es bis zum Eilfingerberg geschafft. Wenn ihr das vor einem Jahr jemand erzählt hätte! Auf einmal schwinden die Sorgen um die nahe Zukunft; Tamara spürt, wie sie eingehüllt wird in die Atmosphäre des geweihten Ortes, wo vor vielen Jahrhunderten die Mönche fleißig waren und wo heute noch einer der besten Weine des

Landes wächst. – Sie nickt. Schließt die Augen. Wie ein Segen umgibt sie die Wärme, die sanfte Helligkeit. Ein feines Sirren ist zu hören, sonst gar nichts. Zwei Atemzüge noch, und sie dämmert weg.

Doch ist es vorbei mit ihrem Nickerchen: Etwas raschelt neben ihr. Kommt auf sie zu. Kein Zweifel, das Geräusch verstärkt sich. Ein Tier? Schlimmer! Als sich Tamara umwendet, sieht sie mit schreckgeweiteten Augen, wie sich die Sträucher auseinanderbiegen, wie etwas da durch will ... und im nächsten Augenblick kullert ihr ein Mensch vor die Füße. Mit einem Schrei fährt sie empor, ergriffen von einer doppelten Angst: Was will der von ihr? Bestimmt nichts Gutes. Wer sich so anschleicht, hat immer etwas Übles vor. Noch schrecklicher jedoch ist die Vorstellung, dass sie die ganze Zeit über, da sie sich so geborgen gefühlt hat, weit weg von aller Welt und mittendrin, gar nicht allein war!

„Schuldigung", hört sie eine männliche Stimme zu ihr sprechen. „Schuldigung, echt. Ich hab sie erschreckt, gell?"

Tamara vermag nicht zu antworten. Im Gegenlicht sieht sie einen Mann mittleren Alters, mit zerzausten grauen Haaren, der verlegen kichert und sich die Kleidung abklopft.

„Ich hab nicht mitgekriegt, dass da jemand sitzt. Sonst hätt ich Sie vorgewarnt, dass ich komm."

„Wo waren Sie denn?", fragt Tamara naiv.

„Im Graben."

„Ja aber ... was haben Sie denn da gemacht?"

„Das ...", kichert der Mann erneut, „ist gar nicht so leicht zu beschreiben. Ich ... hab gearbeitet."

„Ach so. Sind Sie vom Weingut?"

„Äh, nicht ganz. Ich war ... wegen der Pflanzen hier."

„Ach so, ja, Naturforscher", beruhigt Tamara Ratzel sich selbst; denn das wäre ja durchaus eine Erklärung. Wenn einem jemand mitten in der Natur entgegenpurzelt, dann muss es ein Forscher sein.

„Tja, so was Ähnliches", lächelt der Überraschungsgast und stellt sich als Django Heppinger vor.

Django ... Das klingt nun freilich wieder seltsam. Eher nach Western – und damit nach Gewalt. Tamara blinzelt unsicher: Sie mag weder brutale Krimis noch Western noch sonstwelche Sadistenfilme. Da fällt ein Wolkenschatten über ihr Gesicht; für einen Moment kann sie den Fremden deutlich sehen. Nein, ausgeschlossen: Das kann kein Verbrecher sein. Die einsame Spaziergängerin erkennt, dass es diesem Herrn Heppinger peinlich ist, hier auf allen Vieren vor ihr aufgetaucht zu sein. Also fasst sie sich ein Herz und nennt auch ihren Namen.

„Angenehm", erwidert der Forscher. „Haben Sie was dagegen, wenn ich mich kurz zu Ihnen setz? Ich bin ja so was von fertig."

„Ähm ... Aber nein."

„War echt anstrengend heute. Bin schon seit dem frühen Morgen unterwegs."

Noch etwas vorsichtig, doch mit wachsendem Zutrauen, fragt Tamara nach dem genauen Tätigkeitsgebiet dieses Mannes der Wissenschaft, wobei ihr alsbald auffällt, dass sie gar nichts Präzises in Erfahrung zu bringen vermag. Wahrscheinlich versteht sie einfach den Fachjargon nicht, denn Django Heppinger erzählt abgehackt, in Sprüngen ... und unterbricht sich selber häufig durch ein merkwürdiges, amüsiertes Glucksen.

In eine Pause hinein, als die beiden Fremden still nebeneinandersitzen und ins Sonnenlicht zwinkern, fragt Heppinger: „Ja und Sie? Wohnen Sie in der Gegend?"

„Ja. Äh, nein. Leider nein", beginnt Tamara. Und weil der Mensch neben ihr ein so guter Zuhörer ist und wirklich sympathisch ausschaut, und immer einmal wieder unaufdringlich nachfragt, hört sie sich selber schließlich reden und reden ... und nach Ablauf einer halben Stunde hat sie fast ihre ganze Geschichte erzählt.

Django, der sich währenddessen von den Strapazen des morgendlichen Pflanzeinsatzes erholt, empfindet unmittelbar Mitleid mit der Frau. Meine Güte, denkt er bei sich, wie kann man nur so schrecklich einsam sein – ein Gemütszustand, den er nicht kennt. Immer, seit er mit siebzehn sein Elternhaus verließ, wohnte er bei Leuten, mit Leuten zusammen, in der Nähe von Leuten – und alle waren immer irgendwie seine Freunde. Soziales Engagement im herkömmlichen Sinne ist ihm fremd; so etwas ist nicht nötig in den Kreisen, wo er sich normalerweise bewegt. Man sorgt füreinander, ohne viel Aufhebens drum zu machen.

Der Gedanke, dass man selber nicht fröhlich sein kann, solange es einem Freund noch schlecht geht, gehört zu Django Heppingers psychischer Basisausstattung. Er muss sich langsam daran gewöhnen, diesen Aspekt Gestalt gewinnen lassen: dass es Menschen gibt, die völlig auf sich allein gestellt sind. Alleinstehend, ein merkwürdiger Ausdruck, in der Tat. Dabei würde sich Django lieber enthaupten lassen als jemals zu heiraten. – Doch nach und nach, kaum dass er in der Tiefe verstanden hätte, mit welchem Phänomen er es hier zu tun hat, springt sein Solidaritätsempfinden ganz von selber an.

„Hätten Sie vielleicht Lust," beginnt Django auf seine etwas umständliche, stets nach dem richtigen Ausdruck kramende Art, „also wenn Sie sonst nichts vorhaben, äh, einfach noch ein bisschen da zu bleiben? Also in der Gegend? Wir haben heut so ein Meeting, äh, also drüben in Freudenstein, da hab ich nen Kumpel, also wir sitzen ein bisschen zusammen, grillen was, wenn's nicht regnet, rauchen was Gutes, also ich mein, da lernen Sie gleich ein paar Leute kennen ..."

„Wie? Man kann doch nicht so einfach ..." Tamara weiß nicht, wie sie reagieren soll.

„Leute kennenlernen?", amüsiert sich Heppinger. „Ja, aber klar doch! Was denn sonst?" Als Tamara Ratzel hilflos schweigt, schiebt er etwas linkisch hinterher: „Also mich haben Sie ja gerade auch schon kennengelernt."

Das kann die Spaziergängerin freilich nicht verneinen. Sie schmunzelt in sich hinein: Das gibt's ja gar nicht ... Was man nicht alles erleben kann, sobald man sich auf Reisen begibt. Wie es ihrer Art entspricht, wird Tamara höflich ablehnen. Oder nein, besser: Sie sagt, sie überlegt sich's noch. Aber das lässt der leutselige Biologe nicht zu. Nach einigem Hin und Her überredet er sie – wie er glaubt –, dass er sie um vier Uhr am Hotel Klosterpost abholt.

Obgleich sie jetzt schon weiß, dass sie nicht erscheinen wird, fragt Tamara doch noch einmal nach: „Ja und wenn ... wenn ich wirklich käme: Wo sollte ich denn dann schlafen? So spät komm ich ja gar nicht mehr nach Solingen."

„Och, der Oschi", antwortet Django arglos, „der hat immer ein Plätzchen zum Knacken frei."

Jetzt schüttelt es Tamara vor Lachen: Das fehlte ja gerade noch, dass sie bei irgendeinem „Oschi" Nachtquartier bezöge!

Die beiden ungleichen Besucher des Eilfingerberges trennen sich freundlich, wenngleich höchst unterschiedlicher Auffassung, was die weitere Gestaltung des Tages anbetrifft. Indes sich Django Heppinger mit einem munteren „Also dann, bis später!" verabschiedet, plant Tamara, dass sie sich, nachdem sie der Alten Kelter ihre Aufwartung gemacht hat, gen Maulbronn retiriert, um flugs zum Bahnhof aufzubrechen. So schön das alles hier ist – der beständige Kontakt zu all diesen Wohlmeinenden überfordert sie, sprengt ihren persönlichen Gestaltungsspielraum. Nein, weder wird sie in der Klosterschmiede „Auf Wiedersehen" sagen noch in irgendein Auto steigen, das sie zu irgendeiner Schlafstätte bringt ...

Tamara Ratzel wartet ab, bis der gastfreie Fremde am Horizont verschwunden ist. Danach steigt sie zur Kelter hinunter. Leider, das Haus ist verschlossen. Statt der zahllosen Lesehelferinnen, die sich zu ihrer Zeit dort tummelten, trifft sie eine merkwürdige Leere an, die der Empfindsamen sofort aufs Gemüt schlägt.

Wie gut, dass wir in unseren Plänen und Konzepten meistens ein wenig kurzatmig zu Werke gehen; das gibt höheren

Mächten die Chance, in unsere Biografien einzugreifen – man weiß nur nie, wann. So gelingt auch Tamara Ratzels Flucht nur halb; unbemerkt vom Hotelbesitzer, entrichtet sie an der Rezeption die Übernachtungskosten, tritt vor die Klosterpost, schaut sich von der Treppe aus nach beiden Seiten um – und zieht das Wägelchen, so schnell sie es vermag, in Richtung der Stelle, wo sie gestern aus dem Wald getreten ist. – Kaum hundert Meter hat sie geschafft, da bremst ein roter Opel Kadett neben ihr.

„Ach Gott, Frau Ratzel, hab ich mich in der Zeit geirrt? Hatten wir gesagt um drei? Meine Güte, das tut mir leid ... Bin ich ein alter Simpel. Schuldigung. Los, steigen Sie ein!"

Tamara ist überrumpelt. Ohne ein Wort des Widerstands lässt sie es zu, dass ihre gutgelaunte neue Bekanntschaft den Ziehwagen im Kofferraum verstaut und sie selber auf den Beifahrersitz komplimentiert. Nachdem sie die Tür zugezogen hat, stellt sie fest, dass es im Wageninneren höchst anarchisch zugeht.

Django Heppinger lacht sich eins: „Ich komm in letzter Zeit nicht so zum Aufräumen. Wird schon wieder. So was mach ich immer am zweiten Weihnachtsfeiertag ..."

Dann zündet er sich eine Zigarette an, schaltet den altmodischen Kassettenrekorder ein und fährt los. Eine seltsam gurgelnde Sphärenmusik mischt sich mit einem ungesunden Motorengeräusch, Django nickt entspannt im Takt ... und Tamara faltet die Hände: Um alles in der Welt, worauf hat sie sich da nur eingelassen!

Nach kurzer Fahrt erreichen sie den Ortsrand von Freudenstein, biegen auf eine Schotterpiste ab und halten vor Oschis Domizil. Ein amorphes Siedlungsgebilde bietet sich Tamaras entsetzten Augen dar, bestehend aus einem Halbrund großer Steine, die um eine Feuerstelle gruppiert sind, zwei halbverfallenen Holzschobern, einer Hütte von undefinierbarer Bestimmung und einem größeren Gebäude, das offensichtlich ein

Wohnhaus darstellen soll: unverputzt, mit halb geschlossenen Fensterläden.

„Ich glaube ..." beginnt Tamara furchtsam, doch sie kommt nicht weiter. Denn schon eilt ein bärtiger Mensch, der bei ihrem Eintreffen einige Holzscheite ins Feuer geworfen hat, auf sie zu, umarmt Django stürmisch und schüttelt dem unbekannten Gast die Hand.

„Das ist der Oschi", stellt Django mit Verbeugung vor. „Und das hier Tamara Ratzel, aus, äh, Söllingen, stimmt's?"

„Solingen", gibt sie kleinlaut von sich. Und schiebt verteidigend hinterher: „Aber nur durch Zufall."

„Grüß dich, Tamara. Super, dass du da bist."

Tamara ist hin und her gerissen. Zum einen ist ihr hier alles so fremd, wie es nur sein kann. Albert hätte zum Revolver gegriffen ... Zum anderen hat wahrscheinlich noch niemals in ihrem Leben jemand zur allerersten Begrüßung „super, dass du da bist" gesagt. Auch kein schlechtes Gefühl ... Noch sucht sie nach Fluchtmöglichkeiten, legt sich Sätze zurecht, womit sie sich vielleicht aus der Affäre ziehen könnte, da hat sie schon einen Tonbecher mit einer heißen Flüssigkeit in der Hand und sitzt auf einem dieser rohbehauenen Steine.

„Probiert das mal! Hab ich gestern zum ersten Mal gemixt", zeigt sich der Gastgeber über sein eigenes Werk begeistert. „Holundersaft mit Honig und Nusslikör. Super, oder?"

Tatsächlich, dieser ungewöhnliche, ländliche Cocktail schmeckt auch Tamara. Kaum will sie endlich das Wort ergreifen und darauf drängen, dass man ihr den Weg zur nächsten Bushaltestelle zeigt, kommt die Käse-Astrid vorgefahren. Die Frau scheint ein wenig besorgt, redet angelegentlich mit Django, der ihr währenddem hilft, ein Käserad von mindestens fünfundzwanzig Kilo Gewicht aus ihrem Transporter zu hieven. Und so geht es immer weiter: Gast um Gast erscheint in unausgesetzter Folge.

Mit Bedacht platziert Heppinger den alten Lauffer neben Tamara Ratzel. Bei aller Beschwingtheit hat Django durchaus mitbekommen, dass es seine Neuentdeckung im Moment alles andere als leicht hat; so ein rüstiger Bauer, denkt er sich, müsste da die richtige Maßnahme sein: Wenn der hierher zum Feuer findet und sich mit diesen eigenartigen Gestalten in den Kreis setzt, dann kann's so schlimm nicht werden ...

Wie es begonnen hat, geht die Sache auch nach einer Stunde noch weiter. Alle paar Minuten fährt ein neuer Oldtimer vor, steigt ein neuer Gast von einem Fahrrad oder Moped ab – und alle bringen etwas zu essen mit. Der Lauffer verstrickt Tamara in ein Gespräch über die richtige Lagerung von Äpfeln. Einen halben Zentner davon hat er heute angeschleppt.

Im Vorbeihuschen hört Django, wie Tamara Ratzel entschieden zustimmt: „Jaja, die neuen Sorten, die halten gar nicht mehr so lang ..."

Ein Pärchen, es ist nicht zu erkennen, ob es sich um Geschwister oder um Verheiratete handelt, bringt Rindfleisch in silbernen Wannen. Es ist schon mariniert, mit Öl und Kräutern versehen und wird, nachdem das Feuer heruntergebrannt ist, in dünnen Scheiben auf einen Rost gelegt. Eine Bäuerin aus Hohenklingen hat einen ganzen Korb voll Brot dabei; es ist noch warm und duftet zum Verstandverlieren.

Schließlich erscheint auch Budde, der Schäfer. Sein Schafskäse schmeckt um so viel besser als alles, was Tamara jemals in einem Laden gekauft hat. Frühlingszwiebeln aus Jöhlingen, selbstgekelterter Wein aus Häfnerhaslach, Most aus Unteröwisheim, Apfelsaft aus Oberöwisheim, Selbstgebrannter aus Sternenfels, Schwartenmagen aus Rettigheim, Hefekuchen aus Münzesheim und zahllose weitere Herrlichkeiten komplettieren dieses dionysischste Buffet, an dem Tamara Ratzel je teilgenommen hat.

Beim Essen schwindet allmählich die Fremdheit. Mit jedem Schluck Most fühlt sich die Neue wohler. Sie sagt nicht viel, hört aber mit wachsendem Vergnügen dem unaufhörlichen, stark dialektgefärbtem Geflachse der Leute untereinander zu.

Ohne es recht mitzubekommen, lacht sie manchmal sogar laut auf.

Als ihr dann noch Django ein „Spezialbrot" bringt, dönerartig belegt mit Fleisch und Käse und Zwiebeln, das so fabelhaft mundet wie im allerfeinsten Restaurant, ist der letzte Rest an Vorbehalten dahingeschmolzen. Denn eigentlich, stellt Tamara fest, machen die Leute hier gar nichts anderes als dies in ihrer Heimat einst Sitte gewesen ist. Ja, mit der Zeit vergisst sie den links-alternativen Anstrich der ganzen Veranstaltung: Wahrhaftig, das sind alles ganz normale Menschen, vielleicht viel normaler als alle miteinander, denen sie in den vergangenen Jahren begegnen musste.

Wiederum ist es Django, der ihre Befürchtungen zerstreut, dass sie heute Nacht auf irgendeinem mürben, staubigen Sofa in einer Scheune schlafen muss. „Da vorne, die Astrid, siehste die? Die mit dem Käs? Die hat ne kleine Pension, da wohnt im Augenblick eh niemand. Ich hab sie gefragt, da kannste schlafen, kein Problem. Ist wirklich ein schönes Zimmer, hatte selber schon das Vergnügen."

Es dauert nicht mehr lange, bis allüberall im Hof die frischgewickelten Marihuanapyramiden aufglimmen – diesen Duft schätzt Tamara nicht besonders. Nein, so oft sie auch davon angeboten bekommt, sie lehnt immer ab. Als zwei Frauen zu musizieren beginnen, ist das letzte Tageslicht erloschen; nur das Grillfeuer und wenige Fackeln erhellen die Szene. Jetzt fühlt sich Tamara noch mehr wie ganz früher – zu Hause! Bald wird auch dies und das gesungen, Lieder, die sie nicht kennt. Aber sie singt trotzdem mit. Mit fünfzehn, da war sie der Star in ihrem Heimatdorf; keine hatte so eine klare Stimme wie sie. Doch, man soll es nicht glauben, ein bisschen hat sich davon gehalten.

Budde, der Schäfer, der bislang noch vollkommen schweigsam vor sich hingeschaut hat, beugt sich zu ihr hinüber: „Ey, du singsch ja, des isch der Wahnsinn!"

Es ist tief in der Nacht, das Feuer wurde noch einmal angefacht, die meisten haben Decken umgelegt, da bemerkt Tamara Unruhe am Rande der Gruppe. Schon mehrmals ist ihr aufgefallen, dass dann und wann einige Teilnehmer in Zweier- oder Dreiergruppen beisammenstehen und über etwas diskutieren, was ihnen offenkundig Sorgen bereitet. Freilich versteht sie die Zusammenhänge nicht; aber als sich zwei Männer, die sie zuvor noch nicht gesehen hat, hinzugesellen, empfängt sie den Eindruck, irgendetwas Geheimes, am Ende gar Illegales gehe vor. Aus den mit gedämpfter Stimme ausgetauschten Informationen schließt sie, dass hier einer auf der Flucht sei. Im Gegensatz zu ihrem gewöhnlichen Dasein, das strikt im Rahmen bürgerlicher Normierung festsitzt, empfindet sie auf Anhieb Mitleid mit dem armen Kerl, der so sensibel aussieht und mit solchem Appetit in das Spezialbrot beißt, das Django Heppinger ihm reicht. Einen Augenblick lang streift sie sein Blick; es wird ihr unwohl, als ihr einfällt, dass der Flüchtling glauben könnte, sie, die Fremde, könnte ihn verraten. Also nickt sie ihm aufmunternd zu.

Wuff, den Mund voller Django-Spezialbrot, fragt sogleich: „Un wer bischt du?“

„Tamara“, hört sie sich sagen. Nein, ihr Nachname hat hier nichts zu suchen, das ist ihr inzwischen bewusst.

Die späten Gäste, Wuff und Pinkus, werden alsbald in Strategiegespräche einbezogen. Dabei geht es schon wieder um irgendwelche Dinge, von denen Tamara keinen Schimmer hat. Die häufigste Vokabel ist „organisiere“. Nach und nach fällt ihr auf, dass alle, ausnahmslos alle, die hier zusammensitzen, unter Geldnot leiden. Zwar scheint niemand zu hungern, doch ständig heißt es: „Un wo solle mer des Geld dezu hernemme?“ oder „Des kannscht vergesse, des isch viel zu koschteintensiv ...“

Allmählich beginnt ein Gedanke in Tamara Ratzels Hirn Gestalt anzunehmen, ein ganz sonderbarer Einfall, aber auf gewisse, unvorhergesehene Weise erscheint er ihr stimmig.

„Wie wäre es denn, wenn sie ihr Geheimnis genau mit diesen Leuten teilte? Nie zuvor bin ich von Fremden so gastfreundlich aufgenommen worden. Außerdem, wenn's gut ginge, die könnten's wirklich brauchen ..."

Normalerweise wäre sie schon längst in Solingen angekommen. Hätte ihr Wägelchen zum Bus gezogen. Und wäre dorthin gefahren, wo die vollkommenste Trostlosigkeit ihrer harrt. Und jetzt? Stellt sie leicht beschickert fest, dass sie nicht einsam ist. – Abermals brennt das Feuer herunter, die Gespräche werden leiser. Manche brechen auf, andere erkundigen sich nach einem Schlafplatz. Wenn sie wirklich noch etwas sagen will, dann muss sie es jetzt tun, das fühlt Tamara nur zu deutlich. Und dann, überraschend, in dem Augenblick, als sich Wuff und Pinkus gerade verabschieden wollen, meldet sie sich tatsächlich zu Wort. Wie eine Schülerin in einer neuen Klasse hebt sie furchtsam die Hand, räuspert sich und beginnt fast flüsternd: „Ich weiß auch noch was."

Zu ihrem Erstaunen schenken ihr alle, die noch anwesend sind, sogleich ihre Aufmerksamkeit. „Was gibt's denn, Tamara? Die Astrid nimmt dich gleich mit ..."

„Nein, nicht deswegen. Es ist ein bisschen komisch. Vielleicht glaubt ihr mir ja gar nicht. Ich sag's auch nur, weil, ich hab den Eindruck ... ihr seid alle so nett zu mir ... und ich glaub, ihr habt alle so wenig Geld. Oder?"

Der Einwurf löst allgemeine Heiterkeit aus. Pinkus biegt sich vor Lachen: „Also Tamara, gell, du bischt die Tamara? Okay, stimmt genau: Wemmer irgendwas mit Sicherheit von unsrer unregelmäßige Landkommune hier behaupte kann, dann isses wohl des."

Tamara muss von Neuem ansetzen. Es fällt ihr vor allem darum so schwer, weil sie auf keinen Fall möchte, dass man glaubt, sie wolle sich interessant machen. Als sie dann endlich zu erzählen beginnt, herrscht augenblicklich Stille. Da sie sehr leise spricht, rücken die Zuhörer näher.

„Das ist eine Weile her, über zwanzig Jahre", setzt sie an. „Ich weiß wirklich nicht, ob etwas dran ist, ich glaub aber schon. Naja. Also. Ich war als Lesehelferin in Maulbronn. Nicht nur einmal. Aber beim letzten Mal, bevor ich geheiratet hab und weggezogen bin, nach Solingen, leider, da hab ich etwas erzählt bekommen, eine Art Geheimnis, das lässt mich seither nicht mehr los ..."

Oftmals unterbricht sich Tamara Ratzel selber, nimmt ab und zu einen Schluck Glühmost zur Sammlung, doch nach und nach fügen sich die Einzelheiten von selbst zu einem Bild zusammen. Sie hatte durchaus nicht vorgehabt, all die Details zu schildern; doch je tiefer sie hinabtaucht in ihre Erinnerung, desto mehr verschüttet geglaubte Informationen werden emporgespült. Ein paar Gäste, die schon aufgestanden waren, setzen sich wieder, lauschen fasziniert. Am eifrigsten nehmen Pinkus, Django und Wuff Anteil an der Geschichte – ja, es scheint, dass diese Überlieferung, je länger sie erzählt wird, immer mehr zu ihrer höchstpersönlichen Angelegenheit avanciert.

Als ihr Hauptproblem schildert Tamara, dass sie nicht einmal weiß, ob der Erntehelfer Josef, der ihr die Sache unter dem Siegel der Verschwiegenheit berichtet hat, überhaupt noch lebt. Es sei höchst unwahrscheinlich, gewiss. An die sechzig sei der damals gewesen – und sehr krank. In Maulbronn habe sie sich nicht getraut nachzufragen. Wie dem auch sei ... Der Josef also habe die Überlieferung vom alten Kellermeister der Herzöge von Württemberg gehabt. Und dieser wiederum von jenem langjährigen Bediensteten, der die fernen Tage noch erlebt hat, da die Herzöge Könige waren. Es muss um die Zeit der französischen Besetzung nach dem Ersten Weltkrieg gewesen sein, als es, wie so häufig in der Geschichte, darum ging, die wertvollsten Flaschen vor dem Zugriff fremder dürstender Truppen zu schützen.

„Ich weiß noch sehr gut", durchforstet Tamara ihr Gedächtnis mit Erfolg, „dass der Josef gesagt hat, früher hätten die Mönche ganz viele Keller gehabt, nicht nur einen. Eigentlich wäre ganz Maulbronn untertunnelt, auch heute noch. Aber einer der Keller, der älteste wohl, sei nur durch einen ganz langen Gang zu erreichen gewesen."

„Was für ein Gang? Von wo nach wo?", will Wuff sofort wissen. Er hat ganz vergessen, in welcher Situation er sich gerade befindet; jetzt ist er nur noch der, der er immer war: ein Wissenshungriger, ein Ergründer, ein Freund der Erde und all ihrer Geheimnisse.

Nun, so genau wisse sie das freilich nicht, entschuldigt sich Tamara. Eins aber stehe fest: Dieser uralte Tunnel müsse vom Klosterinnern in Richtung der Klosterschmiede geführt haben, kreuz und quer unter dem Platz; sie glaube sogar, der Josef habe bezeugt, dieser berühmte Kellerraum hätte sich nur wenige Schritt vom Gasthof entfernt unterhalb des Straßenpflasters befunden. Natürlich sei der Zugang damals zugemauert worden. Später, nach dem Krieg, habe man nachgeforscht, sei aber nicht mehr hingekommen, da inzwischen der unterirdische Gang komplett eingestürzt gewesen sei. Der Josef selber habe das gesehen: Da kommt keiner mehr durch, nie wieder! Das sei seine entschiedene Meinung gewesen.

„Naja gut, äh", lässt sich Pinkus vernehmen. „Des hört sich ja alles intressant an ... Aber: So e paar Fläschle Wei, gut, okay, die hän sicher auch heut ihrn Wert; aber ob mer deswege in ere Nacht- un Nebelaktion des Pflaschter uffreiße müsst, um den Schatz zu hebe, des wär noch die Frag."

Ein merkwürdiges, hintergründiges Lächeln zeigt sich auf Tamaras Antlitz. Keineswegs ist es ihre Art, mit Herrschaftswissen zu prunken – zumal es in diesem Falle eindeutig von einem Untergebenen der damaligen Herrschaft stammt ...

Fröhlich schüttelt sie den Kopf: „Das ist ja genau der Punkt. Komischerweise hab ich mir gemerkt, worum sich's genau gehandelt hat. Vielleicht, weil der Josef so ein Wesens darum betrieben hat. Und er konnte sehr präzise erzählen."

Die versteckten Flaschen, rekonstruiert Tamara, seien für eine große Hochzeit bestimmt gewesen, eine Fürstenhochzeit allerersten Ranges. Dafür habe man die kostbarsten Weine, die aus dem 19. Jahrhundert noch vorhanden gewesen seien, zusammengestellt. Und sofort wieder weggeschlossen, als die besagte Hoheit an der Westfront fiel ... und der Krieg verloren ging. Immer wieder hätte der Josef darauf gepocht, dass es sich unter anderem um „ganze Gitterboxen" der Jahrgänge 1811 und 1827 gehandelt habe. Seinerzeit wohl Berühmtheiten. Außerdem seien Unmengen französische Bouteillen dabeigewesen, unter anderem Bordeaux aus dem Revolutionsjahr 1789. Die Jahreszahlen habe sie nicht vergessen, komisch eigentlich. – Spätestens an dieser Stelle wird auch dem Letzten klar, dass es sich in Tamara Ratzels Erzählung nicht um ein paar – vermutlich längst übergegangene, sauer gewordene – Tröpfchen handelt, die allenfalls skurrile Weinliebhaber interessieren könnten, sondern um ein Vermögen, ein einzigartiges Vorkommen von unschätzbarem Sammlerwert.

„Das ist ein Millionending, hat der Josef immer wieder gesagt. Ein Millionending! Da war er ganz sicher", streut Tamara zusätzlich Pulver ins Feuer.

Während um sie her die hitzigste Schatzgräberstimmung losbricht, waghalsige Pläne geschmiedet werden, wie man an die Kostbarkeiten herankommen könnte, wird die Urheberin von schlechtem Gewissen heimgesucht: Hätte sie nicht, am besten gestern schon, den Gebrüdern Schempf die Angelegenheit beichten sollen? Oder vielleicht sogar dem Herzog selbst? Warum war sie auf einmal so unvorsichtig mit diesem zwei Jahrzehnte lang bewahrten Geheimnis? Aus Dankbarkeit. Aus schierer Dankbarkeit! Jetzt ist es heraus und nicht mehr rückgängig zu machen. Halb lachend, halb verzagt, verfolgt sie die unterschiedlichsten, meist absurden Vorschläge, wie man, im Falle, dass keine Fehlinformation vorliege, an die besagten Luxusgüter gelangen könne. Die Idee, das Kloster komplett zu sprengen, um besser nachschauen zu können, eingebracht von einem Rosen züchtenden Anarchisten aus Mühlhausen, zählt dabei mit Sicherheit nicht zu den praktikabelsten.

Erst gegen Morgen – da liegt Tamara längst im schönsten Schlaf, eingemummelt in die Pensionsdaunenbettdecke der Käse-Astrid – nähert man sich in kleinem Kreise allmählich einer eventuell umsetzbaren Methodik. Einander aufs Trefflichste ergänzend, haben Pinkus, Wuff und Heppinger Schritt um Schritt entwickelt, diagnostiziert und festgehalten: Da man den Maulbronner Klosterhof nicht einfach absperren kann, ohne offiziellen Auftrag auch kein Archäologenteam simulieren sollte, muss man eine Situation nutzen, wo es möglichst chaotisch zugeht. Na sicher, kam Wuff zuerst auf den Gedanken, diese ständigen Jahrmärkte, Tauschbörsen und Volksfeste auf dem Riesenplatz müssten doch massenhaft Gelegenheiten bieten. Wie wahr, stimmte Django zu: Vor allem im Herbst, wenn alljährlich der Kräuter- und Erntemarkt abgehalten wird, dann wäre alles bis zum Platzen mit Ständen belegt.

Letztlich gelingt Pinkus die genialische Kombination: „Ja, des isch doch der Wahnsinn!“, beginnt er seine Argumentationslinie ... und muss sogleich mehrfach beruhigt werden, weil ihn die Sache richtig mitnimmt. – Bei einer Brennerin, die ihm bestens bekannt sei, lasse der Chef der Klosterschmiede zurzeit ein Obstwasser brennen, nach alter Vorlage, das Aqua asini, Eselswasser, heißen solle. Man müsse das neue Produkt unbedingt beim Kräutermarkt präsentieren, das sei doch eine super Idee: Am besten in einem „wertigen“ Zelt, direkt auf der Stelle, die der alte Josef beschrieben hat. Und während das Fest dann tobt und alle ihr Eselswasser schlürfen, gräbt man in aller Ruhe so lange, bis man diesen sagenhaften Keller gefunden, die Flaschen konfisziert und alles wieder in Ordnung gebracht hat.

Ein paar Bedenken, vor allem aus Wuffs Richtung, ob die Erde einen Wert, den sie so lange gehegt habe, einfach wieder preisgeben würde, werden rasch zerstreut. Eine der Hauptschwierigkeiten wird wohl darin liegen, so einen Stand zu bekommen, falls der rechtmäßige Urheber der Eselswasser-Idee nicht mitspielen sollte.

Hier nun ist es wieder an Django, die Befürchtungen in Strategie umzuwandeln: „Ist doch ganz einfach. Wir beantragen ganz allgemein einen Stand für die besten Schnäpse aus dem Stromberg und dem Kraichgau. Regional, das zieht heut immer. Heidelbeergeist, reinsortige Apfelbrände, Hagebuttenlikör, was weiß ich ... Und dann bieten wir an, das Eselswasser einfach mitzubewerben, ohne Extrakosten. Ist das nix? Da kann doch keiner nein sagen! Von mir aus brau ich euch auch noch nen Klosterbitter zusammen. Und dann ... ja dann ... kommt's nur noch drauf an, dass wir unsern Stand am richtigen Fleck aufbauen – was sehr wahrscheinlich ist, da das Eselswasser zur Klosterschmiede gehört."

„Hoffentlich", fleht Pinkus, „hoffentlich gelingt uns des. Ihr kennt doch die Behörde: Die sin wie Fraue ..."

„Ach komm, die Erde wird uns dabei helfe", ist sich Wuff gewiss.

„Ja, die Erde", bestätigt Django. „Ganz bestimmt." Und reicht dem Freund die Tüte weiter.

Die mächtigen Geschichten der längst verflossnen Zeit ...

Der Körper fällt hinterrücks in den See. Wie nach unten weggeschlürft, verschwindet der Junge im Wasser, die Wellen, angeleuchtet vom beginnenden Abendrot, schließen sich über der Eintauchstelle. Es scheint, als bestehe der See aus einem langsam fließenden, sämigen Material. Nach einer geraumen Weile stößt der weiße, runde Rücken an einer weit entfernten Stelle wieder an die Oberfläche. Reglos treibt er vor sich hin.

Christian David Solms kennt keine andere taugliche Methode, seinen Leib, den unsportlichsten im Elite-Gymnasium des Evangelischen Seminars Maulbronn seit unvordenklichen Zeiten, mit diesem fremdesten aller Elemente in Kontakt zu bringen. Niemals duscht er sich vorher ab, es gibt kein Eingewöhnen. Der Moment, wenn ihn die Kälte umklammert, ist so fürchterlich, da hilft sowieso nichts. Allerdings vermag er dem Entsetzlichen eine gewisse Komik abzugewinnen: Alle Dinge auf Erden tendieren seiner Ansicht nach zum Witz, wenn man sie nur weit genug treibt. Also etränkt er sich ein jedes Mal, statt einfach in den Tiefen See hineinzuspringen.

„Sollte mich auf diese Weise einmal ein früher Herzinfarkt ereilen", gibt er in seiner sattsam bekannten Diktion zu Protokoll, „dann ist's auch gut. In einem solchen Falle möcht' ich aber Wert darauf legen, nicht gleich wieder hochzukommen. Mein linker Fuß könnte sich in irgend so einem Schmierkraut am Grunde verfangen ... Ich verwese so nach und nach, in aller Ruhe, wie sich's gehört ... Hechte und Unken sind meine Gesellschaft ... und im nächsten Frühjahr entdeckt mich eine niedliche Schwimmerin aus der Zehnten. Besser noch, mein verkrümmtes Händchen kratzt sie an ihrem Füßle. Das gibt ein Gequiek!“

Magnus Müntzer, bester, weil einziger Freund Christians, ist mit solchen Reden seit Langem vertraut. Gerne heizt er die krude Fantasie des Klassenkameraden an. In lässigen Kraulzügen umkurvt er Christian David, der unter Geächze einen vom Starrkrampf Befallenen mimt.

„Wie wär's“, schlägt Magnus vor, „du bist von den Fischen so zernagt, dass man dich nur Stück um Stück heraufkriegt?“

„Auch nicht schlecht.“ Christian David Solms unterbricht seine Einübungen ins Ertrinken. „Aber eigentlich hatt' ich mir's mehr so vorgestellt wie bei diesem abgesoffenen Mönch. Im Namen der Rose, weißte?“

„Au ja. Würd' sogar noch besser zu dir passen.“

Was Kommentare anbetrifft, die auf seine Körperfülle anspielen, ist Christian vollkommen unempfindlich. Sogar die Mädchen, ansonsten unablässig auf Chancen lauernd, um ihre weniger wohlgestalteten Mitschüler zu beleidigen, halten sich zurück. Das macht nämlich gar keinen Spaß, wenn sich einer nicht mal grämt; im Gegenteil, jedem Kommentar, der seinem plumpen Auftreten, seiner linkischen Bewegungsweise gilt, setzt der Junge die Krone auf, indem er sich wechselweise als eigens für anatomische Zwecke gezüchteten Halbyeti oder als missglücktes Exemplar einer Kreuzung zwischen Mensch und Qualle bezeichnet.

Schon früh gelang es Christian David Solms, sich seine eigene Welt zu erschaffen, unter steter Zuhilfenahme des Computers selbstverständlich. Auf diesem Gebiete ist er sogar den meisten Lehrkräften weit voraus. Allerdings gibt er nicht damit an, ganz und gar nicht; sollte sich jemand unterfangen, seine atemberaubenden Kenntnisse des Programmierens hervorzuheben, ist es wahrscheinlich, dass Christian mit einer prekären Selbstanalyse reagiert: „Ach Gott, wenn man sonst schon nichts hat als so alte Plastikkisten, vor denen man verdämmert, sollte man eher ein Gegenstand des Mitleids, nicht der Bewunderung sein, oder wie?"

Der Einzige in der Abschlussklasse, der es auf dem Feld der elektronischen Datenverarbeitung halbwegs mit Christian aufnehmen kann, ist Magnus Müntzer. Beide vermögenden Familien entsprossen, unterscheidet sie doch immerhin eine gewisse soziale Reputation: Indessen die Familie Solms seit Jahrhunderten zu den Privilegierten in Württemberg gehört, entstammt der Müntzer'sche Wohlstand jüngeren Transaktionen. „Dein Vater, der Spekulant", beginnt Christian gerne weitläufige Überlegungen zu diversen charakterlichen Defiziten, die allzu rasches Reichwerden zwangsläufig mit sich bringen; er ist der Einzige, der sich so etwas leisten kann. Denn für gewöhnlich reagiert Magnus Müntzer mit grenzenlosem Jähzorn und angriffslustiger Verbissenheit, sobald ihn jemand auf verletzende Weise anspricht. Im Gegensatz zur gelassenen Passivität des Freundes ist Müntzers Verhalten von einem durchdringenden Empfinden ontischen Unbeachtetseins gekennzeichnet.

„Splendid isolation", spotten die Klassenkameraden, wenn sie auf das Gespann zu sprechen kommen. Und sofort ist diese andere Komponente im Spiel, die schmerzlichste – zumindest für Magnus: Zu keiner Stunde ist es ihm bislang gelungen, den Zentralnachweis der Mannbarkeit zu erbringen: Nie, nicht ein einziges Mal hat sich ein Mädchen für ihn interessiert, schlimmer noch, allein die Erwähnung seines Namens löst gemeinhin Ekelgeräusche aus, die sich in ihrer Drastik kaum überbieten lassen. Selbst bei harmlosen Spielen wie Flaschendrehen nehmen die weiblichen Geschöpfe Reißaus, sobald der Hals auf Magnus zeigt. Verletzt bis auf den Grund, entwickelte der Junge schon in der Sexta einen wahrhaftigen Hass gegenüber Frauen – wodurch er sich freilich immer tiefer in einen Teufelskreislauf der Missachtung hineinmanövrierte. Dass er dennoch seit einem halben Jahrzehnt bis zur Narretei ausgerechnet für die Klassenschönste, die unerreichbare Philomena von Wiese schwärmt, erscheint zumindest Christian als Pointe von ausgesuchter Pikanterie.

Zu seinem Glück ist bislang noch keinem aufgefallen, dass auch ihn, Christian, bis dato keines Mädchens Lippe je eines Kusses für würdig hielt. Man erwartet dergleichen einfach nicht von ihm. Selbst im Freundesverhältnis zu Magnus kommt ihm immer nur Beraterfunktion zu – wobei dies in keinem praxisorientierten Sinne zu verstehen ist; vielmehr unterstützt er Magnus aufs Trefflichste in der Entwicklung von Racheimpulsen. Auf diese Weise war es auch zu jener eigentümlichen Privatsitte der gemeinsamen abendlichen Schwimmstunde gekommen, sobald es die Temperaturen irgendwie zulassen. Bereits in der Achten hatten die beiden, ausgelöst durch ein Computerspiel, dem sie so oft wie möglich frönten, eine Kampfgruppe mit Namen „Terroristencamp Maulbronn" gegründet. Magnus beging den Fehler, auf einer Klassenfahrt einen Mitschüler, der sich über seine Spillerigkeit lustig gemacht hatte, mit dem Verweis auf jene gefährliche Vereinigung in die Schranken zu weisen. Seither, man hätte es ahnen müssen, wurden zum Running Gag die ursprünglich der Wehrertüchtigung dienenden Schwimmaktivitäten der beiden wie folgt kommentiert: „Achtung! Die Eier links! Visier zu und Abmarsch ins Onanistencamp!"

Mit dem Auftreten der beiden Theaterpädagogen Keith Saignée und Lazarus Schambes im Vorfrühling dieses Jahres hatte Magnus Müntzers Welthass einen neuen Fokus erhalten. Indessen er für Schambes bestenfalls abfällige Charakterisierungen übrig hatte, konzentrierte sich seine ohnmächtige Wut auf diesen Schönling, diesen selbstverliebten Musiker, der sich, das war ein offenes Geheimnis, ohne Umschweife die süße Philomena gefügig gemacht hatte. Hier nun war Magnus beträchtlichen Kummer gewöhnt: In der Quarta hatte er nicht glauben wollen, dass sie bereits einen „festen Freund“ hatte. Spätestens ab der neunten Klasse musste er's – denn die allseits begehrte Rotblonde knutschte gern öffentlich herum, zeigte überdeutlich ihr sanguinisches Naturell und war bei alledem von einer neckischen Unbekümmertheit, die Magnus das Blut in den Adern gefrieren ließ.

„Soll ich dir helfen, Klops?“, bietet Magnus seine Hilfe an, als sich der beleibte Freund stöhnend aus dem Wasser windet.

„Nicht nötig“, gibt dieser zur Antwort. „Außerdem bin ich kein Klops. Sondern ein rostiger Ritter, schau!“ Und zum Beweis der Richtigkeit seiner Selbsteinschätzung paniert sich Christian unter eifrigem Gewälze mit Erde, Sand und Uferkies.

„Du bist völlig bescheuert“, bescheinigt ihm der Schwimmgenosse. „Jetzt kannst du noch mal rein.“

„Auf gar keinen Fall“, lehnt Christian ab und rollt sich weiter hin und her. „So was hilft beim Trocknen. Hinterher lass ich mich abbürsten. Von Philomena!“

Zur Antwort klatscht eine Ladung Kies auf seinen Rücken. „Hättst du wohl gern?“

„Wer denn nicht?“, trifft Christian zielsicher die wundeste Stelle des Kameraden. Womit einmal mehr eine Kaskade der wüstesten Vorstellungen ausgelöst wird, auf welche Weise man den „Kinderschänder“ Keith wohl strafen könne.

„Die Holde ist volljährig, mein Guter“, schließt Christian den Rechtsweg aus. „Da hättest du früher mal einschreiten müssen. Als sie diesen ekligen Referendar eingenetzt hat, zum Beispiel. Bist halt 'n Depp. Und bleibst einer.“

Magnus trocknet seinen schmalen Leib mit einem überdimensionalen Frotteehandtuch ab. „Ach was, die deutschen Gerichte kannste doch sowieso vergessen. Der einzige Weg zur Gerechtigkeit, der heute noch bleibt, ist die Selbstjustiz.“

„Mag sein“, fängt Christian an, sich nunmehr in den letzten Strahlen der Sonne zu räkeln. „Wobei ich zu bedenken gebe, dass dies der weitaus anstrengendere Weg ist. Ich für meinen

Teil bevorzuge Auftragskiller. Die haben so was Alain-Delonhaftes. Halten Singvögel in Käfigen. Lachen nie. Scharf!"

„Auch 'ne Möglichkeit", sinniert Magnus und lässt sich neben dem Kumpan nieder. Dann halten sie für ein Weilchen die Klappe.

Die Hitze kam plötzlich in diesem Jahr. Man hatte den Eindruck, der Frühling überrolle sich selbst, im Bestreben, das Versäumte möglichst rasch wiedergutzumachen. Mitte Mai waren die Temperaturen innerhalb von wenigen Tagen von fünf auf über dreißig Grad gestiegen.

„Es gibt einfach keinen Übergang mehr!", beschwerten sich die Älteren.

Und Christian David Solms mutmaßte: „Wenn das so weitergeht, können wir doch schon im Juni unsere Leibesübungen wieder aufnehmen."

Täglich kontrollierte er auf seinen Rundgängen die Celsius-Grade im „Tiefen See". Beim ersten Mal, am dritten Juni, bekam Magnus Müntzer Angst um seinen Mitstreiter – denn das Wasser fühlte sich viel kälter an, als sie dies eingeschätzt hatten, und der traditionelle Solms'sche Rückwärtsplumps ins Nasse sah tatsächlich eher wie ein Selbstmordversuch aus. Hektisch begann Magnus, nach der Leiche zu tauchen, als etwas Zerzaustes, Halbgefrorenes mit reichlich Verspätung an der Oberfläche erschien und ohne zu säumen dem Ufer zupaddelte.

Als Magnus angeschwommen kam, saß Christian im heißen Sonnenlicht und brabbelte vor sich hin: „Mitten wir im Leben sind von dem Tod umfangen ... Sag mal, Magnus Müntzer, der Vorletzte: Warum tun wir uns das an? Jahr für Jahr? Diese Qual? Dieses Elend? Hat man's nicht schon schwer genug?"

In diesem Moment wusste der Angeredete keine Antwort. Aber er hätte den Überlebenden am liebsten in den Arm genommen und geschluchzt vor Erleichterung.

„Es sah aus, als ob du ..."

„War ich auch. Tippe auf Herzstillstand."

„Dann wärst du abgenippelt."

„Nee. Bin eben ein medizinisches Phänomen. Plane, meinen Lebensunterhalt zu verdienen, indem ich mich selber ausstelle."

An der gewohnten Stelle liegen sie nun wieder nebeneinander, trocknen mit Bedacht ... und verlieren nach und nach parallel die gute Laune. Zwei Demütigungen stehen für heute noch an, mindestens. Zuerst die Scherze des Herrn Lindelbrunner, eines Stammgasts im Naturfreibad, der den Auftritt des ungleichen Schülergespanns stets mit originellen Kommentaren begleitet. „Brazzo" Lindelbrunner, der Goldbronzene, wie sie ihn aufgrund der Ähnlichkeit mit einem illyrischen Fußballspieler und der Strahlkraft seines Teints zu nennen pflegen, soll einst den zweiten Platz bei der badischen Mister-Universum-Ausscheidung belegt haben.

„Man beachte den Begriff Ausscheidung", pispert sich Christian gerne, wenn die Rede auf den nachglimmenden Ruhm dieses Mannsbildes kommt, da, meist in knapper roter Badehose auf dem Betonsteg posierend, den Blicken der größtenteils betagten Schwimmsportlerinnen darbietet. Doch in der Nähe des gereiften Athleten mit der entschlossenen Kampffrisur schrumpft selbst ein Christian David Solms zusammen. Das heißt, er würde gern zusammenschrumpfen, um den Witzen Lindelbrunners eine weniger ausgedehnte Angriffsfläche zu bieten.

„Flatsch, flatsch, flatsch", begrüßt der Star des Naturschwimmbades den Zögling denn auch heute. „Ich habe den Verdacht, du hast fast zweihundert Gramm verloren."

„Oh, fast das Doppelte!", versucht sich der Schüler einmal mehr an selbstironischer Rede.

„Na, das ist doch ein Anlass, heut Abend mal wieder so richtig reinzuhauen, hm? Was gibt's denn nachher Gutes?"

„Haferschleim", assistiert Magnus, nicht unbedingt auf der Höhe seiner Schlagfertigkeit.

„Na bitte", kichert Lindelbrunner, „das nährt doch. Wahrscheinlich veranstaltet ihr auf eurem Zimmer wieder Schokoladenwettessen. Und hinterher geht das Gereihere los."

Immerhin vier ältere Damen und ein brustschwimmender Herr, die Lindelbrunner als Publikum dienen, lachen von Herzen. Damit wäre die erste Hürde schon genommen, denn dem Hobbysadisten fällt aktuell nichts mehr ein. Magnus und Christian passieren die Drehtür und bereiten sich auf die nächste Attacke vor: der Zusatzkurs in Latein, „einberufen zur Unterstützung Lernschwacher." Man soll es nicht meinen, aber die Behauptung, naturwissenschaftlich begabte Schüler hätten es auch im Lateinischen leicht, trifft weder auf Christian noch auf Magnus zu. Im Wechsel seufzend, steigen sie die Steinstufen in den Seminarshof hinunter. – Der Augenblick der Freiheit ist für sie nicht das Gedicht, wie sie im Fache Deutsch jüngst lernen durften, sondern das Naturfreibad „Tiefer See" – ob mit oder ohne Herrn Lindelbrunner, das ist fast schon nebensächlich. Immerhin, heute Abend fällt die Theaterprobe aus. Schon wieder. Christian vermutet eine amouröse Eskapade des Bandleaders. Magnus boxt ihm in den Rücken: „Wahrscheinlich hast du sogar recht."

Wenige Schritte entfernt bestaunen just zu dieser Stunde zwei seltene Besucher die Erhabenheit ausstrahlende Fassade des Restaurants Klosterschmiede. Im Falle von Pinkus Janhagel ist „selten" eine skurrile Übertreibung: Erst ein einziges Mal, zu seiner Konfirmation, hat der lebenslustige Weißlettenheimer seinen Fuß auf diese Schwelle gesetzt. Django Heppinger war schon öfter hier; solange seine Tante noch lebte, wurde er manchmal sonntags hierher eingeladen, zum letzten Mal vor fünfzehn Jahren. Die Zurückhaltung der Freunde gegenüber der höheren Gastronomie ist allgemein; sie sind eben Selbstversorger, deren finanzielle Grundausstattung überhaupt keine kulinarischen Abenteuer mehr zulässt – es sei denn, sie finden in den eigenen vier Wänden statt. So lässt sich der gegenwärtige Gemütszustand der beiden als eine Mischung aus Neugierde, Unsicherheit und Hunger beschreiben.

„Ob wir uns drin anmelden sollen?“, fragt Django, mit einem Kieks in der Stimme.

„Ob des nödich isch?“, entgegnet Pinkus. „’S wird schon jemand komme.“

Mit dieser Einschätzung geht er nicht fehl; alsbald erscheint eine Kellnerin und sichert zu, „der Chef“ werde in wenigen Minuten eintreffen. Ob sie derweil etwas bringen dürfe?

„Äh, naja, kei Ahnung ...“, stammelt Pinkus. „Was nimmt mer denn?“

Django Heppinger entscheidet achselzuckend: „Zwei Bier, bitte. Zwei kleine.“

Als die Bedienung wiederkehrt, hat sich die Bestellung in eine Wappenflasche Riesling vom Eilfingerberg umgewandelt. Schon will Django protestieren, da erscheint Karl Schempf in der Tür und gibt Zeichen, dass es mit der Wein-Lieferung seine Richtigkeit habe. Kurz darauf nimmt er bei den Gästen Platz und hört sich die einigermaßen umständlich vorgetragene Geschäftsidee mit zunehmender Amüsiertheit an. Nach und nach zoppeln Heppinger und Janhagel acht Fläschchen aus ihren Rucksäcken und stellen sie auf den Tisch: allesamt Obstbrände, Geister und Liköre, die im Umkreis von weniger als fünfzig Kilometern produziert wurden.

„ ... un da wollte mir Sie frage, also, wie schon am Telefon g’sagt, ob Sie net Luscht hätte, Ihr neies Eselswasser bei uns mitzupräsentiere“, fasst Pinkus das Anliegen schließlich zusammen.

„ ... womit ihr euch gleich die Standmiete gespart hättet, wenn ihr euer Zelt direkt bei mir aufschlagen dürft“, ergänzt Schempf feixend.

„Also, noi, des hätte mir gar net ...“, beginnt sich Pinkus zu verteidigen.

Django unterbricht ihn: „Das wär natürlich auch net schlecht. Aber nicht die Hauptsach. Wollen Sie denn mal was probieren?"

„Also, alle die Dinger ganz bestimmt nicht, dann könnt ihr mich heut Abend ins Bett rollen ... Aber das Schwarze da, was ist denn das?"

Zielsicher hat der Küchenchef das Prunkstück, die aussagekräftigste Spezialität des Sortiments ausgemacht. Das zähflüssige Elixier erweist sich als eine Art Hagebutten-Eiswein, gewonnen aus einer außerordentlich seltenen schwarzen Sorte. Die Gäste flehen still, der Wirt der Klosterschmiede möchte doch um Gottes Willen nicht die Frage nach der Herkunft dieses bittersüßen Konzentrats stellen, da niemand anders als der dem öffentlichen Zugriff bereits mehrfach entgangene Hobbybauer und Tunnelgräber Wuff als Urheber genannt werden müsste.

„Ah, das ist ja unglaublich! Wer macht denn so was?", erfolgt die Reaktion prompt.

„Von ..."

„Das ist von 'nem Freund von uns."

„Ah, super. Und alles angemeldet, ja? Nix schwarz gebrannt oder so?"

Django und Pinkus räuspern sich gleichzeitig und versichern den Verkoster, alles gehe mit rechten Dingen zu.

Im Anschluss, während die Wappenflasche nach und nach geleert und durch eine weitere aus dem Jahrgang davor ersetzt wird, schildern die Besucher ausführlich, wie sie sich die Präsentation beim Herbstfest vorstellen. Ganz nebenbei nehmen zwei riesige Teller mit selbstgemachter Pasta vor den beiden Platz, versehen mit reichlich grünem Spargel und Frühlingsmorcheln. Karl Schempf findet allmählich Gefallen an diesen ulkigen Typen; mit Finanzadligen und Zelebritäten aus der Kulturwelt hat er es zeitlebens regelmäßig zu tun gehabt. Immer aber ist ihm ein Sinn für das Andere, Abseitige, für abweichende Lebenskonzepte erhalten geblieben, erworben nicht zuletzt auf den vielen Reisen im Auftrag einer Genusskultur, die mitzugestalten seit jeher zu seinen Leidenschaften zählt. Schempf amüsiert sich über die Anekdoten, die Pinkus und Django aus dem Umkreis der Landkommune zum Besten geben und spart seinerseits nicht mit Schilderungen sonderbarer Umstände der Nahrungsmittelproduktion auf anderen Kontinenten.

Nein, nicht nur für die Maultasche, für die gesamte Küche der Heimat hat Karl Schempf weltweit Ehre eingelegt. „Schwäbische Wochen" in Kuala Lumpur und Arizona, ausgerichtet für hunderte kulinarische Abenteurer, gehören dabei zu den aufwändigeren Unternehmungen. Als der Koch zugibt, dass er bisweilen den Maultaschenteig einschmuggeln musste, um allzu komplizierte Lebensmittelgesetze zu umgehen, hat er die Herzen der Fremden vollends gewonnen. – Eigentlich, so erinnert er sich, hatte er gar kein Koch werden wollen, sondern Metzger, wie der Vater. Doch ein guter Freund der Familie habe die gastronomische Karriere angeregt.

Begonnen hat Schempf in der damals hochberühmten Sonne Post zu Murrhardt; danach kam schon das Tantris in München, schließlich Schloss Friedrichsruhe bei Lothar Eiermann. Doch immer wieder sei er nach Maulbronn zurückgekehrt, der Eltern wegen. Als der Cuisinier, plötzlich schweigsam geworden, seinen Blick über den nächtlichen Klosterhof wandern lässt, wo nur noch ein letztes Liebespaar von Laterne zu Laterne seine intime Prozession fortsetzt, verstehen auch Heppinger und Janhagel, dass vor allem ein Umstand die Ortstreue ihres Gastgebers begründet: Der Mann ist einfach hier zu Hause.

Bei der dritten Flasche, einem exzellenten Lemberger vom Weingut Plag aus Kürnbach, gesellen sich zwei Stammgäste hinzu, die Wirtsleute des Ochsen aus Diefenbach. Es wird ein lustiger Abend, dessen atmosphärisches Crescendo von den nach und nach ins Freie drängenden Servicekräften Martina, Corinna und Sophia mitbegleitet wird; statt umgehend in den

Feierabend abzuschwirren, bleiben sie noch ein Weilchen vor der Klosterschmiede sitzen. Reiner Müller und Florian Reiser, die rechtmäßigen Stellvertreter des Küchenchefs, gönnen sich ebenfalls noch ein Schlückchen im Freien. Auch Mike, der einzige Koch auf Gottes weitem Erdboden, der niemals Alkohol zu sich nimmt, kommt auf ein Traubensaftschörlchen vorbei. Inzwischen sind aus dem einen Tisch vier geworden, die man, einer Prunktafel gleich, aneinandergereiht hat. Pinkus und Django schauen einander immer wieder an: Wenn sie alles erwartet hätten von so einem Spitzenbetrieb, dann doch weder einen derart familiären Umgang miteinander noch diese, wenn auch für sie leicht nachvollziehbare, Neigung zu Spontanorgien ...

Schließlich komplettieren die erwachsenen Kinder des Hausherrn, Benedict und Valerie, den nachtschwärmerischen Kreis, wobei der Auftritt der älteren Tochter, die im Cabrio schwungvoll vorfährt, zumindest bei den anwesenden Herren einen Moment lang bewunderndes Stillschweigen auslöst. Auch Jürgen Schempf, ein wenig mitgenommen von zahlreichen Büroüberstunden, schöpft bei Burgunder und Käseplatten, die, garniert mit Feigensenf und schwarzen Nüssen, wie von alleine auf die Tische schweben, neue Lebenskraft.

Zwei doppelte Espressi verhelfen Django Heppinger wieder zu Bewusstsein, so dass er sich zutraut, seinen Wagen nach Hause zu steuern. Pinkus ist froh drum; so kann er in aller Gemütsruhe noch ein Gläschen von diesem alten Nuits-Saints-George ausschlürfen, ein durchaus würdiger Abschluss dieses in jeder Hinsicht überraschenden Abends. Man trennt sich im festen Vorsatz, im September, beim Herbstfest, zusammenzuarbeiten. Erst im Auto befällt die Kameraden ob der stundenlangen Verwöhnung ein merkwürdiges Gefühl – denn über den eigentlichen Zweck und Sinn des regional orientierten Obstwasser- und Likörspezialitätenstandes haben sie kein Wort verloren. Die Hinweisgeberin, Tamara Ratzel, inzwischen Hilfskraft bei der Käse-Astrid, haben sie ebenfalls nicht erwähnt.

Als Pinkus Janhagel und Django Heppinger den Klosterhof verlassen, ist die Maulbronner Sommernacht noch lange nicht vorbei. Ein kleiner Kreis von Getreuen wartet noch gelassen den Untergang des Mondes ab. Die großartigen Weine sind leer, doch ein Fläschchen Eselswasser steht noch herum; man kommt überein, die Qualität sei absolut wunschgemäß. Nur Karl Schempf kommt nicht dazu, sein Urteil abzugeben. Ein Stammgast, vormals Tenor am Staatstheater in Karlsruhe, legt Wert auf seine Gesellschaft. Zwei weitere Tische sind noch belegt. Längst hat die Küche geschlossen, doch niemand vertreibt den einzelnen alten Herrn ganz vorne, der den ganzen Abend an seinem Viertele Silvaner saugt und ins Laternenlicht blinzelt. Und das Vierergrüppchen aus Pforzheim, offenkundig erfahrene Genießer, die sich rechtzeitig mit Wasser und Wein sowie einer ausladenden Käseplatte versorgt haben, wird ganz bestimmt auch keiner wegjagen.

Mittlerweile hat das Liebespärchen das Klostertor erreicht und gleitet hinaus in die zirpende Nacht, den Wäldern zu, wo es sinnenberaubend duftet, nach Blüten und Heu, diesen Wäldern, die eigens dazu erschaffen wurden, um solch trunkene Geschöpfe aufzunehmen. Keith Saignée und Philomena von Wiese lassen seit ein paar Tagen alle Vorsichtsmaßregeln beiseite. Was soll's denn auch! Es gibt ja keine Noten für Liebe, und die junge Frau hat vorigen Sonntag ihr neunzehntes Lebensjahr vollendet. Bis auf ein paar Neckereien wurden bislang keine kritischen Stimmen laut. – Von dem verwirrten Schüler, der die beiden seit Wochen belauert, weiß weder die Schülerin noch der Musiker. Auch die ausgefeilten Bestrafungspläne, die Magnus Müntzer gemeinsam mit Christian David Solms allabendlich perfektioniert, sind ihnen unbekannt. Man schwankt noch zwischen Hinrichtung und Kastration.

Weitaus weniger entspannt als die Maulbronner und ihre Gäste vor der Klosterschmiede bringt Uli Briegel diesen Sommerabend zu. Allmonatlich nimmt er sich einen Nachmittag frei, um nach Stuttgart zu fahren. Er hat dort keine Termine. Es erwartet ihn keiner. Es geht ihm auch nicht um die kulturellen Attraktionen der schwäbischen Metropole. Einem seltsamen Drang, einer fixen Idee folgend, durchstreift der Ortsvorsteher von Weißlettenheim die Landeshauptstadt, immer wieder, vor allem die weniger reputierlichen Gebiete. Manchmal sieht er es ganz klar vor sich: Wie Reinholt, sein Sohn, plötzlich vor ihm steht, erschrickt ... und ihm um den Hals fällt. Lange wird er ihn im Arm halten, ein Vorbild an väterlicher Stärke und Zielgerichtetheit. Er wird ihm keine Vorwürfe machen, sondern mit ihm gemeinsam zum Auto gehen, ihn einsteigen lassen und nach Hause bringen. In der Kanne-Post wird er den Sohn aussuchen lassen, was immer ihm schmeckt. Er soll sich einmal wieder tüchtig satt essen. Dann werden sie heimfahren. Reinholt soll schlafen bis zum Mittag des nächsten Tages. Und wenn er gefrühstückt hat, Eier mit Speck, wie früher, werden sie miteinander reden. Von Vater zu Sohn. Alles ausräumen, was in den letzten Jahren zwischen ihnen stand. Briegel kann verzeihen, kann großmütig sein ... Danach wird er alles daransetzten, dem Spross eine vernünftige Lehrstelle zu besorgen, in nächster Nähe, so dass er zu Hause wohnen bleiben kann.

Wie viele Monate schon hat er von ihm nichts mehr gehört. Auch Reinholts Mutter weiß nichts Neues. Behauptet sie zumindest. Immer unduldsamer reagiert seine Ehemalige, wenn er bei ihr anruft. Zu diesem Mittel greift er freilich nur, wenn ihn die Sorge in schwerste Depressionen treibt. Oder wenn er besoffen ist.

Briegels haltlose Stuttgarter Suchbewegungen wurden ausgelöst durch eine Begegnung im Sparkauf, als er einen der früheren Kameraden Reinholts zu packen bekam. Uli war auf den jungen Mann zugerudert, hatte nach ihm die Hand ausgestreckt ... und nur noch herausgebracht: „Wo ist mein Sohn?“

Peinlich berührt hatte sich der Knabe ihm entwunden. Und nach einem genervten „Weiß ich doch nicht!" doch einen Moment lang nachgedacht und diesen folgenreichen Satz formuliert: „Ich glaub, der ist in Stuttgart. War das Letzte, was ich von ihm gehört hab ..."

Ja, Stuttgart! Das passte doch! Da waren undurchschaubare Verhältnisse. Schlechter Umgang. Drogenkonsum an jeder Ecke. Nur zu deutlich konnte sich der Vater vorstellen, wie sein Sprössling in Not geraten war, unverschuldet, beeinflusst von prinzipienlosen Gesellen, in den Fesseln eines jener Weiber womöglich, die schon so manches hoffnungsvolle junge Leben erbarmungslos zerstört haben ... So durchforschte Uli Briegel denn mit Vorliebe die übel beleumundeten Gassen des Bohnenviertels, gewärtig, jeden Augenblick hinter einer Gardine den Schatten des Sohnes zu entdecken. Dass er dabei selber das Bild eines müßig umherschweifenden Freiers abgab, bedachte er nicht.

Immerhin, an einem dieser Nachmittage war er, hungrig geworden, auf das Weinhaus Stetter gestoßen; das sah ja fast aus wie daheim! Ein ordentliches Gasthaus: zünftige Gerichte, fabelhafte Weinauswahl. Nach all den Unbilden der stets erfolglosen Jagd nach einem Hinweis sind ihm die Aufenthalte in der vor Tradition nur so dampfenden Weinstube ein steter Trost. Es gibt Tage, da fährt er direkt dorthin, ohne im Trüben zu fischen, gleich nach der Arbeit. Um nicht ganz untätig zu sein, zeigt er das Farbfoto von Reinholt jedem zufälligen Gast, der in seiner Nähe Platz nimmt. Im Gegensatz zu seiner Selbsteinschätzung, dass man in ihm einen verantwortungsvollen Vater erkenne, der seiner Fürsorgepflicht eifrig nachkommt, löst Briegel gewöhnlich bestenfalls Mitleid aus. Auch die Prostituierten des Bohnenviertels, denen er immer wieder das Bildchen unter die Nase hält, vermuten in ihm eher eine arme Sau, der Kontakt zu ihnen sucht, sich aber nicht traut oder einfach Geld sparen will.

Heute ist Uli Briegel unzufrieden mit sich. Er ist jene Wege abgelaufen, die er schon so oft gegangen ist. Leider kennt er sich in Stuttgart nicht richtig aus; sonst würde er auch einmal in anderen Vierteln Nachforschungen anstellen. Aber wie soll er das beginnen? Einfach die Bedienung fragen: Entschuldigung, wo gibt es denn überall Nutten in Stuttgart? Oder: Wo sind denn hier all die Quartiere, die einem jungen Mann gefährlich werden könnten? Nein, so kann man das nicht anpacken. – Erst als die heißen Kutteln mit Bratkartoffeln aufgetragen werden, beruhigt sich allmählich sein Gemüt. Ausnahmsweise bestellt er noch ein Viertele nach. Die Flasche Trollinger-Lemberger aus Schwaigern, Graf Neipperg, sein Standardgetränk im Weinhaus Stetter, hat er schon geschafft. Es verlangt ihn jetzt nach etwas Frischem, zum Aufmuntern. Ständig diese Befürchtungen der Verkehrskontrollen wegen ... Das war früher auch alles besser.

„Des isch jetz en Cabernet blanc, was ganz was B'sondres, probiere Sie den mal."

Längst hat sich ein Vertrauensverhältnis zwischen der Bedienung und dem einsamen Mann herausgebildet. Diskret und zuvorkommend behandelt die seit Jahrzehnten im Weinhaus angestellte Frau den Stammgast. Mittlerweile kennt sie dessen Leben auswändig. „Hanoi, der kummt scho widder", lautet ihr lapidarer Trost, wenn Uli Briegel, meist gegen Ende der Flasche, rührselig zumute wird und er das Foto anstarrt.

„Ha, der isch aber gut! Was issen des für oiner?", freut sich Briegel über die zupackende Würze des hellgelben Weins.

Die Auskunft allerdings ist eher dazu angetan, seine aufsteigende Stimmung wieder um einige Grade abzusenken. Hohenbeilstein, Neuzüchtung, das mag ja alles angehen. Als ihm aber erklärt wird, es sei „en roiner Öggobetrieb", der solche Spezialitäten hervorbringe, stellt Briegel das Glas abrupt auf den Tisch.

„Da halt i, ehrlich g'sagt, nix von."

Seit den ersten Zuckungen der Umweltbewegung zu Beginn der Achtziger vermeint der Ortsvorsteher einen anarchistischen, zersetzenden Keim darin auszumachen. Diese verlotterten, langhaarigen Gestalten in und um Weißlettenheim stören sein Heimatgefühl seit damals erheblich. Wozu musste es so was denn überhaupt geben? War nicht alles in Ordnung gewesen? Der wirtschaftliche Aufstieg, das sieht Uli Briegel ganz klar, hat die Leute bequem gemacht. Bequem und undankbar! Statt den Wohlstand zu mehren, kraftvoll hinzulangen, mosern die jungen Leute an den Leistungen der vorangegangenen Generationen herum – und scheuen dabei nicht einmal vor Gewalttätigkeiten zurück. Fürchterlich! Warum kann es denn nicht überall so zugehen wie zum Beispiel ... im Weinhaus Stetter? Wo als Zeichen der Gastfreundschaft ein Wurstbäumchen, bedeckt von einer frisch gestärkten, rotkarierten Stoffserviette, auf jedem Tisch steht, wenn der erschöpfte Gast sich niederlässt? Wo man sich gewohnheitsmäßig, noch während man sich die Jacke auszieht, so ein geräuchertes Mettwürstchen angelt ... und sogleich zu Hause ist! Das ist Lebensart, so muss es gemacht werden. Die ganzen neuen Entwicklungen können ihm gestohlen bleiben.

Auf dem Weg zum Parkplatz kontrolliert der Orstvorsteher die Vorüberhuschenden so genau wie möglich. Es ist spät am Abend, jetzt gehen die jungen Leute erst aus. Doch keiner ähnelt auch nur entfernt seinem Reinholt – überhaupt, es hat den Anschein, Stuttgart bestehe zu dieser Stunde zu neunzig Prozent aus Frauen unter dreißig. Er würde das ja nicht zugeben, aber eigentlich gefällt ihm das sehr, diese Unbekümmertheit und Beschwingtheit, ganz anders als die verbiesterten Damen seiner Jugend ...

Die Heimfahrt bringt Briegel in Gedanken mit der Planung der nächsten Tage zu. Nicht etwa, was seine kommunalpolitische oder berufliche Arbeit anbetrifft, beschäftigt ihn; es geht ihm darum, dass endlich dieser schreckliche Mensch mit diesem schrecklichen Namen dingfest gemacht wird. Das kann doch nicht angehen: In seinem, Uli Briegels Gebiet, verschwindet jemand, einfach so, taucht ab, versteckt sich wochenlang vor der Ordnungsmacht! Sicher, diese Leute verfügen über vielerlei Kontakte. Die hat er aber auch! Entscheidend wird auf jeden Fall die Durchsetzungsfähigkeit, die Tatkraft sein. Und auf diesem Feld macht ihm keiner was vor. Die sollen schon sehen. Es kommt nur darauf an, jetzt hartnäckig dranzubleiben. Leider kann er auf die Polizei nicht mehr zählen; scheinbar geht er denen nur auf die Nerven.

Endlich zu Hause angekommen, schenkt er sich einen Weinbrand ein und setzt sich vor den Fernseher. Die ersten Minuten des Beitrags über große Schlachtschiffe des Zweiten Weltkriegs flimmern vorüber ... Er ist mit anderen Dingen beschäftigt: Es ärgert ihn, dass er soeben in einer Art Trance zwei einander vollkommen entgegengesetzte Persönlichkeiten verwechselt hat: seinen Sohn und diesen Wuff. Ausgerechnet! Nach beiden ist er auf der Suche, das mag wohl stimmen. Das ist aber auch der einzige Gesichtspunkt, der die beiden lose miteinander verbindet. Und nicht mehr lange.

Noch ein paar Minuten lang verfolgt der Mann das Schicksal des Schlachtschiffs Hood, das von der Bismarck versenkt wird. Als die Jagd auf das deutsche Schiff losgeht, schaltet er lieber aus. Hat er schon zu oft gesehen. Es nützt ja nichts, jedesmal mitzufiebern, wenn sie am Ende doch erwischt wird.

Ist sie ihm zu berichten mit Freundlichkeit bereit ...

Die Energie, der Widerstandsgeist, wovon Wuff seit Beginn seiner Flucht gezehrt hat, scheinen allmählich aufgebraucht. Je enger sich das Netz zieht, das die Fahnder immer raffinierter auslegen, desto bedrückender kommt ihm zum Bewusstsein, dass er seine Verhaftung bestenfalls hinauszögern kann – entgehen wird er ihr nicht.

„Du musch ins Ausland, Wuff! I fahr di nübber in d'Schweiz", hatte Pinkus vor zwei Tagen auf ihn eingeredet.

Um Gottes Willen, ja, das wäre vielleicht vernünftig; aber was soll er denn in der Schweiz? Seine Leute sind doch alle hier! Das wäre kein Leben mehr: alles fremd, keine Kumpels, keine Fete ... Und wie soll er dort ein Auskommen finden?

„Du arbeitsch e zeitlang uff erem Baurehof", war Pinkus in Gedanken vorausgeeilt, „un nach oi, zwoi Johr, wenn die des hier vergesse hen, kummsch widder."

Bis „die" das vergessen haben, ist Wuff ein alter Mann, so viel ist mittlerweile gewiss. Eine neue Identität annehmen? Das ist was für Banker und Schwerverbrecher; er selbst kann nur Wuff sein und bleiben, fertig. Kann sich nicht verstellen. Konnte das noch nie. Andererseits ... Budde hat von einem Parallelfall zu dem seinen erzählt, aus dem Hessischen, wo sie einen für vier Jahre eingebuchtet haben. Dessen Plantage muss deutlich kleiner gewesen sein, war auch ganz privat, in seinem eigenen Hobbykeller untergebracht ... Vier Jahre! Wuff würde sterben. Keine Stunde hielte er's aus in Gefangenschaft. Zum letzten Mal hat er sich einsperren lassen zu Schulzeiten – und auch das nur unter ärgsten Qualen. Kein anderer ist während des Unterrichts so oft aufs Klo gegangen wie er. Natürlich ist er nicht aufs Klo gegangen, sondern vor die Tür, vor das tumbe Betongebäude ... und hat geatmet. Minutenlang hat er in den Himmel geträumt, bis ihn die Kameraden zurückriefen: „Ey, komm rein, du kriegst gleich'n Eintrag!"

Kaum saß er wieder auf einem dieser widerlich unbequemen, miserabel gebauten Billigholzstühlchen, bekam er erneut Beklemmungen. Glotzte zum Fenster raus. Kippelte vor und zurück. Phantasierte sich hinweg, auf große Reisen, nach Patagonien, nach Lappland ... Eine Lehrerin hat ihn verstanden. Eine einzige in so vielen Jahren. Zumindest hat sie versucht, seine Eltern zu beruhigen: Der Kleine sei begabt, sehr sogar; aber er bedürfe einer anderen Förderung. Nicht dem Zögling sei die Schuld daran zu geben, dass ein System, welches dem preußischen Militärwesen entstammt, ungeeignet sei, freie Staatsbürger zu bilden. Die Lehrerin ist bald versetzt worden, und Andreas Siebenrath verließ die Schule vorzeitig.

Es ist ein bittersüßer Moment, zusammengekauert in dieser schlammigen Höhle nahe Unteröwisheim, als Wuff an seine Lehrerin denkt. Er bekommt richtig Sehnsucht, die Gute zu besuchen. Ihr endlich einmal zu sagen, wie dankbar er ihr ist. Sie war es, die für ihn die Tür einen Spalt breit offengehalten hat, so lange, bis er mutig genug war, von selber durchzuschlüpfen. – Und heute? Ist er ganz unten. Dass die Schönwetterperiode irgendwann vorbei sein würde, davon war auszugehen. Aber ein solcher Temperatursturz, mitten im Sommer! Kaum zehn Grad hat es mehr draußen. Seit drei Tagen Dauerregen. Unablässig geht ihm ein altes Marschlied im Kopf rum, ausgerechnet: „Es regnet schon lang, zehn Tage mag sein ..." Es kommt Wuff vor, als ob seine Verfolger sogar mit dem Wetter kalkulierten. Klar, die wollen ihn mürb machen. Denn ausgerechnet jetzt, bei dem Sauwetter, nehmen die Ermittlungen Razziacharakter an.

„Du musch fort, Wuff. Die Lärsinger, die Scheißkuh, hat dich in de Kapell gesehn un die Sach gleich dem Briegel weiterg'schwätzt!"

Panikmeldungen dieser Art hatten sich zuletzt gehäuft. Mit dem Ausdruck der bittersten Verzweiflung hatte Django den Freund zu dieser Höhle gefahren.

„Ich würd dir so gern was anderes anbieten. Es ist eine Schande. Aber was Besseres fällt mir auch nicht mehr ein."

Die letzte Nacht gehört zum Widerlichsten, woran sich Wuff erinnern kann. Keine Decke dabei, kein bisschen zu futtern. Ohne Djangos Flachmann hätte er den Morgen nicht erlebt. Und jetzt? Ist nichts mehr drin! Und wieder wird es dunkel. Kein Mensch hat sich heute zu ihm hingetraut. Ist ja klar – die Schweine müssen nur noch observieren, dann führt sie der eine oder andere ganz von alleine zum Ziel.

Wuff erhebt sich wieder, mühsam, macht sich Bewegung. Er kann nicht einmal gerade stehen, hier drin. Wer auch immer vorzeiten diese Grube in den Löss gegraben hat, der Typ hat schlecht gearbeitet. Es zieht, es ist feucht, und es stinkt. Wenn er bloß einen Apfel hätte. Oder noch eine Jacke. Unablässig strömt der Regen. Würde er's wagen, zum nächsten Ort zu laufen, sich irgendwas klauen, er wäre durchnässt innerhalb von Sekunden. Also ausharren. Aushalten. Hüpfen. Stampfen. Immer wieder muss Wuff das Mantra abbrechen, das er vor sich hinmurmelt. Weil ihm die eigene Stimme die Einsamkeit bewusst macht. Nur nicht wieder heulen, wie heute früh, beim Hellwerden. Da hatte ihn ein Übermaß an Verzweiflung gepackt.

„Selig sind, die Verfolgung leiden um der Gerechtigkeit willen ..." Wuff versucht, die Verse aus dieser alten Oper zu singen. Um den Marsch aus dem Kopf zu kriegen. Doch auch damit kommt er nicht weit. Die Stimme wird brüchig, rauh, es hört sich scheußlich an. – Hat er denn damit überhaupt recht? Um der Gerechtigkeit willen? Kaum. Aber irgendwie doch:

Vier Jahre! Wie viele Leute kann man prellen, verprügeln, misshandeln, im Affekt um die Ecke schaffen, bis man vier Jahre bekommt! Natürlich war das grotesk waghalsig, diesen Sparkauf zu unterminieren; aber kann man Wuff denn nicht anders bestrafen? Freiheitsentzug, also einsperren: so eine archaische, dumpfe Maßnahme! Wuff ärgert sich maßlos über die Einfalt der Justiz. Wütend hopst er in der Höhle auf und ab, gebückt, wie ein Tier, das man aus dem Winterschlaf geschreckt hat. Mit den Fäusten schlägt er gegen den festgebackenen Lehm. Auf diese Weise macht er sich aber nur seine Zuflucht kaputt. Vielleicht ist es ja die letzte.

Immer kürzer sind die Fristen geworden, seit er im Mai bei Budde, dem Schäfer, untergetaucht ist. Zuletzt war es immer nur eine Übernachtung, bestensfalls zwei. Dann musste er wieder los. Zu riskant. Er gefährdet ja nicht nur sich. – Während sich Wuff im windabgewandten Teil der Höhle zusammenrollt, dort, wo er schon die letzte Nacht verbringen musste, bildet sich, ganz gegen seinen Willen, eine Vorstellung heraus, ein Interieur wird sichtbar, das, je öfter er sich's anguckt, nach und nach seinen Schrecken verliert: Eine Zelle, abgesperrt, mit einem vergitterten Fenster, das zu hoch liegt, um hindurchsehen zu können. Ein Klo. Ein Bett. Ein gottverdammter Fernseher. Aber – auch das lässt sich nicht leugnen – es ist warm da drin. Es gibt Essen! Kein gutes, bestimmt nicht, kein Stromberger Gänseschmalz, kein Kraichgauer Holzofenbrot, niemals, zu keiner Zeit. Aber irgendwas. Ganz schlicht: was zu beißen, zu malmen, zu schlucken. Wie gut muss das tun, wenn sich dieser wundgehungerte Magen wieder mit etwas Warmem füllen darf.

Am Geburtstag, hat Wuff gehört, darf man sich was wünschen. In jedem Knast. (Ob man's bekommt, ist eine andere Frage.) Was würde er sich denn wünschen? Rouladen! Rindsrouladen, ja! Mit Rotkraut. Und Kartoffelklößen. Rohgerieben. Und halb und halb. Mit welcher Lust würde er die heißen Gurkenstückchen einschlürfen, die dampfende Soße mit dem Löffel essen! Der Gedanke raubt ihm fast die Sinne. Wenn er genug Kraft hätte, und wenn's nicht so verflixt regnete, er würde sich freiwillig stellen. Sofort. Er würde sich selbst ausliefern – unter einer Bedingung: dass man ihm Rouladen gibt. Zwei, drei, fünf Stück. Mit Soße! Und Kartoffelknödeln!

Auf der Übungsbühne des Evangelischen Seminars Maulbronn sind die Proben zur theatralischen Abschlussarbeit des obersten Jahrgangs noch längst nicht so weit vorangeschritten, wie sich die Initiatoren dies wünschten. In einzelnen Momenten sieht es aber schon fast nach Aufführungsreife aus. Traurig sind wir übermorgen ... Die meisten Mitwirkenden kürzen inzwischen „TSWÜ" ab, zitieren unablässig aus dem Stück, zu beinahe allen schulischen und privaten Gelegenheiten. – Lazarus Schambes hat ein paar Wochen gebraucht, um mit der Theatertruppe vertraut zu werden; nur noch selten blamiert er sich, etwa wenn er völlig falsche Einsätze gibt oder beständig darauf beharrt, im Recht zu sein. Oder aber, wenn er Susanna Seiberth, die mysteriöse, hyperintelligente Schönheit mit der provozierenden Kurzhaarfrisur, anstarrt und nicht mitbekommt, dass alle sich über ihn lustig machen.

Im Augenblick jedenfalls ist er so konzentriert, dass nicht einmal die zierliche Schülerin seine Aufmerksamkeit zu fesseln imstande wäre ... zumal sie gerade Pause hat und im Hof auf warmen Steinen ruht. Schambes hat das mit sehr viel Mühe und mittelprächtigem Geschick selbstverfasste Textbuch auf den Knien liegen, gestikuliert in Richtung Bühne, formt Worte mit den Lippen nach und versucht, die Musikeinsätze zu koordinieren. Sein Partner Keith Saignée hat die Schulband um sich versammelt. Zu Saignées Bedauern haben sich weder Susanna noch Philomena als ausreichend begabt erwiesen, auf dem Gebiete der Musik, um für die Bühnenmusik tauglich zu sein.

Zum sechsten Mal hintereinander wird nunmehr der Anfang geprobt. Lazarus ist unnachgiebig; er bemüht sich, die Aura eines Perfektionisten um sich herum aufstrahlen zu lassen. Philomena von Wiese, die selbstverständlich sofort eine der Hauptrollen erhalten hat, tritt von unten an die Bühne heran. Eine enorme Reisetasche hat sie über die Schulter gehievt. Schummerige Musik setzt ein. Langsam und bedeutungsschwer wendet sie sich um und richtet ihr erstes Wort an ein imaginäres Publikum.

„Ich bin Giselle. Mein Vorwort sprech ich mir selber. Ich hab gelernt, dass das immer das Beste ist. Ich komme von draußen. Von ganz da hinten. Die übliche Kleinstadt, die Humst heißt oder Möckstedt oder Geifingen. Dort hab ich zurückgelassen ein Kätzchen, zwei natürliche Elternteile, beleidigt, einen älteren Boyfriend, auch beleidigt. Um das Kätzchen tut es mir leid."

Lazarus wedelt mit der linken Hand. Zu seinem Unmut bekommt der Beleuchter das Zeichen nicht mit. „Ey!", machen den schläfrigen Schüler ein paar Statisten aufmerksam, und mit Verspätung bedient Christian Solms den Handscheinwerfer. Licht kriecht schräg von unten über den Bühnenboden. Acht junge Leute liegen, sitzen oder hocken in seltsamen Posen herum. Mit Schnipsen und Klatschen rhythmisieren sie Philomenas Erzählung. Besonders stolz ist Lazarus auf die Idee, sämtliche Gebäude der Universitätsstadt, Spielort der ersten Szene, von Menschen darstellen zu lassen; das wirkt ungemein avantgardistisch, trägt ihm bestimmt die Bewunderung der Theaterbegeisterten zu ... und hilft außerdem bei Einsparungen im Budget. Es gibt also ein Café, eine Universität, ein Einwohnermeldeamt, ein Reichskatasteramt. Ganz vorne steht breitbeinig Magnus Müntzer, die Hände nach oben gestreckt und zusammengefaltet. Er spielt das Stadttor.

Philomena zögert. Dann steigt sie die Stufen zur Bühne hoch. „In der Stadt soll ich leben. Ich weiß schon genau, was ich will: Mathe studieren oder Sport oder Fleischereifachverkäuferin werden. Oder erst mal leben. Vielleicht kommt es so, und ich lass mir bezahlen mein pures Vorhandensein von einem, der begeistert ist. – Ich bin nicht durch Wälder gewandert. Ich hab den Bus genommen bis zum Bahnhof der Kreisstadt. Da wars noch genau so muffig wie daheim. Im Zug hab ich geschlafen. Ich glaub, es gibt Leute, die haben ihr neues Leben aufregender angefangen. Jetzt geht's erst mal los."

Fragend schaut Philomena zu Lazarus hinunter. Doch der ist damit beschäftigt, die richtige Stelle im Skript zu suchen. Es gelingt ihm nicht, dem Darsteller des Stadttors zu seinem Einsatz zu verhelfen. Ein Mädchen aus der elften Klasse quiekt aus dem Zuschauerraum: „Ey, Magnus, du bist dran, Mensch!"

Gequält dreht sich der Regisseur nach hinten: „Bitte, ich hab gesagt: Nicht reinrufen! Schon gar nicht aus'm Publikum!"

„Wenn der's halt nicht rafft ..."

„Muss ich noch lange die Hände so nach oben falten und wieso eigentlich?", meldet sich nun auch Müntzer zu Wort.

Doch Lazarus übergeht den Einwand und fuchtelt mit der Hand in der Luft herum: „Egal! Los! Weiter!"

Magnus äfft den überforderten Spielleiter nach, ohne dass dieser es mitbekommt, und erzielt einen Heiterkeitserfolg. Dann räuspert er sich. Und spricht in schauderhaftem Singsang: „Später heiße ich Valerius, der WG-Trottel. Jetzt bin ich das Stadttor. Früher ist mal ein prächtiger Baum neben mir gewachsen. Der wurde gefällt und ich integriert in das Einkaufszentrum. Nostalgiker spazieren immer noch durch mich durch, wenn sie zum ersten Mal die Stadt betreten. – So okay?"

„Du sollst nicht ‚so okay' sagen, das steht nicht im Textbuch!", stöhnt Schambes. Eigentlich will er die Szene nochmals wiederholen lassen, doch Philomena passt nicht auf und spielt unbeirrt weiter. Sie lässt sich auf die Knie nieder, schiebt ihre Reisetasche durch Magnus Müntzers Beine hindurch und brabbelt: „Fühlt sich ungemein erhaben an. Richtig romantisch, so ein Anfang. – Glotz mir nicht auf den Arsch, Stadttor!“

„Hab ich ja gar nicht“, flüstert Magnus beleidigt.

„Das steht auch nicht im Skript!“, schreit Schambes. „Noch mal von vorne! Ihr seid ja noch schlechter als gestern!“

Doch auch diesmal gibt ihm Philomena keine Chance. Sie ist froh, dass sie den Text so einigermaßen auswendig kann; es wäre auch Verschwendung, ihren Lieblingssatz jetzt nicht zu bringen. Also sucht sie am Hosenbein des Stadttors herum und tut so, als hätte sie eine Inschrift gefunden. „Steht'n da? ‚Ein bisschen Liebe macht den Tod unsterblich.‘ Kapier ich nicht.“

„Ich auch nicht“, jammert Lazarus. „Pause! Bitte, erholt euch ein bisschen. Entspannt euch. Ihr seid fürchterlich. So können wir nicht weiterproben. So wird das nix. In drei Wochen wollen wir das Ding aufführen, ist euch das klar? Scheiße! In zwanzig Minuten geht's weiter, okay? Nicht in dreißig. In zwanzig! Das gilt auch für dich, Philomena von Wiese.“

Während sich die Theater-AG unter deutlichen Anzeichen seelischer Verstimmtheit von der Bühne trollt, nähert sich aus dem Orchestergraben Keith Saignée. Er hat sich hervorragend amüsiert während der zweistündigen Probe. Oftmals hat er zu Philomena hinübergesehen und sehnsüchtige Blicke getauscht. Nur einmal, als Susanna, die ihn beobachtete, nach draußen gerauscht ist, beschlich ihn ein ungutes Gefühl; da hat er mal wieder was angefangen, oje, oje ... Hätte die Geschichte mit der kleinen von Wiese nicht genügt für diesen Sommer? Warum will er immer von allem zu viel und macht sich das Leben selber schwer? Gut, die Initiative ging diesmal nicht von ihm aus. Als Susanna ihn in der Umkleide besucht hat, war er ernstlich überrascht. Bedauerlicherweise zeigt dieses energische Persönchen bei Weitem weniger Leichtlebigkeit als Philomena; kaum hatten sie angefangen, ein paar Zärtlichkeiten auszutauschen, schon raunte sie von Liebe und Schicksal. Da spätestens hätte er sich losmachen und gehen sollen. Hat er aber nicht.

Zwar verdächtigt Lazarus den Freund nicht im Mindesten, seiner heimlich Angebeteten je nahegekommen zu sein, doch fällt ihm freilich auf, wie sich Susanna sofort nach Keith umdreht, wenn dieser den Raum betritt, sich gern in dessen Nähe aufhält ... und überdies Philomena schneidet. Bisweilen setzt ihm das richtig zu, wie gereizt, angespannt, explosiv die Stimmung in der Truppe geworden ist. Dieses merkwürdige Duo, das seit Kurzem mitwirkt, der Dicke und der Schlacks, ist ihm ebenfalls ein bisschen unheimlich. Ohne im Geringsten Interesse an darstellerischen Themen aufzubringen, haben sich die beiden auf die letzten unbesetzten Positionen im Ensemble beworben. Schwante Lazarus etwas von der wahren Motivation der Außenseiter, die auf diese Weise immerhin ihre soziale Situation im schulischen Gefüge ein wenig aufwerten konnten. Er raste gesträubten Haars direkt zu Keith rüber.

Denn Magnus Müntzer und Christian David Solms gefallen sich ungemein in der Rolle des Undercoveragenten, besser noch: des Schläfers. Da ohnehin niemand von ihnen Notiz nimmt, ist es ihnen mühelos gelungen, ein nahezu professionelles Überwachungssystem aufzubauen. Sie beobachten, schreiben auf und analysieren. Sie erforschen das Privatleben von Saignée, so weit es ihnen möglich ist. Überall lauern sie Philomena auf – mit dem Nachteil, dass sie dies meistens bemerkt. Ihre routiniert zur Schau getragene Genervtheit hat sich in offene Abscheu gewandelt. Wenn sie die beiden sieht, scheucht sie sie davon wie Straßenköter. Doch Christian und Magnus lassen sich nicht abschütteln; endlich haben sie eine Aufgabe gefunden, die sie auch in ihrer Freizeit erfüllt. Über die Nichtswürdigkeit des Unterfangens legen sie sich keine Rechenschaft ab. Mit der arroganten Unbekümmertheit missachteter Jugend ignorieren sie jede Versuchung, das eigene Handeln zu reflektieren. Sie haben sich selbst auf eine Schiene gesetzt, und nun fahren sie – voller Neugierde, wo diese beschleunigte Bewegung einmal aufprallen wird.

Geduldig, in immer gleichem Rhythmus, zerteilt Tamara den weißen warmen Brei im Kessel mit der Käseharfe. Es ist eine Arbeit, der sie an und für sich gerne nachkommt. Astrid ist froh drum; fünfzehn Jahre Käseharfe, da verliert selbst diese für Außenstehende so spektakuläre Tätigkeit ihren Reiz. Seit ihr Tamara zur Hand geht, läuft das Geschäft tatsächlich schwungvoller. Zwei neue Sorten hat sie zuletzt aufgelegt, einen halbfesten, cremigen Schnittkäse mit heimischen Walnüssen und eine Art Flachlandbergkäse, aromatisiert mit Gundermann aus ihrem Gärtchen. Sollte der Zuspruch anhalten, kann sie Tamara eine Festanstellung anbieten; bislang wird das Entgeld in Form von Kost und Logis und fünfzig Euro pro Woche gezahlt. – Astrids Biografie hat schon so manche Wandlung gesehen; es bereitet ihr keine Schwierigkeiten, sich auf Neues einzustellen. Dass ihr das Schicksal oder wer sonst auch immer nun diese verlässliche, genügsame Hilfskraft ins Haus gespült hat, nimmt sie mit freudiger Gelassenheit. Es wäre aber auch anders gegangen. Nachdem ihr Ex-Mann, Frieder, zu einer ihrer Freundinnen gezogen ist, hat sie das Alleinsein mit den Kindern schätzen gelernt.

Und Tamara? Deren Gemütszustand ist ein ganz und gar widersprüchlicher. Die Tendenz jedenfalls ist nicht erfreulich. Hat sie es in den ersten Tagen noch sehr genossen, in Astrids stillvergnügter Gesellschaft ein ihrer Wesensart angemessenes Tagewerk zu verrichten, endlich wieder unter Menschen zu sein (und das noch in ihrer Lieblingslandschaft!), so bedrücken sie von Woche zu Woche immer ernsthaftere Sorgen und ein wieder und wieder aufwallendes Unwohlsein. Freilich, diese Leute, mit denen sie auf einmal zu tun hat, sind alle gleichbleibend freundlich zu ihr; eigentlich ein Geschenk, das man nicht verachten sollte. Andererseits fühlt sie sich häufig als Fremde, etwa wenn dicke Joints die Runde machen oder allzu freiheitliches Gedankengut die Atmosphäre erhitzt. Dann spürt sie, dass sie viel zu bürgerlich erzogen wurde für diese libertäre Gesellschaft.

An anderen Tagen denkt sie überhaupt nicht daran. Da lacht sie und erzählt und singt am Feuer wie mit Ihresgleichen.

Diese Schwierigkeiten könnten sich also geben, wer weiß. Es ist etwas anderes, was ihrem Rechtsgefühl schwer zu schaffen macht, sie beständig verfolgt, ihr den Schlaf verscheucht. Je näher nämlich das Herbstfest rückt, je weiter die Vorbereitungen für die Raubgrabung im Klosterhof gedeihen, desto weniger kann sie begreifen, wie sie zur Urheberin eines solchen Hasardeurstücks werden konnte. Mehrmals hat sie inzwischen auf diesen Django Heppinger eingeredet, dass sie weder daran schuld sein möchte, wenn sie geschnappt und vielleicht sogar verurteilt werden, noch an einer Riesenenttäuschung, falls überhaupt kein Weinkeller da sein sollte – oder am Ende nur ein leerer. Nun, es scheint vor allem Janhagels eherne Entschlossenheit zu sein, woran alle Bedenken abperlen. Wenn er bei jeder Gelegenheit erzählt, wie er dort eine Hacke, hier ein perfekt zweckdienliches Zelt, anderswo einen beinahe funktionstauglichen Presslufthammer erhandelt habe, dann hat sein Gesichtsausdruck etwas Beseeltes, Hingegebenes, fast Manisches.

„Hm, hm, hm."

Die „hervorragende Ausrüstung", die dieser Flüchtling namens Wuff (noch so eine Geschichte, die Tamara an den Nerven zerrt) gehabt habe, sei leider nicht wiederzuerlangen, bedauert Pinkus von Zeit zu Zeit; noch immer stehe das Häuschen verplompt und verriegelt gegenüber vom Sparkauf. Unterirdisches Eindringen verbiete die Vorsicht. Wuff behauptet, er sei mal drin gewesen, nachts – vor Sehnsucht. Und um sein Lieblingspfeifchen zu holen. Und das Halsband seines alten Hundes. Seither trägt er es selbst. Tamara Ratzel schauert immer ein wenig zusammen, wenn, gelegentlich einer nächtlichen Zusammenkunft, der Gesuchte plötzlich erscheint, ein paar Worte wechselt, große Portionen Brot und Fleisch und Käse hinunterschlingt ... und dann so rasch wie möglich wieder verschwindet. Das sind alles so Sachen, mit denen sie nichts zu tun haben möchte. Obwohl er ihr natürlich leidtut.

Außerdem, da gibt es ja auch noch die Wohnung in Solingen. Es wäre wohl das Einfachste, sie kehrte wieder dorthin zurück, baldmöglichst. Aber die Furcht vor dieser erstickenden Einsamkeit hindert sie daran. Wie soll es nur weitergehen? Tamara weiß keine Antwort. Sie rührt den Käse, starrt ins Leere und wartet auf Astrids Rückkehr. Ob sie nicht doch noch in der Klosterschmiede Bescheid sagt? Aber wie soll sie das anstellen, ohne zur Verräterin zu werden? Das also ist auch keine Lösung. Ob sie den Dorfpfarrer konsultiert? Ihre Mutter hätte das bestimmt getan. Wäre immerhin eine Möglichkeit. Oder mit Astrid reden? So sehr vertraut ist das Verhältnis zwischen den beiden nun auch wieder nicht. Astrid hat so eine Art, mit ihren Kindern umzugehen, das ist ja schon fast antiautoritär. Ungezogen sind die Kleinen, nie ordentlich angezogen und überdies: Sie grüßen nicht. Ach Gott, wo man auch hinschaut, so richtig zu Hause ist man doch nirgendwo.

„Hm, hm, hm ...“

Der Vorwelt heilge Lüfte umwehn sein Angesicht ...

Wie das blaue Auto auf den Wirtschaftsweg geraten ist, Wuff hat keine Ahnung. Vielleicht wäre es an ihm vorbeigerauscht, wenn er nicht so panisch reagiert hätte. Ein Reflex, uralt, seit Kindheitstagen: Polizei? Nix wie weg! Damals waren die Dinger noch grün; es hat eine Weile gedauert, bis sich die Unmittelbarkeit der Impulsgebung wieder eingestellt hat. Nun, es funktioniert wieder, auch bei blau. Kaum sagt ihm ein Seitenblick: Da sind sie!, schon springt Wuff über den Graben. Ein Glück, dass ein Bächlein neben der Straße verläuft. Da können die mit dem Wagen nicht drüber. Schon hört er's hinter sich: die übliche Warnmeldung, per Lautsprecher. Beim Sprung hat er sich den Knöchel leicht verknackst. Verdammt! So ist er viel langsamer, der Spurt zum Kornfeld nicht dynamisch genug. Ausgerechnet jetzt, wo er einen Vorsprung braucht! Denn die Beamten haben längst kapiert, dass dieses Männlein, das da vorne auf dem Pfad zwischen den Feldern vorwärtshumpelt, von alleine nicht anhalten wird. Wuff kneift die Augen zusammen, in Erwartung des Einschusses. Ob sie ihm in die Beine schießen oder zu hoch ansetzen? Oft genug ist so etwas vorgekommen. Querschnittslähmung, heißt dann gewöhnlich die Diagnose.

Aber der Schuss bleibt aus. Stattdessen noch eine Durchsage. Dann jault der Motor auf. Und es beginnt der Wettlauf. Eine kurze Kopfdrehung genügt um festzustellen, was die vorhaben: Hinter dem Acker, auf den Wuff zuhetzt, befindet sich ein breiter Feldweg, da können die drüberfahren. Müssen nur um die Abzäunung herumkurven. Und beschleunigen. Noch mal umkehren? Unsinn. Sie spielen ja nicht Fangerles hier. Das Auto müsste nur schnell genug zurücksetzen, und die Flucht wäre zu Ende. Es gibt nur diese eine Chance: Er muss schneller über den Feldweg kommen als die Bullen. Dann ab ins Getreide. Und da hinten in die Schonung: Weihnachtsbäumchen, halbhoch. – Die zwei Klaräpfel, die er gerade geklaut hat, wirft er weg. Es ist so schwül, Wuff hat den Eindruck, als rudere er durch einen See aus Kartoffelcrèmesuppe. Mein Gott, kommt er langsam voran. Das blinkende blaue Scheißding hat schon die Einmündung des Weges erreicht.

Nein, das schafft er nicht ... Aber er muss ja! Wenn er jetzt nicht endlich schneller rennt, waren all die Wochen umsonst. Die Aussicht, in wenigen Minuten in Handschellen, schmerzhaft krummgeschlossen, vor Atemnot halb ohnmächtig, auf einem Rücksitz arretiert zu werden, bewirkt einen neuen Kraftschub. Ja, jetzt fliegen seine Füße über den Staub. Die Hitze erreicht ihn gar nicht mehr. Wie Wind auf dem Meer, der die Segel bauscht, fühlt Wuff mit einem Mal ein Wehen in seinem Rücken.

„Freiheit!", schreit er. Und: „Ihr kriegt mich nicht!"

Doch dann hört er auf, seine Kräfte zur Selbstanfeuerung zu verwenden. Noch raumgreifender werden seine Sätze. Als er den befestigten Weg erreicht, hebt er ab wie ein Weitspringer. Etwa hundert Meter, bevor der rasende, heulende Streifenwagen eintrifft, überquert der Flüchtling die Grenze zwischen Kornfeld und Acker. Schmal ist die Lücke zwischen Gerste und Mais, doch zum Rennen reicht's. Hinter ihm quietschen die Bremsen. Jetzt steigen sie aus. Doch für den Augenblick können ihn die Verfolger nicht sehen. Nicht auf ihn schießen. Es müssen mehrere Männer sein, unaufhörlich dringen die Aufforderungen, sofort stehen zu bleiben, an sein Ohr. Nein, er wird natürlich nicht stehen bleiben, unter gar keinen Umständen!

Selbst wenn sie sich an seine Füße hängen sollten, er wird sie einfach mitschleifen. – Aber die Polizisten sind frisch. Haben keine wochenlange Jagd durch den halben Stromberg hinter sich. Sind nicht bereits einen Kilometer übers Feld gespurtet. Wuff packt die Verzweiflung: Er hat keine Chance. Die Schritte werden wieder langsamer. Der Boden ist weich. Knöcheltief sinken die Füße in den Lehm.

Wie ein Raubtier stürzt er sich in die Tannenschonung, mitten hinein, wo sie am dichtesten ist. Für einen Moment war er für die Verfolger sichtbar. Doch schon schließt sich der grüne Vorhang hinter ihm. Wie gern würde er im Halbdunkel stehen bleiben, ein kleines bisschen durchatmen. Aber dann hätten sie ihn, ganz bestimmt. Ohne auf die Kratzer zu achten, die innerhalb von Sekunden Gesicht und Arme überziehen, weil die Tannen so dicht gepflanzt sind, bricht Wuff zwischen den Bäumen durch. Vermutlich werden sie die Anpflanzung sofort umzingeln, deshalb darf er sich hier kein Versteck suchen.

Schließlich, nachdem er zweimal vor hohen Maschendrahtzäunen umkehren musste, kommt er auf der anderen Seite wieder heraus. Eine Wiese zieht sich eine Anhöhe hinauf. Oben ist ein Wäldchen. Das wäre besser. Aber schafft er das noch? Auf der freien Fläche wär's ein Leichtes, ihn über den Haufen zu schießen. Gibt es denn überhaupt eine andere Möglichkeit? Bevor er den Gedankengang abgeschlossen hat, hastet Wuff schon wieder los. Hinter ihm vermeint er Rascheln zu hören. Soll er sich umsehen? Noch nicht.

Die Mahd ist schon eingebracht. Immerhin, auf dem kurzen Gras kommt er gut voran. Doch auch hier ist der Grund von weicher Beschaffenheit. Und es geht bergauf. Nein, Wuff traut sich nicht, jetzt den Blick zu heben. Zu erkennen, wie weit der Wald noch weg ist, das würde ihm allen Mut rauben.

Knappe Atemstöße, fauchend, wie Schluchzer. Seitenstechen seit Minuten. Schweiß ölt ihn ein, spritzt in die Augen. Wann trifft ihn der Schuss? Die herrischen Rufe, die ihn zum Anhalten zwingen wollen, sind verstummt. Sollte er so viel Glück haben, und die suchen immer noch zwischen den Weihnachtsbäumen herum? Wuff hat den Eindruck, die Wiese steigt immer steiler an, je näher er an die Waldung herankommt. Zittrig sind nun die Beine. Dass er nicht hinfällt, verwundert ihn. Er schlingert nur noch. Gleich kommt der Moment, da ihm die Luft ausgeht. Er muss sich hinfallen lassen. Im Gras liegen bleiben. Geduckt. Und durchatmen. Und wieder aufstehen. Aber nein, auf keinen Fall, das ist doch klar, sobald er aufhört zu rennen, ist es vorbei. Er wird keine Kraft mehr haben, um sich wieder hochzurappeln. Wuff reißt den Kopf hoch: Ja, am Waldrand kann er schon die einzelnen Äste unterscheiden. Ein Hochstand. Brennesseln. Gestrüpp. Ein Bauwagen. Holzstöße. Drahtverhau.

Unwillkürlich sieht er sich um. Beinahe wäre er doch noch hingestolpert. Drei Männer hasten nebeneinander die Wiese hoch. Soeben müssen sie aus der Weihnachtsbaumschonung getreten sein. Haben sie nicht Waffen in der Hand? Wuff kann das nicht richtig erkennen, aber es ist wahrscheinlich. Wieder kneift er die Augen zusammen, in Erwartung eines glühendheißen Schmerzes. Noch nie hat ihn eine Kugel getroffen, nie!

Er stellt sich das grauenhaft vor. Diese modernen Projektile sollen eine solche Beschleunigung entfalten, die kommen vorne wieder raus, heißt es.

Mit den Armen nach vorn kraulend, schwankt Wuff auf den Laubwald zu. Ein Mal noch ist die Macht der Natur mit ihm; denn ein Windstoß fährt ihm ins Haar, teilt den schwülen Brei für eine Sekunde, erfrischt den Erhitzten. Nur noch hundert Schritt – oder fünfzig – dann ist er drin. Und dort? Wird er sehen, wird sich finden, wird sich weisen ...

Auf die Hälfte haben die Polizisten die Distanz schon reduziert, da taucht der Verfolgte in den Waldschatten ein. Er hat sich die Stelle mit den Brennesseln ausgesucht. Vor Brombeerhecken fürchtet er sich, da kann man sich ganz scheußlich verfangen. Seine Stiefel drücken die Pflanzen nieder, doch so hochgewachsen sind die Dinger, dass sie ihm ins Gesicht schlagen und auf die Hände. Hoffentlich jetzt kein Zaun, keine Absperrung, dann wäre er verloren. Nein, zum Glück, nur noch eine niedere Dornenhecke, dann beginnt der Mischwald. Zwischen Birkenstämmen und hohen Buchen taucht Wuff hindurch. Ein Waldweg! Kurz bleibt er stehen, beugt sich in der Hüfte, atmet aus, hastig und pfeifend. Dreimal, fünfmal. Unter Stöhnen richtet er sich wieder auf. Die Schmerzen sind jetzt überall. In ungeheurer Frequenz wummert sein Herz gegen den Brustkasten. Als er weiterläuft, wird ihm schwindlig. Wuff kann nicht mehr denken, es gibt nur noch einen diffusen Drang: tiefer hinein, irgendwohin, wo es dunkler ist, dichter bewaldet. Dort kann er sich ausruhen. Jetzt noch nicht. Noch. Nicht. Noch. Nicht.

Auf den letzten Metern bis zu einer laubbedeckten Kuhle im Waldboden versagen ihm die Beine. Wuff kann nicht mehr rennen, es geht nicht mehr vorwärts. So sehr er sich auch einzureden versucht, dass er einfach weiter muss, dass ihm gar keine Wahl bleibt, es ist keine Kraft mehr übrig. Wie kurze Schreie hört sich jetzt sein Atem an. Die Arme zeigen unkoordiniert in der Luft herum. Ohne zu wissen warum, fällt er plötzlich hin. Rutscht den Abhang hinunter. Bleibt liegen. Doch er zwingt sich, die Augen offen zu halten: Liegt hier irgendwo ein Stock, mit dem er sich verteidigen kann? Wenn einer der Häscher ihn findet? Oder Hunde? Ja, dort vorn, den Ast könnte er sich abbrechen. Gleich. Bald, wenn er wieder aufstehen kann. Wuff jammert, keucht. Von einem Strauch, der neben ihm aus dem vorjährigen Laub hervorkümmert, reißt er sich ein paar Blättchen ab, stopft sie sich in den Mund, der ist so trocken. Aber das schmeckt so bitter, so widerlich. Saft hat es auch keinen. Wuff spuckt die Blätter aus. Schüttelt sich vor Ekel. Schließt die Augen.

Zweimal noch versucht er, sich aufzurichten und weiterzuschwanken – es ist unmöglich. Nie zuvor hatte er dermaßen zittrige Beine. Jetzt bleibt ihm nur noch abzuwarten, bis sie ihn finden. Er wird sich zur Wehr setzen, mit allem, was ihm zu Gebote steht. In frühen Jahren hat er eine Kampfkunst gelernt, ganz entgegen seiner pazifistischen Einstellung: Krav Maga. Das beherrscht er noch einigermaßen. Es ist eine sehr brutale Selbstverteidigungsart, geht auf die Augen der Gegner. Bis auf ein einziges Mal hat er das nie anwenden müssen. War mehr so eine Jugendlaune. Wollte wohl unüberwindlich sein, damals. Ob er dafür genügend Kräfte gesammelt haben wird, bis sie ihn gestellt haben, kann er nicht einschätzen. Ganz allmählich geht der Atem wieder ruhiger. Ach, wenn es ihm doch gegeben wäre, ein paar von den fantastischen Tricks anzuwenden, die in den Büchern über ostasiatische Meister stehen! Die beherrschen die Kunst, sich unsichtbar zu machen, heißt es. Wuff glaubt fest daran, dass so etwas möglich ist. Mit Konzentration kann man alles erreichen. Auch fliegen! Warum war er nur so nachlässig in den letzten Jahren? Warum hat er nicht trainiert! Pinkus hat es ihm mehrfach angeboten.

War da Gebell? Wuff richtet sich halb auf. Horcht. Ruckt den Kopf hin und her. Doch, ja, kein Zweifel. Da sind Hunde. Das war zu erwarten. So machen die das ja immer. Armen Kreaturen so lange Gewalt antun, bis sie ihren Instinkt vergessen und zu Maschinen verkommen ... Aber halt, das traut er sich zu: Mit Hunden kann er umgehen. Da kennt er sich aus. Es kommt nämlich auf den Blick an: Ein Blick in die Augen, das bedeutet Angriff. Wenn es ihm aber gelingt, in seinem Blick Dominanz und Güte zu vereinen, dann, wer weiß, werden sie ihn in Ruhe lassen. – Ein lautes Rauschen erschreckt ihn. Hubschrauber? Nein, nur der Wind ist stärker geworden. Lässt die Baumkronen hin und her schwanken. Ästchen fallen herunter. Dann geschieht lange nichts. Vielleicht brauchen die einfach zu lange ... Vielleicht haben die Hunde eine andere Fährte aufgenommen ... Ob Hunde riechen können, dass einer ihr Freund ist? Dass sie dann irgendwo anders hinlaufen und ihn verschonen? Wuff ist entschlossen, daran zu glauben. Wie lange bis zur Dämmerung?

„Hier spricht die Polizei. Hier spricht die Polizei. Herr Siebenrath, komme Sie heraus. Hebe Sie die Hände über den Kopf und komme Sie heraus. Der Wald ischt umstellt. Wenn Sie in fünf Minute net draußen sind, müsse mir Sie hole."

Melina Chiaramonte hat ihrem Kollegen Schreyvogel den Lautsprecher überlassen. Seine markante Stimme macht sich immer gut bei solchen Einsätzen. Eine Hundertschaft ist inzwischen angerückt, von verschiedenen Revieren her. Rings um das Wäldchen verlaufen Wiesen und Weiden. Bis auf eine einzige Stelle ist die Fläche gut einsehbar. Genau dort haben sie ihren Dienstwagen geparkt. Im Abstand von wenigen Metern sind Polizeibeamte postiert, in Kampfmontur, bereit, das Gelände zu durchkämmen. Zwei Hundestaffeln wurden geordert. Da kann nichts mehr schief gehen. – Die Nervosität der Fahnderin erreicht ihren Höhepunkt, als sie von Weitem ihren Vorgesetzten herannahen sieht. Der dunkle Wagen ist unverkennbar. Nun ja, das war zu erwarten. In den letzten Tagen ist der Druck ins Unermessliche gestiegen. Längst hat die Presse begonnen, die Polizei zu verhöhnen. Man befürchtet schon, die Bevölkerung würde sich auf die Seite des Entwichenen schlagen; teilweise ist das gewiss schon der Fall. Gewöhnlich ein fairer, ruhiger Zeitgenosse, hat der Einsatzleiter zuletzt Nerven gezeigt. Was früher undenkbar gewesen wäre: Zweimal nacheinander brüllte er sie an, mitten auf dem Gang. Der Satz, der am häufigsten zu hören ist. „Das gibt's doch nicht!"

Jetzt aber, jetzt wird nichts mehr danebengehen. Unkontrollierbare Konflikthandlungen, gar eine Selbsttötung, mit dergleichen muss man rechnen. Aber die Übermacht ist so gewaltig, da kommt keiner durch. Freilich wäre es besser, der Gesuchte stellte sich sogleich. Doch Melina hat so eine Ahnung, dass diese Variante wegfällt.

Kurz bevor ihr Chef dem Wagen entsteigt, raunt sie Ulf zu: „Der kommt nicht raus. Der nicht."

„Zumindest net freiwillig.“ Ulf Schreyvogel schaut zweifelnd in Richtung des Wäldchens. Dann nimmt ihm Melina den Lautsprecher aus der Hand.

Mit einer Stimme, so scharf, als spreche ihre alte Mathelehrerin, nicht sie selbst, fordert sie Andreas Siebenrath zum zweiten Mal auf, sich endlich zu ergeben.

Am Ende ihrer Durchsage bittet sie ihn fast: „Herr Siebenrath, Sie haben doch keine Chance mehr. Machen Sie es nicht noch schlimmer!“

Zeitgleich mit dem Vorgesetzten trifft noch ein alter Bekannter ein: Uli Briegel, dem der entscheidende Hinweis zur bevorstehenden Ergreifung des Siebenrath zu verdanken ist. Chiaramonte schlägt die Hand vor die Augen.

Schreyvogel stöhnt: „Des darf doch net wahr sein!“

„Den Hektiker schick' ich gleich wieder heim“, zischt Melina und nähert sich Briegels Auto mit schnellen Schritten.

Doch so leicht lässt sich der Ortsvorsteher nicht abwimmeln. Es ist sein Tag, das fühlt er genau. Es ist sein Verdienst, sein Triumph! Ohne ihn würde die Polizei noch monatelang in der Landschaft herumstochern. Berstend vor Aufregung und Jagdfieber eilt er auf die Beamtin zu.

Briegel schneidet ihr das Wort ab: „Bevor Sie mir sage, ich hätt hier nix verlore: Gebn Sie mir eine Chance! Nur eine einziche! I kenn den Mann seit seiner Kindheit. Wenn Sie vermeide wolle, dass er ein' umbringt – oder sich selber – lasse Sie mich mit ihm schwätze. Ich bitt Sie!“

Bevor Melina Chiaramonte das Angebot barsch ablehnen kann, ist ihr Vorgesetzter schon nähergetreten und erkundigt sich, wie die Anwesenheit einer Zivilperson am Einsatzort zu erklären sei.

Wieder wird Melina unterbrochen, denn Uli Briegel ringt die Hände und schreit gegen den starken Wind an, der ihm den Scheitel zerwühlt: „I bitt Sie, wenn Sie hier was zu sage habe: I bin der Einzichste, uff den so einer hört!“

In wenigen Sätzen fasst Ulf Schreyvogel zusammen, um wen es sich bei dem aufgeregten Männlein handelt.

Der Chef zuckt die Schultern: „Nen Versuch ist's wert. Geben Sie dem Mann die Flüstertüte."

Das ist Briegels größter Moment. Vor Nervosität lässt er das empfindliche Gerät ums Haar fallen. Während sich über dem Lockenberg schwarze Wolken sammeln und die ersten Schauer über die Wiese streichen, brüllt der Ortsvorsteher alles, was ihm einfällt, um sein Gemeindeschäflein zur Aufgabe zu überreden, ins Mikro. Einige der Polizisten können das Schmunzeln nur schwer unterdrücken. Es hat immer so etwas Rührendes, wenn Zivilisten Staatsmacht spielen.

„Warte Sie nur ab", keucht Briegel, als er das Gerät endlich zurückgibt, „jetz ... jetz kommt er."

Niemand kommt. Keine Regung. Nichts. Über Funk verständigt der Einsatzleiter die Beamten, die rund um den Wald verteilt sind, über den Sachstand.

„Verflixter Wind", schimpft Schreyvogel, dem die Mütze vom Kopf gerissen wird. „Wir sollte rein, bevor des scheiß Gewitter richtig loslegt."

Doch sein Vorgesetzter entgegnet trocken: „Warum? Er kann ja nicht raus. Eher anzunehmen, dass so ein Gewitterregen mitten im Wald seinen Mut kühlt ..."

Zweifelnd zieht Melina die Schultern hoch. Hätte sie das hier doch bloß schon hinter sich. Wäre der Chef nicht erschienen, die Mannschaft hätte den abgängigen Andreas Siebenrath längst eingefangen.

„Ich weißt nicht", startet sie einen Versuch. „Ich wäre eher dafür ..."

„Frau Chiaramonte", fährt sie der Leiter zum dritten Mal innerhalb einer Woche an, „ich glaube, Sie haben genug Zeit gehabt, oder?"

Freilich, weder Uli Briegel noch die Polizisten im Einsatz verfügen über ausreichend Personenkenntnis, um sich ein realistisches Bild von Wuffs psychischer Verfassung zu machen. Denn während rings um den Wald die Beamten in Sturm und Starkregen ausharren müssen, erlebt Wuff das Aufkommen des Sommergewitters eher als himmlisches Zeichen. Die Hände zu einem Trichter geformt, lässt er das Regenwasser, das von den Bäumen trieft, in seinen Mund laufen. Das Niederprasseln der Äste um ihn her stört ihn nicht im Mindesten; jetzt weiß er, die oberen Regionen sind mit ihm. Welche Gottheit auch immer für diesen Sturm verantwortlich ist, der immer lauter und greller Donner und Blitz heranführt, Wuff hegt keinerlei Zweifel mehr: Er ist ein Erwählter! Niemand wird ihn kaschen, wenn das nicht der Wille der Himmlischen ist. Noch einige Minuten wartet er ab, während das Gewitter zu orkanartigem Toben anschwillt, dann macht er sich auf. Sein Körper fühlt sich erfrischt, von oben bis unten. Jeder Regentropfen, der sein Gesicht trifft, hat Anteil an der göttlichen Gnade.

Mittlerweile ist es zum Streit zwischen Chiaramonte, Schreyvogel und der Einsatzleitung gekommen. Alle wissen, wie gefährlich Blitze auf nassen Wiesen sind.

„Da braucht nur einer neizuschlage, un zwanzig werde gegrillt!“, versucht Schreyvogel seine Kollegen, die unbeirrt stillstehen, zu schützen.

„Wieso sollte ausgerechnet jetzt ...“, widerspricht ihm der Vorgesetzte, als mit entsetzlichem Knallen im Wald ein Blitz einschlägt.

Aber das kann er nicht dulden, das würde ihm niemand nachsehen: Wenn er die Leute jetzt in Sicherheit bringt, vor einem simplen Landregen, entschlüpft ihnen dieser gemeingefährliche Cannabisbauer noch einmal. Und wenn eine solche Aktion an die Öffentlichkeit dringen sollte, ist auch er seinen Job los, gar keine Frage. Also bleiben alle mal hübsch, wo sie sind. Und warten, dass die hochsommerliche Entladung vorübergeht. Noch aber gibt es keinerlei Anzeichen für ein Nachlassen, im Gegenteil. Wuff bemerkt es kaum, als er aus dem

Wald hinaus auf die Wiese gerät. So wütend peitscht der Regen auf den Boden ein, dass kein festes Element mehr zu widerstehen scheint. Ha! Als ein Verwandelter kommt er aus diesem Hain heraus, als ein von Grund auf Erneuerter, Verjüngter! Den Gedanken, eventuell einem der Polizisten in die verwunderten Arme zu laufen, verwirft er als Lästerung; wenn ihn die Götter so offensichtlich beschirmen, ihm ihre Gunst mit solcher Macht bezeigen, dann darf auch er nicht mehr kleingläubig sein. Und so springt er, von nie zuvor empfundener Energie durchströmt, über die abgeäste Weide, der Freiheit entgegen. Einmal glaubt er im Nässeschleier zwei Schemen wahrzunehmen, doch bei dem Lärm, dem prachtvollen Chaos ringsum schreckt ihn das nicht. Nur weiter, durch! Sollen sie ruhig vor Angst erstarren, die Jäger, soll sie der Blitz treffen ... Ihn ficht das nicht an. Von nun an gehört er anderen Gefilden zu.

So verwundert es ihn auch keineswegs, als er feststellt, dass er auf Umwegen wiederum in die Nähe des Lockenbergs gerät. Was will ihm das sagen? Doch wohl zweierlei: Dass er ganz richtig liegt. Hier ist sein Kraftort, hier geschieht das Wesentliche, das lange Erwartete – die Erlösung. Wie in Kirchen zu alter Zeit, nur ungleich machtvoller, vollzieht sich auf dem Lockenberg das Wunder der Schutzräume. Keines Häschers Schnödigkeit wird hier Hand an ihn zu legen wagen – der würde vernichtet werden mit einem Schlag. Blitze hat's ja noch genug im Rund. Furchtlos, erbaut und gekräftigt, fliegt Wuff der Höhe zu. Alles trieft, die Bäume, die Büsche, die Wiesen, er selbst.

Seine Hochgestimmtheit macht nicht einmal vor Zeitdistanzen Halt; denn der Sieg gegen diese kolossale Übermacht steht mittendrin im Zusammenhang des erbarmungslosen Kampfes der Paläste gegen die Hütten. Ja, Wuff sieht sich in einer Linie mit den Verfemten und Gehetzten aller Jahrhunderte. Mit den von Priestern verstoßenen Unberührbaren der Vorzeit; den entlaufenen Sklaven, rechtlos, gejagt von jedermann; den schuldlos schuldig Gewordenen, für die das Hochgericht schon bereit steht; den Deserteuren aller Armeen, ausersehen, das Schlimmste zu erleiden, Kerkerhaft, Folter, Gassen laufen, wo einem das Fleisch Fetzen um Fetzen vom Knochengerüst gepeitscht wird, mit widerhakenbestückten Weidenzweigen ...

Aber Wuffs Fleisch ist unversehrt, er fühlt sich wie gebadet und gesalbt von diesem weichen Sommerregenwasser, das nun nicht mehr so wütend herniederströmt, sondern ruhiger, in einem Guss, beinahe sanft. Immer noch bleibt er verborgen vor den Blicken der Verfolger, denn jetzt dampft es rings aus den Wiesen. Ein betäubender Duft nach Heu und Frische steigt auf. Durch die Bewegung wird ihm warm; da ist nichts mehr, was ihn noch stören könnte. Indem er eine Mauer überklettert, packt ihn eine heiße Sehnsucht, seinen Vorläufern zu begegnen, all denen, die es nicht geschafft haben, die gefasst wurden von der Meute. Er möchte sie trösten, ihnen von seiner Kraft zu kosten geben, der Erwartung gewiss, dass sich der Schleier bald lösen, der Schein offenbaren wird binnen Kurzem. Es ist nicht zu fassen, weshalb, aus welchen Gründen die Menschen Jagd aufeinander machen seit jeher! Am meisten peinigt ihn stets die schauderhafte Einsicht, dass es immer nur wenige sind, die den Terror einfordern und so viele, fast alle, die sich gemein und dienstbar machen, das Gewehr in die Hand nehmen oder das Beil und die Hunde holen.

Sein Fall nun liegt besonders absurd. Was hat er verbrochen? Gewiss, das war kein Minigärtchen für den Eigenkonsum, was er da unterm Sparkauf bebaut hat. Aber wer drängte ihn denn in die Illegalität? Niemand sonst als die Pharmakonzerne, die mit dem Verbot der alle Qualen lindernden, wenn nicht gar heilenden Hanfpflanze die Voraussetzung zu ihrer schandbaren Kapitalakkumulation geschaffen haben. Wie oft hat Wuff unheilbar Kranken zu würdevollen, schmerzfreien letzten Tagen, manchmal sogar Jahren verholfen! Fünfzigmal, hundertmal wurde Kontakt zu ihm aufgenommen von am Boden zerstörten Angehörigen todgeweihter Patienten, und unter Tränen brachten sie die immer gleiche Bitte vor: Hilf uns! Denn selbstverständlich hat sich herumgesprochen, dass da ein Mittel wächst, wohltätig wie Wein, das uns die Götter gegeben haben, um nicht wehrlos zu sein gegen den Furor der Körperschmerzen. Ach was, nicht allein die Physis fühlt sich beruhigt und gewiegt durch die segensreichen Wirkstoffe des Hanfs; Wuff muss lächeln, als er sich erinnert, wie in Phasen grausamen Liebeskummers ihm das eine oder andere Pfeifchen zu neuer Hoffnung verholfen, den Blick auf anderes, auf die Gnaden der Schöpfung gerichtet hat.

Sonderbarerweise, trotz der eliminatorischen Strategien der Industrie, lebt da noch immer eine Ahnung in der älteren Landbevölkerung fort, dass etwas nicht stimmen kann mit der Kriminalisierung einer Nutzpflanze, die über Jahrhunderte dem Menschen dienlich war – in Form von Kleidung, Dämmstoff, Nahrungsmittel, Heiltee ... aber eben auch als Zutat zum teuren Tabak. Das herrliche, lautmalerische alte Wort „Knaster" hat Wuff immer gut gefallen, weil darin auf listige Weise Behaglichkeit und sanftes Rauschvergnügen ausgedrückt sind. „So oft ich meine Tabakpfeife, / mit gutem Knaster angefüllt, / zur Lust und Zeitvertreib ergreife, / so gibt sie mir ein Trauerbild / und füget diese Lehre bei, / dass ich derselben ähnlich sei ..." Kein Geringerer als Johann Sebastian Bach hat diese subtile Philisterlyrik vertont, in den „erbaulichen Gedanken eines Tabakrauchers". Adelheid, eine von Wuffs Ehemaligen, besaß ein Spinett, worauf sie, zu Wuffs Entzücken, sich manchmal selbst begleitete und die kleine Hanf-Kantate sang.

Als Wuff die kahle Anhöhe des Lockenbergs erreicht, da kommt es ihm vor, als falle der Regen wieder dichter. Es strömt und rauscht um ihn herum – was gar keinen anderen Sinn haben kann als ihn zu vergewissern, dass ihm die hohen Mächte Schutz gewähren, so viel er braucht. Im Tiefsten beglückt, begeistert, erleuchtet durch die Erlebnisse der letzten Stunde, lässt sich Wuff auf die Knie fallen und hebt die Hände in den Regen empor. Unbekümmert darum, ob ihn nicht doch ein Verfolger hören könnte, ruft, psalmodiert er, was ihm gerade einfällt ... wobei ihm wieder einmal alles durcheinander gerät. Gerade in der für gewöhnlich unstatthaften Vermischung der Zeiten, Kulturen, Phantasien kommt endlich zusammen, was seit je nur fälschlich durch bieder sortierenden Menschenverstand getrennt war: „O Thor, hör mich: Ich danke dir! Odin, großmächtiger, komm herab, nimm meine Gaben an! Zeus, Blitze Sendender, zerstöre meine Feinde! Gott Israels, dich will ich preisen, keiner ist dir gleich! O Freunde von fremden Sternen, seid willkommen, ich warte auf euch! Christus, sieh ein, dass es ihn doch gibt, den Gott, der dein Opfer will: Steig von dem Weltengebäude herab!"

Von Dankbarkeit und Daseinserfüllung übermannt, fällt Wuff vornüber, gräbt sein Gesicht in den nassen Schlamm, breitet die Arme aus und bleibt so liegen. – Erst als er eine sonderbare Wärme auf dem Rücken spürt, wagt er den Blick zu heben. Als er sich umsieht, schießen ihm unvermittelt die Tränen aus den Augen. Er weiß: Soeben hat die neue Zeit begonnen! Er ist einer ihrer Propheten, er muss es sein. Denn alles, was eben noch Nässe und Sturm und Wüten der Elemente war, zeigt sich verwandelt in bläulich-silbernes Glimmen. Die Sonne ist zurückgekehrt und verbreitet ein geradezu irrsinniges Glitzern. Von allen Wiesen kommt es her, in allen Tröpfchen des Nebeltaus schillert es, dass er die Augen bedecken muss. Und vor ihm auf der Hochebene strahlen die Kreise des Urzeitkults, den er entdeckt hat, die wohlgezirkelten Landeplätze in hitzigem Weiß, ja, es scheint, als würden sie sich langsam aus dem Grase heben und nach oben schweben, denjenigen entgegen, um deren Kommen Wuff jetzt so sicher weiß wie kein anderer.

Doch kaum, dass ihm einfällt, wie nahe die feindliche Macht noch immer sich befindet, sinkt das leuchtende Gebilde in sich zusammen. Das Licht verschwindet hinter neuen Wolken ...

Na sicher, auf solche Weise ausgeleuchtet und angestrahlt wäre er im Umkreis von vielen Kilometern leicht zu erkennen. Und er hat ja nun eine Verpflichtung, nicht mehr nur sich selbst gegenüber: Wuff muss zu den Menschen, ihnen Kunde geben von seiner Erfahrung. Mit Innigkeit fühlt er den Auftrag, den er freilich nur erfüllen kann, wenn man ihn nicht doch noch einsperrt. Wie vielen Erleuchteten vor ihm ist das so gegangen! Johannes der Täufer fällt ihm ein, ach, überhaupt alle geistigen Führer haben die Schande der Verhaftung, den Jammer des Gefangenseins erduldet. – Zu seiner Freude bemerkt Wuff, dass die letzte Stunde nicht ohne Auswirkung auf sein Gehirn geblieben ist; er braucht sich gar nicht anzustrengen, schon liegt ein neuer Fluchtplan bereit.

Denn wenige Kilometer entfernt, in einem Nistkasten, hat Django ein „Notfall-Handy" für ihn versteckt: Ordentlich aufgeladen, dutzende Nummern von Freunden sind drin gespeichert. Wuff weiß noch nicht, zu wem er zuerst gehen soll. Das muss er auch gar nicht; kaum, dass er das Handy in Händen hält, wird ihm der richtige Name erscheinen. So etwas ist jetzt kein Problem mehr. Schwierigkeiten waren gestern. Einen Moment lang überlegt Wuff, ob er von seinen neuen Fähigkeiten Gebrauch machen soll und einfach rüberfliegt; aber das ist womöglich zu riskant. „Ikarus, hüte dich!", fällt ihm ein. Nein, seine überirdischen, besser noch, innerirdischen Kompetenzen wird er erst offenbaren, wenn es an der Zeit ist. – Hoffentlich hat Django das Handy gut eingepackt. Wäre sinnvoll, bei dem Regen.

Und in die Nacht der Klüfte strahlt ihm ein ewges Licht ...

Es kann einem manchmal so vorkommen, als regiere uns ein Fluch: Die schönsten Ereignisse, die tiefsten Empfindungen, die beglückendsten Inspirationen lassen sich nur selten wiederholen – zumindest nicht auf die nämliche Weise und an demselben Ort. Tamara hätte es wissen müssen, nein, sie wusste es. Und trotzdem ist sie noch einmal nach Maulbronn gefahren. Wie vor drei Wochen, an diesem unsäglich heißen Tag. In der bestimmten Absicht, endlich klar Schiff zu machen und in der Klosterschmiede Bescheid zu sagen, was demnächst direkt vor der Haustür vor sich gehen solle, war sie durchs Tor geschritten – doch abgebogen ist sie nicht. Nein, es zog sie auf den weiten Platz hinaus, bald in den Schatten des magischen Baumes vor der Kirche, schließlich in die Vorhalle, Paradies genannt seit den ältesten Zeiten. Dort hatte sie sich auf ein Mäuerchen gesetzt ... und ihr Vorhaben war ihr wieder eingefallen, einen Priester zu konsultieren in ihrer Gewissensnot. Nun, vielleicht ging es ja auch anders; vielleicht genügte fürs Erste, sich in die Aura der Geistlichkeit zu begeben – und was käme da auf Erden diesem Zisterzienserkloster gleich?

Tamara hatte also eine Eintrittskarte gekauft, ohne Führung, denn sie wollte ja alleine sein; die Stimmung auf sich wirken lassen; zur Ruhe kommen – wie all die Pilger und frommen Gäste vor Jahrhunderten. Ja, nur die Männer; der einzige zugelassene Bereich für Frauen befand sich außerhalb, nurmehr dazu eingerichtet, die Teilnahme am Gottesdient auch dem erwiesenermaßen noch sündhafteren Teil der Gattung zu ermöglichen …

Verschwitzt und voll verworrener Gedanken war Tamara auf ihrem Weg durchs Kloster ins Brunnenhaus geraten. Dort hatte sie sich seufzend wie eine Schwerverbrecherin niedergelassen, die Augen halb geschlossen. Und war eingenickt. Die Hitze, gefährlich gesteigert durch diese unzumutbaren Temperaturen im Bus, hatte ihrem Kreislauf zugesetzt; dann war sie auch noch falsch ausgestiegen und musste einen angesichts der Temperaturen viel zu weiten Weg auf sich nehmen.

Als sie wieder zu sich kam, hatte sich ihr Körper vollkommen regeneriert. Arabischer Gartenkunst abgeschaut, sorgte der dreischalige Brunnen auch jetzt noch für Kühlung. Das gleichmäßige Lullen und Rauschen tat ein Übriges. Keine Touristengruppe war an diesem Tag unterwegs. Es war so wunderbar still in diesem Halbschatten. Und ganz allmählich, ohne dass sie sich dessen versah, begann sie zu lächeln. Unglaublich, aber sie fühlte sich entspannt, zum ersten Mal seit wer weiß wie lange. Schmunzelnd nickte sie vor sich hin, streckte die Beine aus, vermied jede unnötige Regung. Was nur selten gelingt, schon gar nicht, wenn man sich's vornimmt: Sie dachte an nichts. All die Qualen der Unsicherheit, die sie zuletzt Tag und Nacht heimgesucht hatten, sie waren verstummt. Gnade – nicht anders lässt sich dergleichen wohl benennen! Nichts als Gnade hatte bewirkt, dass Tamara Ratzel mit einem Mal überzeugt war, es würde schon alles seine Richtigkeit haben, mehr noch: Sie war sich sicher, wie zum letzten Mal als kleines Mädchen, dass alle Erscheinungen Gottes Wille kundtaten. Nach und nach begann sie sich selbst der Undankbarkeit zu bezichtigen; denn war es nicht offensichtlich, dass sie der Herr hierher geführt hatte? Warum haderte sie mit sich? Standen nicht alle Vorkommnisse in einem guten, sinnvollen Zusammenhang, worin ihr eine bestimmte Rolle zugedacht war, die sie sich, weiß der Teufel warum, auf einmal weigerte anzunehmen? Ja, der Teufel! Indes ihr Vater nie viel von christlichen Vorstellungen gehalten hatte, war das Tagewerk ihrer Großmutter noch in allen Einzelheiten davon geprägt gewesen.

Aber ja, Tamara befand sich auf einem Heimweg. Wie konnte sie nur so lange fortgewesen sein! Hatte sie sich nicht damals vorgenommen, als Zwölfjährige, für immer die Ratschläge ihrer Oma im Herzen zu bewahren? – Als sie dann noch, gegen Abend, in einem der Kästen vor der Buchhandlung Krüger ein hübsch illustriertes Stundenbüchlein fand, dessen Inhalt durch die Gebetszeiten der Mönche strukturiert war, hielt sie dies keineswegs für Zufall. Nachdem sie es gekauft hatte, presste sie das Heftchen ans Herz – und entschloss sich, ihr Leben von nun an strikt danach auszurichten. Das würde ihr Halt geben. Wer weiß, eines Tages würde sie in ein Kloster eintreten; der schlechteste Einfall war das bestimmt nicht.

Und noch ein Zeichen wurde ihr gewährt. Bevor sie sich zum Gehen wandte, vernahm sie Musik. Ein Chor probte im Kloster. Tamara hielt inne; sie kannte das Stück von der Schallplatte. Normalerweise waren ihr Werke wie Brahms' Deutsches Requiem zu schwer. Aber just diese Stelle, „denn sie sollen getröstet werden", hatte es ihr schon immer angetan. Ja, lieber Gott, so ist es: „Die mit Tränen säen, werden mit Freuden ernten!"

Ernsthaft und hingegeben hielt sie fortan die traditionellen Gebetszeiten ein, stellte sich den Wecker auf vier Uhr früh, um die Vigil nicht zu versäumen, legte sich noch einmal hin, erwachte erquickt und betete vor dem Frühstück Laudes; Terz, Sext und Non folgten gewissenhaft, die Vesper eröffnete das gleichnamige Abendessen und die Komplet beschloss den Tageslauf. Wie bei den frommen Brüdern, die vor bald tausend Jahren, einem Maulesel vertrauend, mitten in der Wildnis das Maulbronner Kloster gegründet hatten.

Die Käse-Astrid nahm an Tamaras neuem Glaubenseifer keinen Anstoß, nicht im Geringsten; doch verbat sie sich jedweden Bekehrungsversuch. An so etwas hatte Tamara Ratzel nicht einmal im Entferntesten gedacht. Eher war sie erschrocken darüber, dass sie mit ihrer Gebetsfreudigkeit so sehr auffiel.

Erst als es auf einmal hieß, das Maulbronner Herbstfest stehe vor der Tür, das Zelt, die Schnäpse, aber auch die Gebrauchswerkzeuge zur Raubgrabung würden am nächsten Morgen in Pinkus Janhagels Kleinlaster verladen, erlitt Tamaras neue Frömmigkeit gewichtige Anfechtungen. Es war keine Neugier, was sie empfand, als Pinkus und Django hinüberfuhren und den Stand aufbauten, es war Sorge. Auf einmal war der Zweifel wieder da: War es nicht doch ein wenig wohlfeil, ihr heikles Verhalten allein Gottes Heilsplan zuzuschreiben? Dringend bedurfte sie geistiger Zurüstung. Da aber kein Seelsorger für sie zuständig zeichnete, sondern das Brunnenhaus des Klosters zu Maulbronn höchstselbst, machte sie sich ein weiteres Mal dorthin auf. All die Umtriebigkeit im Klosterhof nahm sie nur mit halbem Auge wahr. Voller Hoffung, wenngleich im Innersten erbebend, begab sie sich an die Stätte ihrer Wiederbekehrung.

Zunächst hatte sie den Eindruck, das vormalige Empfinden von Ruhe und Einverständnis würde sich wieder einstellen, die Sonne beschien die Mauern mit Milde, die großen Führungen waren längst durch ... da zersägt ein elektrischer Akkord die Weihe und zerrt Tamara vom Büßerbett der Abgeschiedenheit vor den grell angestrahlten Richterstuhl der Gegenwart. Mehrmals hofft sie, diese Lärmbelästigung sei nur von kurzer Dauer. Doch aus hart angerissenen Dreiklängen werden Motive, Melodiefolgen; schließlich setzt, überlaut und aggressiv, ein Popsong ein, der den denkbar gröbsten Kontrast zur zarten Sakralität des Brunnenhauses darstellt. Als wäre ein Rudel Heiden in den Tempelhof eingebrochen, fühlt sich Tamara Ratzel geängstigt und aufgestört. Kopfschüttelnd erhebt sie sich, verlässt den Ort der Besänftigung und wählt den schnellsten Weg nach draußen.

Ach, wozu hat der Mensch solche Überflüssigkeiten wie Bässe, Boxen, E-Gitarren und Verstärker erfunden? Oh nein, der Mensch war's nicht: Schon Tamaras Großmutter hatte gemutmaßt, Rockmusik sei ein Werk des Satans, einzig und allein darauf abzielend, junge Seelen zu verderben. Und freilich, als sie vor die Klosterfront hinaustritt, erkennt sie diese kaum der Schulhut entwachsenen Mädchen und Buben, die sich auf einer Theaterbühne in lasziven Bewegungen gefallen. Mitleid und Missbilligung wechseln in ihrem Empfinden rasch ab. Während überall im Klosterhof die unterschiedlichsten Buden und Stände aufgebaut werden, akustisch bescheiden untermalt von gelegentlichem Schnurren der Akkuschrauber und einzelnen Hammerschlägen, steht die Bühne schon fix und fertig da, einschließlich eines hölzernen Gestells für die Musiker.

Es handelt sich um eine Hauptprobe, Szene um Szene läuft das Stück ab, ohne Unterbrechung, dargebracht mit der höchsten Konzentration. Erhöht auf der Lehne eines Sitzes: Lazarus Schambes, wie immer das Textbuch auf den Knien. Nur selten gibt er noch Einsätze, nickt erleichtert, wenn Keith Saignée die kleine Combo auf den Punkt ins Geschehen zieht, wenn sogar die verschlafenste Nebenrolle ohne Aufforderung ihren Text abspult. Das Bühnenbild setzt sich zusammen aus Schultheaterelementen, professionellen Hintergrundmalereien und jeder Menge Improvisation. Aktuell wird auf einer Riesenstaffelei das Bild einer Kapelle aufgeblättert; eine Allee von Novemberbäumen führt darauf zu.

Langsam, ein wenig zu bedeutungsvoll, schlurft einer der Hauptdarsteller, ein ulkiger Typ mit Strubbelhaar und Nickelbrille, allein in die Szene. Auf den Rücken hat er eine Gitarre geschnallt. Er hält inne. Eine Weile betrachtet er die Kirche. Dann setzt er sich nieder. Lehnt sich an einen mit mäßigem Geschick gestalteten Pappmascheebaum. Nimmt die Gitarre vor. Zupft ein paar Akkorde. Und singt: „Seltsam, im Nebel zu wandern ..."

Ergriffen von der innigen Interpretation des jungen Mannes, die Lider gesenkt, lächelnd, fast wehmütig, lauscht Keith dem vertonten Hesse-Gedicht. In der Tat, auch die anderen verspüren etwas Ungewohntes, aus dem Alltag Ragendes – so wie stets, wenn Ironie und Selbstdarstellung einmal schweigen und einer Kunst das Feld räumen, die sich von selber mitteilt. Es ist eines seiner besten Lieder. Als Keith es geschrieben hat, war er kaum älter als der Hauptdarsteller jetzt. Am liebsten würde er zu dem Sänger hinübergehen und ihn umarmen, jetzt, mitten im Lied. An Umarmungen fehlt es ihm ja seit geraumer Zeit – denn Philomena kam durchaus verändert aus den Ferien zurück, fremd, abweisend, ohne das geringste Interesse, die Affaire wieder aufzunehmen.

Susanna bemerkt, dass sie von Lazarus einmal wieder angeschmachtet wird. Ohne erkennbaren Gefühlsausdruck erwidert sie den Blick; das hält dieser Loser natürlich nicht lange aus. Verstört schaut er unter sich.

Kaum hat der Protagonist die Schlusszeile „Jeder ist allein" dreimal wiederholt, strömen von allen Seiten Statisten auf die Bühne, die merkwürdigerweise alle ein Stück Pizza in der Hand halten. Manche gehen in Gruppen, andere sind alleine unterwegs. Niemand hält sich lange auf. Verschiedene deuten nach der Kapelle, bezeigen Anerkennung. Es ist eine der eigener Auffassung nach avantgardistischen Ideen, die Schambes in Abstimmung mit der Truppe eingebaut hat; umsonst hat ihn Keith angefleht, doch wenigstens nach diesem Lied auf „diesen Schwachsinn" einmal zu verzichten. Ansonsten haben die beiden ihr gewohntes Oszillieren zwischen Klosterschmiede und Gymnasium wieder aufgenommen. In der verkürzten Sommerpause ist es ihnen geglückt, ein Anschlussprojekt zu sichern: diesmal auf Schloss Salem!

„Bodensee, auch was Feines!", hatte Lazarus gejubelt und, offenbar in Erwartung neuer Delikatessen, „Schloss Salmen" ins Adressenfeld des Antwortschreibens getippt.

Bei der Abschlussklasse hatte es reichlich Ärger gegeben, als absehbar wurde, dass man den Aufführungstermin nicht würde halten können. Einige mussten ihren Urlaub verschieben, andere gaben unter Tränen ihre Rolle ab, weil sie Sommerkurse besuchten oder ihr Studium in fernen Städten vorbereiten mussten. Drei Wochen lang war Unterbrechung. Dann kam man wieder zusammen. Oh wie seltsam: der Schule entwachsen und doch noch einmal hier ... Eine unvorhersehbare Dynamik erfasste die Schulabgänger; aus Melancholie und Überdruss wurden mit einem Mal Glorifizierung des Gewesenen, Leidenschaft für das gemeinsame Projekt und heiße Sympathie mit- und füreinander.

Während der Sommer draußen allmählich verglühte, probte man in der Kühle der Klostergewölbe mit einer Besessenheit, die dem Regisseur und Autor immer neue Glückslaute entlockte: „Ja, was ist denn mit euch los?" – „Das ist ja hinreißend!" – „Warum seid ihr nur auf einmal so gut?"

Anfang September hatte der Hochsommer einen Knick bekommen. Des Lichtes Spitze war zerbrochen, seidige Fäden schwebten in der stilleren Luft. Auf den sonnenwarmen Sandsteinen rund um die Schule lagen in den Probepausen die erschöpften Schauspielerinnen „wie warme Katzen", befand Keith. Doch seine Definitionen interessierten augenblicklich niemanden mehr. Denn just während einer solchen Szene war es zu einer späten Annäherung gekommen: zwischen den beiden Hauptdarstellerinnen. Acht Jahre waren Susanna Seiberth und Philomena von Wiese umeinander herumgeschlichen, beide Stars in ihrem Metier, doch nie, zu keiner Zeit, füreinander offen, sondern stets auf Abgrenzung oder Ignoranz bedacht. Zuletzt hatten die meisten erwartet, die beiden würden sich demnächst an die Gurgel gehen, so feindselig hatten sie einander immer wieder angefunkelt. Dann aber, die Klosterglocke hatte fünf geschlagen, lagen sie auf einmal nahe beieinander, unabsichtlich, wie es Philomena vorkam.

„Oh nein, ausgerechnet die", hatte sie gedacht, als Susanna, den Dramentext in der Hand, sich einem Platz wenige Meter von ihr entfernt näherte. Sie ruhten auf dem Rücken liegend, hatten die Augen geschlossen.

Und auf einmal hörte sich Philomena sagen: „Eigentlich is' er doch'n Arsch, oder?"

Es dauerte ein paar Sekunden, bis Susanna, ohne aufzuschauen, ein lapidares „Weiß nich" in den Nachmittagshimmel hauchte. Dann aber setzte sie sich auf, rückte zu Philomena hinüber, nahm ihre Hand und flüsterte: „Ich wollt' ihn dir ganz bestimmt nicht wegnehmen."

Philomena entzog ihr die Hand, lächelte aber: „Will ihn doch gar nicht mehr."

Das war dann doch recht schnell gegangen. Im Falle Susannas hatte ein Zusammentreffen mit ihrem Ex-Freund aus dem Heimatort genügt, um diese skurrile Schwärmerei für den furchtbar alten Mann zu beenden. Bei Philomena hatte der räumliche Abstand die Veränderung bewirkt. Kaum war sie dem Bannkreis des Musikers entzogen, konnte sie selber kaum mehr nachvollziehen, weshalb sie sich auf ihn jemals einlassen konnte. Wenn sie in Kürze in Wien ihr Kunstgeschichtsstudium aufnahm, wollte sie frei sein; allerdings ahnte sie dunkel, dass sie dies ohnehin gewesen wäre, sobald das „Kreativ-Team", wie Saignée und Schambes in Anlehnung an eine Sonderabteilung des Deutschen Fußballbundes von den männlichen Schülern genannt wurden, weiterzog. Also schien es ehrenvoller, selber Schluss zu machen. Und das tat sie mit Aplomb. Vor der ersten Probe nach der dreiwöchigen Unterbrechung vermied sie ein Zusammentreffen. Während der Eingangsrunde und den Improvisationen suchte sie keinen Blickkontakt.

Erst hinterher, als Keith ihr Zeichen machte, ihm zu folgen, ging sie direkt auf ihn zu, blitzte ihn an und zischte: „Ich gehör dir nicht, ja?"

Der war so verblüfft, dass er nervös auflachte. Erst am Abend wurde ihm bewusst, dass er sie tatsächlich verloren hatte. Er litt

Höllenqualen, besoff sich, zuerst allein, dann gemeinsam mit Lazarus, der sich naturgemäß bereits in jenem Loch befand, wo der Freund eben erst von oben hineinsank ... Doch schon am Morgen vermochte Keith die Verlusterfahrung in einem Lied von melodiöser Schwermut und ausgesuchter rhythmischer Raffinesse zu verarbeiten. Das half.

Lazarus wiederum nahm's als Geschick; dass ihm das vergötterte junge Ding während all der Monate nicht nahe gekommen war, entsprach den poetischen Regularien. Womöglich, versuchte er sich zu trösten, hatte sie auch Angst vor einer gar zu tiefen Bindung, die sie in diesem frühen Alter zweifellos überfordert hätte ...

Zwischen den angehenden Studentinnen aber entwickelte sich eine Freundschaft, die ähnlich extreme Züge annahm wie zuvor die Fremdheit und das Gegeneinander. Nächtelang durchstreiften sie die Wälder um Maulbronn, ließen all die Jahre Revue passieren, die sie hier verbracht hatten, wobei sich als außerordentlich fruchtbar erwies, dass sie nie viel miteinander geredet hatten; so eröffnete sich gewissermaßen in der Rückschau für beide ein neuer Blick. Wahrhaftig, ohne es zu ahnen, hatten sie einander jahrelang beneidet: Susanna himmelte die hübsche Flinke aus der Nachbarklasse wegen ihrer biegsamen Lebendigkeit an, wohingegen umgekehrt eine geradezu heilige Scheu obwaltete, da Susanna für Philomena alles verkörperte, was sie sich selber wünschte: geheimnisvolle Sphäre, Vertrautheit mit allen Abgründen der Kultur, mit der Philosophie der Finsternis, welche sanguinischer Leichtlebigkeit doch bei Weitem überlegen schien ...

So bleiben am Ende nur zwei, denen die Ereignisse des Sommers höchst bedeutungsvoll geblieben sind – wobei, in Wahrheit handelt es sich nur um einen einzigen. Denn Christian David Solms teilt zwar grundsätzlich die negativen Analysen des Mit-Außenseiters Magnus Müntzer ... doch geht ihn das alles in letzter Konsequenz nichts an. Rachepläne sind für

Christian etwas auf der Ebene von Computerspielen; sie tatsächlich auszuführen, in banale Alltagsrealität umzusetzen, stellt für ihn keine Notwendigkeit dar. Nur die Nähe zur Tat fasziniert ihn, und in dieser Hinsicht hat er den Kameraden mächtig aufgehetzt.

Die knappe Ferienzeit hat Magnus ganz und gar nicht gut getan. Verkrampft und aggressiv ist es zwischen ihm und seinen Eltern zugegangen; dann fuhren die beiden schlankweg ohne ihn an die Côte d'Azur, und er musste die letzte Woche alleine in dieser Chrom-Glas-Villa mit Aussicht auf Wald, Wald und immer nur Wald verbringen. Nach und nach aber fand auch Magnus eine Beschäftigung, die ihn die lange Zeit ertragen ließ: Er recherchierte. Angeregt durch eine Hinrichtung in einem Film, den er auf DVD im Schrank seines Vaters gefunden hatte, ein Hexen-und-Ritter-Epos mit langwierigen Kampfszenen, wusste er, welche Todesart für seinen Widerpart einzig in Frage kam: Saignée sollte zerschmettert werden, von einem Morgenstern, einigermaßen günstig erstanden bei einem Anbieter für mittelalterliche Waffen aus dem Internet.

Da man sich letzten Endes zu einer Freiluftaufführung bei Tageslicht entschlossen hat, bleibt für Christian als Beleuchter nicht mehr viel zu tun. Nur einige wenige Spezialeffekte muss er mit dem Scheinwerfer unterstützen – ein Amt, welches seiner Schwerfälligkeit durchaus entgegenkommt.

Magnus, dem eine Nebenrolle zugefallen ist, deren Charakter ihm keineswegs liegt, begann allmählich neben dem Hass auf diesen Musik-Fritzen eine Abscheu vor dem Regisseur zu entwickeln. Die permanenten Hinweise auf seine laienhafte Darstellungsweise nahm er persönlich; so wurde jede Probe zu einer Abfolge von Verletzungen, was schließlich dazu führte, dass er Lazarus als zweites Ziel für seine Attacke auserkor. Wieder einmal, während die Hauptprobe stockt, erläutert er Christian, wie er den rechten Moment abpassen wird, bevor er mit dem Morgenstern von der Bühne springt. Es gibt eine Szene, gegen Schluss des Stücks, da ballern die Protagonistinnen mit Plastikmaschinengewehren auf Passanten und Polizisten – ein ungeheueres Chaos, jedoch nicht ohne dramaturgische Wirksamkeit. Dieses Durcheinander wird er nutzen. Zu diesem Zeitpunkt, im Hintergrund, wird er an den jungen Frauen vorbeihasten, wird sich, als wäre er getroffen, über die Bühne rollen, dann aber die Waffe aus dem Mantel reißen und losstürmen ... um im letzten Augenblick den Sprung auf die Musikerbühne zu wagen. Saignée wird sein erstes Opfer sein. Dann kommt Schambes.

„Weißt du, ich muss verdammt schnell sein. Ich hab zwar geübt, bei uns im Garten, aber ein Kopf ist kein Kürbis. Mit Papas Bohrmaschinenaufsatz hab ich die Zacken geschärft, die pieksen dich durch und durch; wenn das Ding aber einfach in ihm stecken bleibt – was mach ich dann?"

Christian David Solms wäre nicht der semiprofessionelle Berater, als der er sich über Jahre erwiesen hat, wenn ihm hierzu nichts Passendes einfiele: „Ist doch logisch: Du brauchst noch einen Ersatz. Wie die Ritter ja auch. Noch so'n Dolch, äh, 'n Kurzschwert verstehst du? Also während von mir aus der Hampel, den du plattgeklopft hast, schön matschig vom Podest runterflascht, nutzt du den Schreck der Masse, stürzt dich auf Schambes und – rumms! – hat er das Messerchen im Gekröse."

Magnus Müntzer nickt schwer. Er ärgert sich zwar, dass er nicht selbst (und früher!) auf die Idee gekommen ist: Wie leicht hätte er zu Hause so ein Ding besorgen können! Doch nun gut, noch sind zwei Tage Zeit. Morgen wird er nach Mühlacker fahren, da gibt es ein gut sortiertes Hauhaltswarengeschäft. Nur zum Üben bleibt ihm vermutlich keine Zeit.

„Scheiße, mir war's so stinklangweilig daheim. Hätte die Sache minutiös durchchoreographieren können ..."

„Och, das schaffste", gähnt Christian. „Ham wir doch gelernt, improvisieren."

Ihm selbst blieben die Zumutungen der Langeweile in diesem Spätsommer weitgehend erspart. Sein Vater, ein schriller, unterhaltsamer Vogel, hatte ihn mitgenommen. Fresstour ins Wallis. Witzig. Und lecker! Und nicht so heiß, da oben.

Tamara seufzt. Murmelt ein Stoßgebet. Und schiebt sich voran, zwischen hölzernen Aufbauten und Stoffbahnen, Abdeckplanen und Bierzeltgarnituren hindurch. Sie passiert Stände mit hausgemachten Duftölen, seltenen Zierkürbissorten, Seife, Wein, Apfelsekt, Holundersirup, Obst und Dekomaterial. Händler und Handwerker huschen hin und her, beladen mit Kisten und Säcken. Je leiser im Hintergrund das Bühnengeschehen wird, desto deutlicher vernimmt sie das Wummern eines Presslufthammers. Von einer ungewissen Sorge erfüllt, beschleunigt sie ihre Schritte. Ihr Verdacht bestätigt sich, als sie vor der Klosterschmiede ankommt: Der Lärm kommt aus dem riesigen weißen Zelt, das Pinkus organisiert hat. „Spinnen die denn?", fragt sich Tamara, schüttelt den Kopf und will die Plane zurückreißen. Doch ein anderer Zeitgenosse schiebt sich vor sie, kein wohlgesinnter Bekannter, durchaus nicht, sondern ein Wachmann der Securitas Dorée, eines Sicherheitsdienstes, dessen zahlreiche Angestellte überall zwischen Karlsruhe und Heidelberg anzutreffen sind: blaubraune Phantasieuniformen mit rotem Barrett.

Tamara wendet sich ab. Nein, das kann sie nicht mit ansehen.

„Hey! Was bastelt ihr denn da drin? Hallo? Aufmachen!"

Nach einer Weile steckt Django Heppinger den Kopf heraus, offensichtlich verwundert, dass das Getöse des Presslufthammers auch vor der Zeltplane zu hören ist.

„Lassen Sie mich mal rein, da. Kontrolle."

Aber Django weigert sich. Es kommt zum Streit mit dem Wachmann, zugespitzt durch das Auftauchen von Pinkus, der sich sofort fürchterlich aufregt und anfängt, den Sicherheitsbeauftragten zu beschimpfen. Verzweifelt beobachtet Tamara das ungleiche Duell; unterschiedlicher könnten die Welten nicht sein, die da aufeinander prallen: Hier der korrekte, steife, stockkonservative Angestellte der Sicherheitsfirma, dort die zwei Schluffis mit Fitzelbärtchen, gewandet in ein selbstgenähtes Habit, das auf jedem Mittelaltermarkt zu freiem Eintritt berechtigen würde. Als der Bedienstete sein Funkgerät zückt, um Verstärkung zu rufen, atmet Tamara zweimal tief durch und entschließt sich einzugreifen. Sie weiß noch nicht, was sie sagen wird, aber irgendetwas muss sie unternehmen.

„Entschuldigung, gibt's Ärger?"

„Wer sind Sie denn?", fährt der Wachmann herum. Doch in der Sekunde verändert sich sein Gesichtsausdruck: Das bürgerliche Erscheinungsbild Tamara Ratzels liegt ihm bei Weitem mehr.

Erstaunt über ihre eigene Resolutheit, fährt Tamara Pinkus über den Mund, der sofort wieder losmeckern will, und besänftigt den Eindringling mit einer unerhörten Lüge: „Das ist mein Stand. Und das sind meine Mitarbeiter. Haben die sich schlecht benommen?"

„Das kann man wohl sagen!", echauffiert sich der Mann. „Ich will wissen, was die hier für Bauarbeiten zu tätigen haben! Und dazu brauche ich Zugang zum Zelt. Der wird mir verweigert – unglaublich!"

„Ach, entschuldigen Sie", flötet Tamara und gibt vor, selber entrüstet zu sein. „Die meinen das bestimmt nicht so." Und während sie Django und Pinkus Zeichen gibt, sich schleunigst ins Zeltinnere zurückzuziehen, entfährt ihrem Mund eine ganze Wolke von Unwahrheiten – ein Sachverhalt, der sie mehrere Tage bußfertiges Rosenkranzbeten kosten wird: „Wir haben Probleme mit der Kühlung. Da muss ... was ausgetauscht werden."

„Aber das macht doch nicht so einen Lärm!", bleibt der Sicherheitsdienstler bei seinem Entschluss, der Sache selber auf den Grund gehen zu wollen.

In Tamara Ratzels Gehirn arbeitet es mit größter Hitzigkeit. Was um alles in der Welt macht so einen schrecklichen Lärm

– außer Presslufthämmer, die den Boden aufreißen? Was war das noch für ein Wort, das ihr Mann damals benutzt hat, als sie einen kleinen Wutanfall bekommen hatte, weil er in der Küche so einen irrsinnigen Radau veranstaltete? Ein seltenes Wort war das, ein echtes Handwerkerwort, womit er den Vorgang beschrieb, als er an der Spüle den Wasserhahn ...

„Ja, tut uns leid, ist sofort vorbei. Die zwei mussten nur schnell ein paar Griffe an die Kühltruhe dranspaxen. Ohne schweres Gerät kriegt man die sonst nicht von der Stelle."

Einen Moment lang scheint es, als wolle sich der eifrige Ordnungshüter nicht von seinem Vorhaben abbringen lassen; doch die Erklärung der vermeintlichen Standbesitzerin klingt derart schlüssig, überzeugend, vorgebracht mit einer fachmännischen Unerschütterlichkeit, dass sich jedweder Widerspruch von selbst verbietet.

„Na gut. Dann sagen Sie denen aber auch, dass sie dem Sicherheitsdienst jederzeit Zugang gewähren müssen. Das gibt's ja wohl nicht, hier!", schickt er noch drohend hinterher.

Indem sie dem Empörten ein weiteres Mal begütigend zulächelt und sich für sein Verständnis bedankt, verschwindet Tamara im Zelt. Ihr wird schwindlig, sie weiß nicht wohin mit ihren Gedanken. Django und Pinkus starren sie an – doch es ist nicht ersichtlich, ob sie vor unsäglichem Staunen in Ohnmacht sinken oder gleich loslachen werden. Kein Zweifel: Sie ist eine geborene Lügnerin! Als sie bemerkt, dass der Wachfritze tatsächlich weiterzieht, beginnt es auch in ihr zu glucksen. Hat sie jemals so dreist geflunkert? Eine Notlüge, gewiss; Der Schrecken über die lückenlose Brillanz ihrer Story schlägt in Gelächter um. Um nicht schon wieder aufzufallen, verbergen die drei ihre Gesichter in Händen, Armbeugen und Taschentüchern. Die drei? Nein, das ist doch nun überhaupt nicht mehr zu fassen: Ganz hinten, bis zu den Knien in der Baustelle versunken, steht Wuff und biegt sich in einem halb unterdrückten Lachanfall.

„Seid ihr komplett wahnsinnig? Das kann doch wohl nicht wahr sein! Wollt ihr unbedingt, dass er geschnappt wird oder was?"

„War sei Idee", zuckt Pinkus die Schultern. „Er wollt gern mit."

„Hat gemeint, hier sucht ihn bestimmt keiner", erläutert Django, offenkundig selber nicht mehr vollkommen überzeugt von der Trefflichkeit des Einfalls.

Tamara Ratzel lässt sich auf ein paar Pflastersteine nieder, die ordentlich übereinander geschichtet mitten im Zelt ein Mäuerchen bilden.

„Wie lange bist du denn schon da?", fragt sie erschüttert.

„Seit heut Morge", gibt Wuff Kunde und macht Anstalten, aus dem Loch zu steigen. „I hau ja schon wieder ab."

„Nein! Nicht jetzt! Das geht doch nicht!" Tamara bedeckt ihre Augen mit der Hand. „Vor Anbruch der Dunkelheit wirst du doch sofort erkannt."

„Naja, deswege bin i ja hier drin", versucht Wuff seine Unvernunft zu verteidigen.

„Dann aber bitte: Grabt mit allem, was ihr wollt, aber lasst die Maschinen aus! Noch mal schaff ich's nicht, den Wachtmeister abzuwimmeln."

„Mir ham gedacht", beginnt Pinkus von Neuem, „wenn da draußen Musik ist, hört man's nicht so."

„Großartig, ja. Es ist eher umgekehrt!"

„Oh."

„Ja, oh."

Im Verlauf des Nachmittages beschäftigen sich Pinkus, Tamara und Django mit dem Standaufbau, indessen Wuff im Hintergrund Stein um Stein aus dem Boden löst. Durch mehrere Schichten muss er sich wühlen. Unter dem Sand war zersplitterter Asphalt. Dann kamen Steinquader. Jetzt hat er es mit Schotter zu tun, mit uralten, verkeilten, miteinander verbackenen Ton-, Granit- und Basaltsteinchen. Die Schippe kommt nur selten zum Einsatz; zweierlei Hacken erweisen sich als tauglicher für das widerspenstige Material. Von Zeit zu Zeit unterbricht Tamara ihre Arbeit und schaut nach ihm. Bringt ihm zu essen und zu trinken: Eierlikör, Hagebuttenwein und natürlich Eselswasser. Immer, wenn der gestrenge Mitarbeiter der Securitas Dorée ins Sichtfeld gerät, lächelt sie mit sich selbst um die Wette.

„Was macht ihr eigentlich“, sinniert sie in einer Pause, „wenn unter euch der Boden nachgibt?“

„Hm. Dann fallen wir runter“, vermutet Wuff.

„Toll. Das ist doch gefährlich! Wer weiß, was da passieren kann!“

„Irgend e Risiko isch immer“, tröstet Pinkus.

Aber Tamara lässt sich nicht trösten: „Am besten, ihr seilt euch an, beim Schaffen.“

Wuff winkt ab. „Anseile, klar. I fürcht aber, das wird noch bissel daure, bis da irgendwer nachgibt. Des isch so fest gemauert, i kann mir e net vorstelle, dass da wirklich en Keller drunner isch.“

Für den Augenblick erscheint Tamara diese Variante geradezu erstrebenswert.

Sie mögen sich erwürgen am Fuß um Gut und Geld ...

„Es regnet schon lang,
zehn Tage, mag sein.
Kamerad, denkst du noch daran:
An Liebe und Wein?“

Abgehackt, von heftigem Auspuffen der Atemluft unterbrochen, singt Wuff das alte Soldatenlied vor sich hin. Seit ein paar Tagen hat er sich das angewöhnt: das Marschieren, links, zwo, drei. Unter Normalbedingungen wäre es ihm, dem Verächter alles Militärischen, dem glühenden Feind jeglicher Gewalt, solange sie nicht der Selbstverteidigung dient, kaum in den Sinn gekommen, solchen Unfug zu treiben. Doch es sind diverse Veränderungen mit ihm vorgegangen. Die Haut an den Daumen hat er sich schon fast abgepopelt – eine widerliche Angewohnheit, wovon er jahrzehntelang verschont geblieben war. Wuff merkt aber nichts davon. Wenn ihm einer sagte, dass er gerade Soldat spielt, als Teil einer unsichtbaren Armee die Anhöhe zum Lockenberg hinaufziehend, er würde nur fragend aufschauen. Bis auf den Zwischenaufenthalt in Maulbronn hat er zuletzt zu nur wenigen Menschen Kontakt gehabt. Das war wohl auch der Hauptgrund für dieses riskante Unterfangen: die Einsamkeit. Mit zunehmender Dauer seines Vagantendaseins empfindet er die Diskrepanz zwischen ihm, dem Vertriebenen und den anderen, den Sesshaften, als unerträglich. Manchmal vermisst er sein Weißlettenheimer Häuschen so fürchterlich, dass er innehalten muss, um keine Verzweiflungsattacke zu erleiden. Es ist doch seine Heimat! Eine zehrende Sehnsucht nach seinem Sessel, seiner Küche, all den Dingen, die er über so lange Zeit angesammelt hat, lässt ihn dann minutenlang nicht los.

„Und der da vorne leise pfeift ein Lied,
hat auch ein Herz. Und er pfeift sein Lied,
damit die Zeit vergeht und auch der Schmerz."

Warum ihn ausgerechnet dieses Marschlied so hartnäckig verfolgt? Zu keiner Zeit wäre Wuff auf den Gedanken verfallen, am Soldatenstand irgendetwas zu romantisieren. Sein eigener Ausflug ins Heereswesen war kurz. Nachdem die Schweine von der Kommission damals seine Verweigerung nicht anerkannt hatten, war er drauf und dran, nach Berlin abzuhauen.

Dann aber redete einer der älteren Kumpels auf ihn ein: „Komm, das geht vorbei, schneller als du denkst. Ist sogar ganz ulkig, machmal. Darf man alles nicht so ernst nehmen ..."

Für Wuff war aber gar nichts amüsant daran, er nahm alles ernst, jeden Augenblick. Vom ersten Moment an, da ihm das Wehrerfassungsschreiben beim Mittagessen mit Häme präsentiert wurde bis zu dieser demütigenden Verhandlung, wo der Typ vor der Deutschlandfahne so brutal auf ihn eingefreislert hatte, sträubte sich sein ganzes Wesen gegen diese Leute, dieses Klima, dieses Metier. Selbstverständlich exerzierte er beschissen, selbstredend gelang es ihm kein einziges Mal, die Uniform exakt zusammenzulegen. Als dann noch ruchbar wurde, dass er mitten aus der Grundausbildung heraus einen zweiten Verweigerungsantrag zu stellen gedachte, kannte der Spott der Unteroffiziere keine Grenzen mehr.

„Wo kommen wir eigentlich her,
wer weiß es noch,
weiter marschiert das Heer, wen es soll,
trifft es ja doch."

Wuff versucht sich zu erinnern, was er in Maulbronn eigentlich getrieben hat. War das gestern – oder schon vorgestern? Richtig, er hat gegraben. Aber warum nur? Was war das Ziel? Beim besten Willen kann er sich nicht mehr entsinnen. Irgendjemand war doch noch mit dabei, der ... der Dings ... und ... und der andere auch. Ist das möglich? Fallen ihm jetzt schon die Namen seiner beiden besten Freunde nicht mehr ein? – Für einen Augenblick hält er inne. Was geht hier eigentlich vor? Wo will er denn gerade hin? Ja, natürlich, auf den Lockenberg! Wo ihm nichts geschehen kann. Wo die Kräfte mit ihm sind. Aber vor wem läuft er weg? Herrje! – Es kostet Wuff gewaltige Mühen, aus der Trance aufzuwachen, seine Situation zu rekonstruieren. Als es ihm endlich gelingt, erschrickt er: War er nicht unvorsichtig, gestern Abend? Und heute früh? Warum hat er auch die ganze Flasche Eselswasser ausgetrunken! Wäre doch nicht nötig gewesen. Wuff blickt nach allen Seiten. Nein, niemand zu entdecken. Und der Hubschrauber? Gilt bestimmt nicht ihm. Man schießt ja nicht mit Kanonen auf Spatzen. Oder manchmal doch? Vorsichtshalber setzt er sich wieder in Bewegung, in verdoppeltem Marschtritt.

„Der Hauptmann, der schaut sich um,
wer ist's, der fehlt? Und er bewegt den Mund,
grad als ob er uns zählt ...“

Uli Briegel hat viel zu langsam reagiert. Mit so etwas konnte er natürlich auch nicht rechnen. Der Holzlaster hinter ihm hätte ein sofortiges Wendemanöver ohnehin verunmöglicht. Gestern Abend, als er seinen Kollegen ablösen fuhr, zum Maulbronner Herbstfest, in Serpentinen durch dichten Wald, da ist auf einmal dieser Schatten über die Fahrbahn gesprungen. Freilich, so was kann immer eine Täuschung sein ... und derartige Zufälle gibt es eigentlich nicht. Doch wie in einem Jäger, wenn das Wild auf die Lichtung hinaustritt, bäumte sich in Uli Briegel der Instinkt: „Das ist er!“, schrie es in ihm. Der Schweiß brach ihm aus, er verfluchte den kolossalen Lastwagen, der ihn die Landstraße hinunter vor sich hertrieb. Und keine Parkbucht, kein Waldweg, kein Abzweig! Bis runter nach Maulbronn musste er fahren, wo er endlich wenden konnte. Als er zu der Stelle zurückkam, wo er den abgängigen Siebenrath erblickt hatte, war natürlich nichts mehr von ihm zu sehen. Dann die nächste Quälerei: Sein Handy hatte hier oben keinen Empfang! So war fast eine halbe Stunde herumgegangen, bis er seine alte Freundin Melina Chiaramonte anrufen konnte ...

Die Polizistin verhielt sich reserviert wie immer. Was mochte sie dieser Fall schon Nerven gekostet haben! Zunächst kam es ihm vor, als habe sie längst Dienstschluss. Doch dann fiel Briegel auf, dass sie nebenher mit anderen Leuten sprach, vermutlich Kollegen. Der Ortsvortsteher musste so präzise wie möglich beschreiben, wo er sich gerade befand. Als Reaktion erfolgte die erwünschte Nachricht: „Bleiben Sie da. Wir sind in einer Dreiviertelstunde bei Ihnen.“

Immer wieder wurde Briegel vernommen, von den unterschiedlichsten Beamten. Das ging fast die ganze Nacht durch. Mit seinem Chef von der Securitas Dorée würde er Ärger bekommen, ungeachtet der staatsbürgerlichen Pflichterfüllung. Zum Schluss fragte er sich, ob es nicht doch nur ein Wunschbild gewesen war ... Gleichviel, ein Suchkommando wurde bereitgestellt. Und für den nächsten Morgen wieder einmal eine Hundestaffel beantragt. Und Hubschrauberunterstützung: Jetzt wollten sie's also wissen.

Zu seiner Überraschung holten Chiaramonte und Schreyvogel den Ortsvorsteher in aller Frühe ab. Briegel war sehr stolz, dass er offensichtlich unentbehrlich war. Die Hunde fanden nichts. Aber aus dem Hubschrauber wurde alsbald vermeldet, ein einzelner Mann unweit Weißlettenheims bewege sich völlig ungeschützt, doch unter auffälligen Richtungswechseln über die Felder. Chiaramonte und Schreyvogel waren nervös zum

Zerspringen. Wenn diesmal wieder etwas schief ging, könnten sie bis zum Ende ihrer Dienstzeit auf der rauhen Alb ihre Tage zubringen. Aber es würde, es konnte jetzt nichts mehr schief gehen.

Andreas Siebenrath marschierte tapfer und naiv auf die Polizeisperre zu. In seinem Rücken wurden mehrere Einheiten zusammengezogen. Und am Himmel wollte sich keine Gewitterwolke zeigen.

Gewehre im Anschlag, lauern Susanna und Philomena hinter einer Barrikade. Susanna zielt lange. Dann drückt sie ab.

„Da kommt er. Schieß auf den Fahrer. Ich übernehm die Braut."

Zwei Schüsse sind zu vernehmen. Geräusche von quietschenden Autoreifen. Applaus und Jubel kommen aus dem Off. Zufrieden streichelt Susanna ihrer Freundin die Wange. „Da siehste. Du mit deiner Gefühlsduselei. Ging doch ganz leicht."

„Auf die Dauer macht's sogar Spaß", gibt Philomena zu. „Man entwickelt eine gewisse Geschicklichkeit. Aber hattest du nicht gesagt: Gewalt nur gegen Sachen?"

„Was denn sonst?", setzt Susanna ihr zynischstes Grinsen auf. „Sind Autos Lebewesen? Kann ich was zu, wenn wer drin sitzt? Du musst immer dran denken: Diesen Kümmerexistenzen ersparst du ein bejammernswertes Dasein, wenn du sie rechtzeitig abknallst. Überleg dir mal, was für ein Elendsleben die führen ... Zwischen Tiefgarage, Baumarkt und Billigschuhgeschäft: Endlosschleifen der Ausbeutung. Sie sind die Endstufe der menschlichen Entwicklung: Die Endverbraucher. Achtung!"

Wiederum reißen die beiden die Gewehre hoch und schießen. Laden hastig nach. Schießen erneut. Jubel vom Band.

Philomena schüttelt den Kopf: „Der wär uns fast entwischt."

„Haste gesehn, wie der sich gedreht hat? Irre!" Auf Susannas Antlitz mischen sich Begeisterung und Irrsinn.

Die Reaktionen im Publikum sind verhalten. Zu Beginn der Uraufführung bemühten sich zumindest die zahlreichen Eltern der Aktricen und Akteure um gute Stimmung. Jedes Witzchen wurde bekichert, jede Slapstickeinlage brav beklascht. Doch die plötzliche politisch radikale Wendung, die Lazarus Schambes, in der unumstößlichen Meinung, Heranwachsende hätten es grundsätzlich auf Revolution und Terror abgesehen, dem Stück gegeben hat, bewirkt zunehmend Stirnrunzeln. Lazarus schließt die Augen vor Genuss: So hat er sich das erträumt! Endlich ist er der Poète maudit, der er schon als Jugendlicher sein wollte. Als er eine besorgte Großtante „Verführung der Jugend" tuscheln hört, ist sein Glück vollkommen. – Am meisten Applaus bekommen die Gesangseinlagen. Saignée musiziert hochkonzentriert und mit Leidenschaft. Kein Fehler unterläuft seiner Combo – im Gegensatz zum Geschehen auf der Bühne, wo man, je länger das Drama dauert, immer mehr auf Verlegenheitslösungen des Laientheaters zurückgreift ... Im Wissen um feinste Verschiebungen, die Musik im menschlichen Gemüt auszulösen vermag, gelingt es Saignée sogar, dem etwas faden Showdown eine Art Spannung einzuimpfen.

Mit Abstand am schlechtesten hat bisher Magnus Müntzer gespielt. Ausgerechnet er, der die komische Figur geben muss, beweist heute keinerlei Gespür für Pointen. Aber das ist ja auch nicht verwunderlich; vornübergebeugt sitzt er in der Umkleide, die Hand am Knauf des schweren, mit Metallspitzen versehenen Morgensterns, der in einem schwarzen Tuch verborgen ist, geschüttelt von einem an Panik grenzenden Lampenfieber. Keuchend vor Aufregung wartet er auf sein Stichwort. Noch drei, vier Sätze, dann wird es fallen. Er weiß: Dieser Auftritt verändert sein Leben. Von Grund auf. Wenn alles gut geht, verwandelt er sich in wenigen Augenblicken von einem mäßig begabten Schüler und zeitlebens verhöhnten Außenseiter in einen Mörder, von dessen Tat man mit nimmer endendem Entsetzen sprechen wird.

Oft, unzählige Male hat er das gesehen, in Filmen und Computerspielen: geile Splatterszenen! Irrsinnig, wie sich das anhört, wenn ein Kopf zerplatzt, wie das aussieht, wenn die rote Pampe heraussinkt. Doch hält er dem Anblick auch in Wirklichkeit stand? Oder muss er sich abwenden, sein eigenes Werk missachtend? Christian wird bestimmt hingucken, der ist aus härterem Holz. Die ganze Zeit über waren sie zusammen; aber jetzt, wo es drauf ankommt, steht der draußen, am Scheinwerfer. Vor allem vor ihm, dem einzigen Freund, darf sich Magnus nicht blamieren. Sofort nach der Aktion wird er zu ihm hinübersehen ... und die Waffe langsam, ganz langsam in den Himmel heben.

Es ist noch nicht sicher, ob er sich auch diesen Schambes schnappt; einen geeigneten Dolch hat er in Mühlacker nicht gefunden. Was soll's, man muss improvisieren. Ob die Leute in Angst auseinanderstieben oder sich auf ihn stürzen, wer kann es wissen? Wie dem auch sei, Saignée muss fallen, schuldig befunden des Missbrauchs von Schutzbefohlenen ... aber auch als Stellvertreter für eine Menschenwelt, die es darauf abgesehen hat, einen Schuldlosen jahraus, jahrein einer Tausendfältigkeit der Schmach erbarmungslos auszusetzen. Dies ist wohl der stärkste Impuls, weshalb Magnus die sachte Regung unterdrückt, auf die Exekution zu verzichten: dass sich die Vielen, die ihn missachtet oder mit Häme überzogen haben, verzweifelt fragen werden, warum sie so unachtsam waren. Schon bald würden sie alles dafür geben, die Zeit zurückdrehen zu dürfen. Vor allem den Mitschülern, den männlichen wie den weiblichen, soll der Schrecken im Leib stecken bleiben. Und es ist gut: Denn alle sind sie heute gekommen, alle auf einmal, ganz gleich, ob auf der Bühne oder im Publikum. Keinen soll sein Schlag verschonen. Er wird sie treffen, jeden Einzelnen.

Tags zuvor hatte es wieder einmal Streit gegeben, als die Plakate endlich aus der Druckrei kamen und im Klosterhof aufgehängt wurden. Fassungslos standen die jungen Mitwirkenden davor.

TRAURIG SIND WIR ÜBERMORGEN
Ein Musikteaterstück von Keith Saignée
und Lazarus Schambes
Musik: Keith Saignée
Textt: Lazarus Schambes
Einlass: 18 Uhr
Umkostenbeitrag: 12,50 Euro
Eine Koproduktion der Saignée-Schambes-Productions
und des Evangelischen Seminargymnasium Maubronn

Unglaublich! Kein Wort von den Schauspielern und Schauspielerinnen. Von den Musikern: Nichts! Aber die Herren Autoren nennen sich selber gleich dreimal! Und dann noch diese fünf mächtigen, furchterregenden Schreibfehler in so einem kurzen Text ... Man stritt, was peinlicher sei: Das fehlende Genitiv-„S" im vorletzten Wort oder die Bildungskatastrophe „Umkostenbeitrag". Am beliebtesten wurde „Maubronn" – das hatte ja wenigstens noch einen, wenngleich unbeabsichtigten, Doppelsinn ... Nein, da hätte man nicht bis zum Abitur eine solche Elite-Schule besuchen müssen, wenn man sich mit einem derartigen Lapsus verabschiedet. Alles hatten sie gemeinsam entwickelt, vor allem die Handlung – und dann geht dieser Saignée her und stümpert das Plakat ganz alleine zusammen. Wie konnte er nur! Die Empörung schwappte so hoch, dass Magnus Müntzer schon befürchten musste, sein finales Attentat werde ausfallen; denn der Darsteller der männlichen Hauptfigur weigerte sich aufzutreten. Stundenlang zeigte er sich unbeirrbar, bis es Philomena schließlich gelang, ihn umzustimmen.

„Wenn wir die Sache platzen lassen, begeben wir uns doch nur auf eine Stufe mit dem Angeber. Ich an deiner Stelle würde seine Lieder so verdammt gut bringen, dass ihm sein Scheißverhalten noch in Jahren leidtun muss ..."

Susanna war zunächst anderer Meinung. Als sie sich im Kreis aufstellten, zum üblichen warming up, ergriff sie das Wort und schnaubte: „Okay, ich hab mich entschlossen, nicht zu streiken. Verdient hättet ihr's aber, echt! Wenn nicht so viele Leute von so weit hergekommen wären, ihr hättet keine Chance, mich zu überreden. Ehrlich, ich empfinde das als entwürdigend für uns alle, was ihr gemacht habt. Da bleibt ein ganz blöder Nachgeschmack, ja? Ich war wirklich beeindruckt, als ihr hier angefangen habt. Jetzt bin ich nur noch enttäuscht. Und spar dir deinen Dackelblick, Lazarus! Bitte."

Die Stimmung wandelte sich erst, als der Verantwortliche mit einer Überraschung aufwartete. Selten geschieht es – und wirkt darum so entwaffnend –, wenn jemand das Wagnis eingeht und einen Fehler eingesteht. Die Art und Weise, wie dies geschah, verdoppelte die Wirkung. Denn Keith sprach leise, mit gesenktem Kopf, blickte nur ab und zu Einzelne an.

„Hört ihr mir bitte einen Moment zu. Ich will mich nicht rausreden. Das war idiotisch, was ich gemacht hab. Es tut mir wirklich leid. Es gibt keine Entschuldigung dafür. Lasst mich nur kurz sagen, wie's dazu kam: Ich hatte den Eindruck, es ist schon viel zu spät – es weiß ja kein Mensch, außer in der Schule, dass wir spielen. Und dann hat die Probe so lange gedauert, ihr wurdet einfach nicht fertig. Naja, und dann bin ich schnell rübergefahren in die Druckerei, hab die Sache diktiert ... und war dann so nervös, dass ich nicht mal Korrektur gelesen hab. Dilettantisch, ich weiß. Ein schrecklicher Fehler. Der wird mich noch Jahre verfolgen, da hast du recht, Susanna. Denkt jetzt bitte nicht, ich wollte mich freikaufen oder so; mir ist nur ungeheuer daran gelegen, dass wir das morgen gut, sehr gut, optimal hinkriegen. Es wär so schade. Also, ich würd euch alle gern zum Abendessen in die Klosterschmiede einladen. Der Lazarus und ich hatten dort während der ganzen Zeit sozusagen unser Büro. Ist wirklich lecker da. Noch mal: Das ist keine Bestechung. Es tut mir leid. Entschuldigung."

Niemand, Susanna am allerwenigsten, hatte dem Komponisten eine solche Rede zugetraut. Selbst Schambes bekam feuchte

Augen, musste sich mehrmals räuspern. Am meisten freute sich Philomena; in den letzten Tagen hatte sie sich gemeinsam mit Susanna in einen regelrechten Widerwillen gegen Saignée hineingesteigert. Jetzt sah sie wieder deutlich, dass er eigentlich ein ganz feiner Mensch war. Ein wenig egozentrisch bisweilen, das mochte sein; aber dafür war er ja schließlich Künstler. All die Zärtlichkeit, die sie ihm gegönnt – und schon wieder bereut hatte –, erschien ihr mit einem Mal angemessen, ja, in diesem Augenblick, da der sonst so selbstbewusste Mann in nie gekannter Offenheit seine Schwäche offenbarte, drohte sie sich von Neuem in ihn zu verlieben.

Als Keith ihrem Blick begegnete, begann er zu lächeln. „Also, was ist? Kommt ihr mit?"

Niemand blieb der Einladung fern, nicht einmal Magnus. Der knirschte zwar in sich hinein, erhielt sich aber seine Verbitterung. Aus der misslichen Angelegenheit ging die Truppe durchaus gestärkt hervor. Und zwischen Suppe und Nachtisch verlegte man sich darauf, sich über das bescheuerte Plakat kaputtzulachen.

Der Zuspruch am Käse-Stand ist schon den ganzen Tag über enorm. Sogar während der Schülertheater-Aufführung, da der Verkauf eigentlich untersagt ist, wollen die Leute Käse probieren. Das liegt natürlich nicht zuletzt an Astrids Idee, in kleinen weißen Schälchen all die Leckereien stückchenweise anzubieten. „Bitte versuchen Sie!" steht auf einem Pappschild. Die Marktbesucher, begierig auf kostenfreie Atzung kommen der Aufforderung in drastischer Weise nach. Manche nehmen sich gleich drei, vier Bröckchen auf einmal, und während sie noch hastig kauen, greifen sie schon in die nächste Schüssel. Tamara kann sich am Verkauf kaum beteiligen; unablässig ist sie damit beschäftigt, beachtliche Käselaiber in Scheiben zu schneiden und die Scheiben in Würfel.

„Das ist schon der dritte mit Bockshornklee heute!“, ruft sie Astrid zu, die gerade ein Eck vom Ziegenbutterkäse abwiegt. „Sollten wir nicht lieber mal langsam …“

Doch der Satz geht in der Musik unter. Viel zu laut haben die das wieder eingestellt. Muss so was denn immer sein, heutzutage? Einer der Lautsprecher schwebt nur wenige Meter entfernt schräg über Astrid und Tamara. Die Standbesitzerin winkt ab: Sollen die Leute sich's doch mal gutgehen lassen! Die Geschäfte laufen prima, da kommt es auf ein paar Kilo Frei-Käse nicht an.

Von Anfang an konnte die Hilfskraft diese antikapitalistische Freigiebigkeit der Chefin nicht nachvollziehen. Muss sie nicht hart arbeiten für einen kargen Lohn? Und dann schenkt sie die kostbaren Erzeugnisse einfach so weg! Aber so sind sie ja alle, diese Selbstversorger und Hobbybauern und Gelegenheitshandwerker hier, die Tamara in den vergangenen Monaten kennengelernt hat: an Gewinn nahezu desinteressiert. Es muss reichen für den täglichen Bedarf – alles andere scheint von Übel.

„Tamara, gehst du grad mal rüber zum Kühlwagen? Ich hab kaum noch Einwickelpapier.“

Astrid kramt den Lieferwagenschlüssel aus der Kittelschürze und drückt ihn ihrer Assistentin in die Hand. Die befüllt noch rasch das Probierschälchen und macht sich auf in die Menge. Da und dort grüßen sie Bekannte; erstaunlich, wie viele es sind. In Solingen hat sie in vielen Jahren nicht ein Zehntel davon kennengelernt … Mitten im Gedränge befindet sich Buddes kleiner Offenstall, ausreichend für ein drei, vier Schafe nebst Lämmchen. Zwanzig Euro bekommt er dafür pro Tag. So sieht er aber auch aus: Düster starrt Budde vor sich hin, während seine Schäfchen Heu mampfen. Als er Tamara bemerkt, zieht er leidend die Schultern hoch.

Vor der Klosterschmiede gibt es keine freien Tische mehr. Die meisten Sonnenschirme sind zugeklappt; es ist mild heute, nicht heiß. Die Gäste blinzeln glücklich in die Frühherbstsonne. Nahe am Eingang bemerkt Tamara eine hochgewachsene Gestalt, Karl Schempf. Er unterhält sich mit einem der Honoratioren, die den Herbstmarkt unterstützen. Noch immer vermeidet es Tamara, sich in der Schmiede blicken zu lassen. Wenn der Markt verlaufen ist, wird sie einmal vorbeischauen. Sie murmelt einen Segen und eilt weiter.

Nach wie vor dröhnt diese hektische Popmusik über den Platz. Aber da tönt noch etwas, ein anderes Geräusch. Tamara verzieht das Gesicht: Das wäre ja die Höhe! Zornig umkurvt sie die bunten Aufbauten vom Tomaten-Kai, der die prachtvollen Gewächse heute in Flaggenfarben angeordnet hat: Rot-gelb-rot für Baden, daneben Schwarz-rot-gold und weiter oben die Fahne von Jamaika. Da ist wohl keine Farbe, die Kai nicht schon zu züchten gelungen wäre ... Aber Tamara hat jetzt kein Auge für die bunte Üppigkeit der Nachtschattengewächse; sie steuert auf das wohlbekannte Zelt zu, wo Django Heppinger frohen Blickes über die Schnapsflaschen wacht. Während der Darbietung auf der Bühne ist auch hier der Verkauf eingestellt – nicht jedoch die emsige Werktätigkeit eines Pinkus Janhagel. Je näher Tamara dem Stand kommt, desto deutlicher vernimmt sie das Brummen. Da setzt die Musik plötzlich aus – und auch der Lärm aus dem Zelt verstummt.

Django weiß die aufgeregte Mimik Tamaras sogleich richtig zu deuten. Mit einer Kopfbewegung nach hinten gibt er zu verstehen, sie möge sich doch an den Urheber dieser abermals von wenig Ängstlichkeit zeugenden Unternehmung wenden. Grußlos verschwindet Tamara im Zelt. Pinkus ist abgetaucht. Das Loch im Boden des Klosterhofs dürfte inzwischen über zwei Meter tief sein. Tamara lässt sich auf die Knie nieder und zischt wie eine überforderte Hauptschullehrerin: „Hab ich nicht gesagt, ihr sollt das lassen? Den Presslufthammer hört man bis zur Bühne!"

„Echt?" Pinkus wuchtet einen Steinbrocken auf den Grabungsrand. „Dacht, i bohr nur, wenn die Musik läuft ... Die isch doch so laut."

„Ja, die isch laut", verfällt Tamara für den Augenblick in den Dialekt der Gegend, „aber du bist lauter. Immer noch!"

„Aber es geht doch net anerscht. Da is so e Steinschicht, da kommt mer sonst net durch."

„Denk dran: Übermorgen müsst ihr das alles wieder zuschaufeln. Und zwar so, dass keiner was merkt. Gebt's doch endlich auf!"

Ein Blick in Pinkus' trotz Schmutzschicht von innen heraus leuchtendes Forscherantlitz genügt um zu wissen, dass sie sich diesen Hinweis hätte sparen können.

„Bis heut Abend noch, Tamara. Wenn i dann nix g'funde hab, dann sollt's halt net sein."

„Hach, macht doch, was ihr wollt", wendet sich Tamara ab, ungewohnt schnippisch und kurz angebunden.

Pinkus nimmt's nicht übel. Er weiß, dass die meisten Leute einfach viel ängstlicher sind als er selbst. Aber ist er nicht immer gut damit gefahren? Dem Mutigen gehört die Welt, und Versicherungen sind was für Feiglinge! Ohne weiter auf Tamara zu achten, die noch immer in der Nähe steht und verzweifelt in die Grube schaut, bückt er sich wieder und klaubt Steine auf. Unglaublich, was er in den vergangenen Stunden erlebt hat: Einer der Brocken war eindeutig behauen! Eine Art Blütenmuster ist darauf zu erkennen, wer weiß aus welchem Jahrhundert ... Dann kam noch ein Stück Metall zum Vorschein, undefinierbarer Bestimmung, aber Pinkus hofft, es handle sich um eine Schnalle – so ein Ding, womit die Alten ihre Gewänder zugesteckt haben. Es sind bislang seine einzigen nennenswerten Funde. Wenn er mit der Spitzhacke zu Werke geht (auch das ist im Augenblick nur möglich, wenn die Bühnenmusik hochdreht), lauscht er darauf, ob's unter ihm nicht hohl klingt. Noch aber hört sich's eher dumpf an, karstig, ohne Widerhall. Ein paar Stunden hat er noch Zeit. – Ah, Musik! Der Schatzgräber nimmt die Schaufel und schiebt sie prasselnd in die Bruchsteine.

Was Pinkus soeben vernimmt, ist für Magnus das letzte Signal. Sein Stichwort ließ er schon verstreichen, einer Ohnmacht nahe, so verzweifelt fühlt er sich mit einem Mal. Aber die Polizeisirene, die aus dem Stakkato der E-Gitarren aufsteigt, reißt ihn aus seinem verängstigten Dämmerzustand. Magnus weiß, es ist Christian David Solms, der das altmodische Theatergerät bedient: Eine Kurbel, die man nur kräftig drehen muss – und schon sieht die Welt eine Armada von Polizeiautos nahen. Wenn also Christian dort draußen nicht zurückscheut, warum sollte er's? Von Schwindelgefühlen gepackt, zieht Magnus den Morgenstern aus dem Umhang und hastet aus der Umkleide, die Treppe hoch, an zwei Statisten vorbei, Richtung Bühne. Durch die Vorhänge sieht er gleißendes Licht, er weiß nicht, ist das Christians Scheinwerfer oder die Abendsonne. Ohne nachzudenken, greift er um. Jetzt hält er das Tötungswerkzeug fest in der Hand. Wenn er auf die Bühne kommt, muss er's nur noch hochschnellen lassen und nach vorne rennen. Dann plötzlich abbiegen, wo die Musiker stehen. Und mit einem Sprung, der dem Hieb zusätzliche Wucht verleiht, wird er Keith Saignée zerfetzen. Was dann kommt, entscheiden die Götter.

Eine andere, eine echte Polizeisirene beendet wenige Kilometer entfernt Wuffs Gewaltmarsch auf den Lockenberg. Eben wollte er das Soldatenlied wieder von vorn anfangen, doch auf einmal schlägt es Alarm in sämtlichen Regionen seines Körpers. Der unmittelbare Fluchtimpuls wird abgestoppt durch die betrüblichen Informationen, die eine hastige Rundumsicht liefert. Kaum hundert Meter vor ihm stehen zwei Einsatzfahrzeuge der Polizei, mindestens drei Dutzend Uniformierte davor. Hinter ihm – warum ist ihm das die ganze Zeit nicht aufgefallen? – nähert sich mit großer Geschwindigkeit ein weiterer Trupp Polizisten in Kampfmontur. Sie haben Hunde dabei – die armen Tiere! Droben zieht noch immer dieser Hubschrauber seine Kreise. Keine Frage, das hätte ihm eine Warnung sein müssen. Aber diese Version wollte ihm partout nicht ins Bewusstsein gelangen: Dass man wegen einiger Heilpflänzchen einen Luftkrieg gegen ihn vom Zaun bricht!

Noch einmal setzen seine Beine an zu ungelenken Sprüngen, die Böschung hinauf, doch auf halber Strecke hält er inne. Wuff bleibt stehen. Wie auf ein fremdes Geheiß hin, von weither auf ihn kommend, verschränken sich seine Hände über dem Kopf. Mit größter Vorsicht bewegt er sich nach unten, bis er wieder auf dem Feldweg ankommt. Jetzt ist er nicht mehr der Triumphator, der den Flüchtlingen aller Jahrhunderte die Ehre zurückgibt, der die Staatsmacht kohortenweise naszuführen weiß. Jetzt ist er nur noch einer von ihnen, ein Gesteller, Überwältigter, in Kürze gefangen. Als der erste der Polizisten bei ihm eintrifft, die Waffe im Anschlag, lösen sich die Hände sehr langsam voneinander, legen sich übereinander und bieten sich der Fessel dar. Der Kreis der Bewaffneten schließt sich um einen Fassungslosen, der zu zittern anfängt und dem die Tränen herunterlaufen.

Gefasst zu werden, geschnappt, dies ist die schlimmste Demütigung, die Wuff in diesem Leben erlitten hat. Noch scheinen die Beamten zu zögern; traut man ihm am Ende zu, sich in die Luft zu sprengen und noch möglichst viele von den Häschern mitzunehmen? Da rücken die Polizisten ein Stück auseinander und Melina Chiaramonte und Ulf Schreyvogel gehen auf den Gefangenen zu. Mutlos und entkräftet kommt ihnen der Mann vor; es könnte sein, dass die Art und Weise, wie sie sich ihm nähern, von einer gewissen Hochachtung zeugt. Im Moment der ersten Berührung durch den Arm des Gesetzes wird Wuff von Schluchzern übermannt.

Überschnappender Jubel, zum ersten Mal an diesem Abend. Verwirrt durch allzu waghalsige Regieeinfälle und eine etwas krude, schwer nachvollziehbare Handlung, hatte sich das Publikum zuletzt immer reservierter gegeben; jetzt aber tobt es, pfeift, klatscht ekstatisch. Es ist aber auch eine grandiose Idee: Das Geschehen unvermittelt von der Bühne ins Publikum zu erweitern. Ausgerechnet dem Valentin, der komischen Figur, dargestellt vom jungen Magnus Müntzer, bislang ein Totalausfall, bleibt es vorbehalten, dem Stück neue Zündkraft zu verleihen. Einem Actiondarsteller gleich, springt er von dem Bretteraufbau herunter, schwingt eine mittelalterliche Theaterwaffe und stürzt sich unter Kreischen auf die Musiker! Doch auch diese reagieren famos: Ihre Angst wirkt so echt, dass einige Zuschauer für Momente der Ansicht sind, hier laufe etwas ganz schrecklich aus dem Ruder. Vor allem der Bandleader scheint von den Attacken des Nebendarstellers betroffen. Mitten in einem Riff gewahrt er, wie dieser Irre von der Bühne hüpft. Eben noch bekommt er mit, dass der Angriff ihm gilt. Magnus hebt den Morgenstern einmal hoch in die Luft, lässt ihn zweimal in der Luft kreisen und mit aller Kraft auf den Musiker niedersausen.

Alles schreit durcheinander, der Ablauf ist unterbrochen. Susanna und Philomena, gerade noch damit beschäftigt, mit Plastikgewehren auf imaginäre Opfer zu zielen, werfen die Requisiten beiseite und eilen zum Bühnenrand. Sämtliche Hauptpersonen nebst Statisterie stellen den Spielbetrieb ein und mischen sich ins Geschehen im Proszenium. Ein brutales Geräusch erschreckt das Publikum bis in die hinsterste Reihe. Es ist der Moment, als Magnus' Morgenstern die Stahlsaiten der Fender-Gitarre von Keith Saignée durchtrennt. Reflexhaft hat er sein Lieblingsintrument nach oben gerissen; hätte man ihn vor die Wahl gestellt, seinen Arm oder seine Gitarre zu opfern, die Entscheidung wäre ihm schwer gefallen. Doch nicht nur die Seiten zerspringen, auch die gespickte Kugel des Morgensterns rasselt zu Boden. Viele Arme packen Magnus von hinten, von oben, von der Seite.

Er hört nicht auf zu brüllen: „Killt das Schwein! Helft mir doch! Bringt ihn um!"

Allmählich greift die Panik auf die Zuschauer über; offensichtlich ist das doch kein origineller Regieeinfall, sondern eine

Art Amoklauf. Manche springen auf und drängen nach vorne um mitzubekommen, was da vor sich geht, andere schieben die sich zusammenballende Menge vor sich her, ängstlich dem Ausgang zustrebend. – Nur weiter oben, ein wenig abseits, in nächster Nähe zum konsterniert im Kreis herumäugenden Lazarus Schambes, atmet jemand erleichtert auf. Bis zuletzt war sich Christian David Solms nicht sicher, ob er die Metallsäge weit genug in die Metallösen hineingetrieben habe. Einerseits hatte ihn die Idee der öffentlichen Privatrache des Magnus Müntzer durchaus fasziniert; eine Zeit lang konnte er den Tag der Uraufführung kaum mehr abwarten. Andererseits setzte sich seine ausgeprägte pragmatische Intelligenz sehr bald durch: Mitnichten entsprach es seinem Interesse, einem veritablen Mord Vorschub zu leisten. Den Widerwillen seines Freundes gegen diese arroganten Erwachsenen, die ihren Trieb an Schulmädchen stillen, teilte er sehr wohl, doch schien ihm die Todesstrafe dafür einfach nicht angemessen. Das war alles.

Die Informationen rasen durch die Reihen. Erst heißt es, da habe es einen Schwerverletzten gegeben, dann kommt die Entwarnung. Plötzlich behauptet einer, der Typ mit dem Morgenstern habe sich losgerissen und das Publikum angegriffen. Einigen Besonnenen gelingt es, eine Massenpanik zu vermeiden.

Beschwichtigend reden sie auf die Ängstlichsten ein: „Nur die Ruhe!"

Tatsächlich wird Magnus sogleich überwältigt. Kaum, dass er den Verlust des Hauptteils seiner Waffe bemerkt, ist alle Aggression aus ihm gewichen. Er schreit nicht mehr vor Hass, sondern aus Angst, man könnte ihn erdrücken – denn ein gut Dutzend Mitschüler, Musiker und Zuschauer aus der ersten Reihe stürzen sich auf ihn und halten ihn nieder. Einige der Schauspielerinnen schluchzen vor Aufregung, fallen einander in die Arme. Lazarus läuft wirr umher, bevor er endlich sein Ziel findet: Er packt Keith an den Schultern und befragt ihn stürmisch, wo er verletzt sei.

„Nirgends", wehrt der Angegriffene genervt ab. „Nicht ich. Aber sie!" Und mit dem Ausdruck der tiefsten Trauer zeigt er den abgeknickten Gitarrenhals.

Die überaus zahlreichen Gäste, die bislang entweder das Theaterstück verfolgt hatten oder kauflustig über den Klosterhof promeniert waren, diskutieren noch immer eifrig, was denn nun genau vorgegangen sei ... da erschüttert ein anderes Ereignis die Gemüter. Es ist ein Poltern und Klirren, gefolgt von Gebrüll, das mit einem Mal aus der entgegengesetzten Ecke des Platzes herüberdringt. Gleichzeitig wenden sich über tausend Köpfe ruckhaft in die Richtung, aus der das Geräusch kommt. Was dort zu sehen ist, lässt sich zunächst keineswegs in verfügbare Wahrnehmungsmuster einordnen: Einer der Stände, ein großes weißes Zelt, versinkt langsam und ohne Widerstand im Boden. Noch immer hört man etwas zusammenstürzen, unaufhörlich wird Glas zerschlagen, mehrere Sekunden lang. Hat das Chaos vor der Bühne schon vielfach Ängste ausgelöst, löst dieser zunächst nicht identifizierbare Lärm sogleich Schrecken aus.

„Ein Erdrutsch?", vermuten die Ersten.

Doch sehr schnell dominieren weit schlimmere Vermutungen: „Ein Erdebeben!"

Schon sehen die Besucher die Klosterfront erzittern, den alten Baum umsinken, die Fruchtschranne in sich zusammenstürzen ... doch so weit kommt es nicht. Sehr wohl hat sich die Erde aufgetan, doch nur lokal begrenzt.

Eine der Ersten, die am Unglücksort eintreffen, ist Tamara. Was kann das schon bedeuten, wenn sich der Abgrund auftut, um die sündige Menschheit zu verschlingen! Unaufhörlich bekreuzigt sie sich, stammelt Gebete, ringt die Hände.

Immerhin, auf Django Heppinger scheint der Erdboden keinen Appetit zu haben. Mit allen Anzeichen der größten Verwirrung sitzt er inmitten einer Lache aus Eselswasser, umgeben von Scherben – und zutschelt an seinem rechten Daumen.

Mehr als ein kleiner Schnitt ist ihm nicht passiert. Als die Erde hinter ihm, der soeben dabei war, einem Durstigen ein Gläschen einzuschenken, so seltsam nachgab, hastete er instinktiv nach vorn, warf dabei freilich den Tisch mit den Flaschen um ... und rollte noch zwei, drei Meter weiter.

Als er Tamara erkennt, hebt er kummervoll den Blick: „Der Pinkus!"

Entsetzt sieht Tamara in die Trümmer hinunter. Zeltplane, Holzstücke, Steinbrocken liegen quer übereinander, eine Staubwolke steigt auf. Wenn irgendjemand dort hinunter gehört, dann doch wohl sie selbst! Sie ist schuld an alledem, nur sie allein. Hätte sie doch bloß stille geschwiegen ...

Für einen Moment unterbricht sie ihre Gebete und Selbstvorwürfe: „Ist er – wirklich da unten?"

Statt einer Antwort dringt so etwas wie ein Klagelaut aus Djangos Mund.

Als Pinkus Janhagel bemerkt, dass der Boden unter seinem linken Fuß nachgibt, erfasst er die Situation sofort. Er greift nach oben, an den Rand der Grube, die sie zweieinhalb Tage lang gemeinsam ausgehoben haben. Doch da ist kein Halt zu finden. Wohl gelingt es ihm, den Fuß aus dem Loch zu ziehen, doch durch sein Gestrampel lösen sich immer mehr Steine unter ihm und fallen in die Tiefe. Verzweifelt grapscht er nach allen Seiten, um einen Pfosten, einen festen Vorsprung, eine Zeltstrebe zu erhaschen. Vergeblich. Es zieht ihn mit ungeheurer Gewalt nach unten, so, als habe unter ihm ein Vakuum bestanden, das ihn nun heftig ansaugt. Immerhin, der Boden gibt nicht überall gleichzeitig nach, so dass viele Brocken nach unten fallen, bevor Pinkus endgültig den Halt verliert. Aber dann kommen schon das Zelt hinterher und der Presslufthammer und ein paar Pflastersteine und ein Tisch, Glasballons mit Obstwein, Holzkisten, Holzwolle, Schippen, Schrott. Bevor er die Besinnung verliert, gefasst auf einen Sturz ins Grundlose, sendet er einen letzten Hilferuf empor: „Mama!"

Er bleibt auf den Gebirgen der frohe Herr der Welt.

„Oins muss mer'm lasse: Der Mann hat Courage g'hatt." Des beifälligen Gemurmels der Umstehenden kann sich Ulf Schreyvogel sicher sein. Jetzt, nach unsäglichen Mühen und nahezu groteskem Fahndungsaufwand, im Moment der Ergreifung von Andreas Siebenrath, löst sich die lange Zeit künstlich wachgehaltene Empörung über den Empörer; denn längst hat ein jedes für sich beschlossen, diesem flippigen Freigeist eine gewisse Anerkennung, vielleicht sogar Respekt zu zollen. Sogar Uli Briegel, der sich über Monate in Permanenz persönlich angegriffen und gekränkt gefühlt hat, erwischte sich kürzlich beim Antrinken der Jagdsaison im Kreise gestandener Jägersleut, wie er allem Spott zum Trotz plötzlich mit schrägem Lokalpatriotismus begegnete: „Do kannsch sage, was d'willsch: En Weißletteheimer isch en Weißletteheimer! Den erwischts net oifach wie en Frischling oder en dabbiche Fasan."

Im Innersten erleichtert, tritt der Ortsvorsteher gar auf Melina Chiaramonte zu und gibt ihr stumm die Hand. Nun, da die Spezialkräfte des Einsatzkommandos den Gefassten in Gewahrsam nehmen, gestattet sich auch die zuletzt in vielfacher Weise unter Beschuss genommene Beamtin eine kleine Vertraulichkeit. Kopfschüttelnd seufzt sie: „Meine Güte, Herr Briegel, da haben wir aber was ausgestanden miteinander ..."

Schreyvogel, der inzwischen insgeheim auf die Nachgenehmigung seines Herbsturlaubs in den Dolomiten zu hoffen wagt, schaut belästigt nach oben: „So langsam könnten die denen ja mal Bescheid sagen, dass sie abfliegen können!"

Das Geratter der Rotorblätter ist in ein schwer erträgliches Fiepen übergegangen. Der Hubschrauber muss ganz in der Nähe niedergehen, denn das Geräusch verstärkt sich zusehends. Melinas Chef, ebenfalls seit Wochen im Blickpunkt einer ungeduldigen Öffentlichkeit, weht kühn heran, die gesamte sieghafte Optik bereits auf Pressekonferenz eingestellt. Er wiederholt den Witz, der schon ein halbes Dutzend Mal durch die Reihen der Polizisten gegangen ist: „Also diesmal wird dem kein Gewitter helfen!“ Als niemand lacht, dreht er ab, unangenehm berührt.

Wuff hat sich entschlossen, alles über sich ergehen zu lassen. Da er keinerlei Widerstand leistet, verzichten die schwerbewaffneten Kräfte der Spezialeinheit zunächst darauf, ihm Handschellen anzulegen. Dennoch sind sie vorsichtig.

Nach und nach registiert Wuff die Angst der Übermacht vor ihm, dem Garnichtsmehr; weit breitet er die Arme aus: „Leute, ey! I bin unbewaffnet! I hab au koin Sprengstoffgürtel um. Versproche.“

Kaum hat er ausgeredet, als das Piepsen in der Luft sowohl in der Frequenz als auch in der Lautstärke noch einmal extrem zunimmt. Die meisten halten sich abrupt die Ohren zu. Zugleich trifft Wuff von oben her ein milchig gelber Strahl. Alle blicken hinauf, geblendet von der Intensität des Lichts. Wuff schließt die Augen, ausgeliefert, preisgegeben. Weder der grässliche Lärm noch der Lichtschein scheinen vom Hubschrauber zu stammen.

Noch getraut sich niemand, eine Vermutung anzustellen, da kreischt einer der Polizisten: „Scheiße, ein Flugzeugabsturz!“

Die wenigen, die den Ruf vernommen haben, setzen sich unmittelbar in Bewegung, erst langsam und ungläubig, dann hektisch, voller Angst, orientierungslos. Andere halten die Hände schützend über die Augen und versuchen, die Ursache des Geschehens zu ergründen. Sie stehen unschlüssig: Könnte das Dröhnen auf ein Flugszeug zurückzuführen sein? Stürzt da ein Himmelsobjekt ab, ein Meteor, ein Satellit? Dann wäre jede Flucht zu spät.

Ein paar ganz Tapfere harren einfach aus in der Hoffnung, diese sonderbare Erscheinung gehe bald vorüber. Doch dem ist nicht so. Jener neblige Strahl, der Wuff zuerst mitten im Gesicht getroffen hat, breitet sich aus, gewinnt an Dichte und Ausdehnung, so dass die Kuppe des Lockenbergs bald komplett in ein sämiges, flockiges Licht getaucht ist, das aussieht wie Milch, die man mit Orangensaft aufgefüllt hat. Narkotisch schlägt ein Geruch auf die Sinne, dessen Herkunft sich ebenfalls niemand zu erklären weiß. Keiner kennt das Geräusch, den Geruch, die Erscheinung; doch eines betrifft sie alle gemeinsam: Man bekommt kaum Luft.

Nur Wuff fühlt jetzt keine Angst mehr, keine Atemnot, keine Sorgen. Indessen sich rings um ihn her die Reihen auflösen, bleibt er einfach stehen. Noch immer hat er die Augen geschlossen. Die Fingerspitzen berühren sich über dem Kopf, die Arme haben sich zu einer Geste gerundet; von Weitem könnte man glauben, er forme ein Herz. Je länger das Getöse dauert, desto gewisser formt sich seine Überzeugung: Sie sind da! Jetzt kommen sie ihn holen – im allerletzten Augenblick. Es ist gar nicht nötig nach oben zu sehen. Wuff weiß, was kommt. Nur er selber wird dem gewachsen sein, was in Kürze eintritt; mögen die anderen nur Reißaus nehmen, auf dass ihnen nichts Übles widerfahre. Wie konnte er nur so kleinmütig sein? An seiner Bestimmung zweifeln? War er nicht immer in der Hut höherer Mächte gewesen? Wie sonst hätte es ihm gelingen können, sich gegen eine solche Übermacht zu behaupten, einen Sommer lang?

In der dritten Reihe, am Rande der Nebelglocke, die sich über dem Lockenberg hält, durchlebt Uli Briegel schlimme Sekunden. Seine Konzentration gilt so sehr der Festnahme des Siebenrath, dass ihm kein Raum für Spekulationen bleibt. Was da mit einem Mal Herrschaft über diese Gefilde gewinnt, interessiert ihn überhaupt nicht; aber die Furchtsamkeit der Umstehenden, die skandalöse Tatsache, dass sich diese rein zur Diensterfüllung Herbeorderten mit anderen Dingen beschäftigen als der puren Sicherung des Fahndungserfolgs, veranlasst ihn, zu letzten Maßnahmen zu greifen. Ohne sich nach ihnen umzublicken, lässt er die ebenfalls verwirrt dreinschauenden Melina Chiaramonte und Ulf Schreyvogel stehen und arbeitet sich durch die Reihen. Ist es denn möglich? Sollte es ganz allein ihm, dem Zivilisten, vorbehalten sein, für einen ordnungsgemäßen Ablauf zu sorgen – wiewohl eine Hundertschaft Ordnungshüter Gewehr bei Fuß steht?

Als er die vorderste Linie erreicht, nimmt auch Briegel den Grund für das Zurückweichen wahr, für die ängstlich abwartende Haltung der Einsatzkräfte: Die Kreise, die siebzehn Ringe auf der Hochfläche, von Fachleuten längst als harmlose, vernachlässigbare Naturphänomene identifiziert, blinken rhythmisch in verschiedenen Farben. Die Lautstärke des Brummens und Fiepens hat mittlerweile solche Dimensionen erreicht, dass sich mehrere Empfindliche, die Hände an die Ohren gepresst, in die Hocke begeben oder den Rumpf unter Hörschmerzen hin und her wenden. Zudem dringt ein schrilles Signal aus der Erde, in etwa dem digitalen Morgenruf seines Weckers entsprechend. Bedingt durch das grelle, spiralförmige Leuchten aus den siebzehn Kreisen in der Wiese kann Briegel nicht mehr erkennen, wo sich Siebenrath überhaupt befindet. Mit den Händen rudernd, immer furchtsamer, tastet sich der Ortsvorsteher voran. Doch das Blinken wird nicht schwächer, im Gegenteil: Über ihm, neben ihm, unter ihm beginnen die Linien nunmehr, sich vom Boden zu lösen, um im Rhythmus des Signals auf- und abzuschweben.

„Achtung! Passt auf!“, schreit Briegel militärisch scharf – doch vernimmt er nicht einmal ein Flüstern von seiner eigenen Stimme. Unvermittelt, so, als würde eine überdimensionale Rüttelmaschine angestellt, beginnt der Grund unter seinen Füßen zu erbeben. In den gelblichen Dunst hinein setzt er zu einem wackligen Spurt an, stoppt aber sogleich wieder ab – denn er weiß augenblicklich nicht im Mindesten, in welche Richtung er rennt. Es scheint den ganzen Berg erfasst zu haben; in dem metallischen Gedröhn vermeint Uli menschliche Schreie wahrzunehmen. Was auch immer hier vorgehen mag, es verlangt ihn danach, schnellstmöglich ins letzte Glied zurückzutreten, dorthin, von wo er eben aufgebrochen ist.

Das Ruckeln und Schwanken wird stärker. Er muss sich auf die Knie niederlassen, durch das nasse Gras robben. Doch dann hebt er den Blick – und lässt sich entgeistert nach hinten fallen. Mitten in dem orange-weißen Dämmer macht er einen Schatten aus, fünfzehn, zwanzig Meter hoch, ein Schemen von der ungefähren Gestalt eines gigantischen Mensch-ärger-Dich-nicht-Männchens.

Damit ist ihm immerhin vorgegeben, wohin er sich schleunigst verfügen muss: Weg von dem Ding, schnellstmöglich weg! Mal bodennah humpelnd, mal krabbelnd auf allen Vieren, dann wieder ein paar Schritte in geducktem Lauf, schließlich, unter Schmerzen, einem Dreijährigen gleich, der Hund spielt oder flüchtende Rinderherde, bewegt sich Briegel dorthin, wo er die Polizeigewalt wähnt. Er japst, flucht und zittert – doch begegnet er niemandem. Immer wieder werfen ihn die Erdstöße zur Seite, hart kommt er auf, rollt sich ab, so gut er das noch kann, robbt weiter. – In seinem Rücken fühlt er etwas Heißes, Dampfendes. Um keinen Preis will er wissen, noch viel weniger fühlen, was sich dort hinten zu ungeheuerlicher Existenz versammelt.

Bald erreicht Briegel ein Dickicht voller Dornen. Welch ein Segen, der Nebel wird lichter, man kann Umrisse erkennen, Bäume, Zaunpfähle; auch das Beben schwächt sich ab. Noch wagt er nicht anzuhalten, aber es scheint gewiss, dass ihn sein Orientierungssinn nicht trügt – denn ein umgestürztes Dienstfahrzeug der Polizei weist auf ein – wenngleich ohmächtiges –

Vorhandensein der Ordnungsmacht hin. Und tatsächlich, wenige Schritte noch, da trifft er auf Ulf Schreyvogel, der sich an eine junge Buche klammert.

„Was ist das? Was ist da los?", brüllt Briegel außer sich.

Doch der sonst so dienstbeflissene, unerschrockene Fahnder lehnt derzeit jede Verantwortung ab: „Wie soll i des wisse? Wenn i die geringschte Ahnung hätt, dät i ja wohl kein Baum umarme!"

Es soll nicht die letzte Erschütterung des Tages bleiben für den tapferen Ortsvorsteher. Als er spät nachts, allen Gefahren vermeintlich entronnen, endlich in seiner Weißlettenheimer Behausung anlangt, findet er ein Kuvert mit fremdländischer Briefmarke im Flur. Man hat es durch den Schlitz in der Haustür eingeworfen – wahrscheinlich eine Nachbarin, die manchmal die Post für ihn entgegennimmt. Da ihm unterwegs keiner der diensthabenden Polizisten, denen er im weiten Rund da und dort begegnet ist, irgendeine sachdienliche Auskunft zu geben vermochte, erhofft er sich nun, wie auch immer, durch dieses Schreiben Aufklärung und, wenn möglich, Beruhigung. Von wem mag es stammen? Briegel unterhält keine Beziehungen ins Ausland. Noch in Jacke und Straßenschuhen, sinkt er in den Sessel nieder. Erst mal einen Weinbrand. Zwei. Dann die Schere her und den Umschlag aufgerissen. Es ist ein Brief, handgeschrieben. Ein Foto steckt darin. Uli Briegel ist so aufgeregt, dass er lange nicht zu erkennen imstande ist, wer ihm da entgegenstrahlt, eine junge Frau im Arm und ein Baby auf dem Schoß.

„Lieber Papa, ..."

Mit einem Stöhnen wirft er das Blatt auf den Couchtisch ... um es sogleich wieder vorzunehmen. Minuten vergehen, etliche Versuche sind nötig, bis er begreift, was ihm da ins Haus geflattert ist. Reinholt, sein Sohn! Aus Neuseeland schreibt er ihm. Die Dame auf dem Bild sei seine Verlobte. Gar zu gerne würde sie die Heimat ihres Gefährten kennenlernen. Ob das denn irgendwie machbar sei, dass sie ihn, den Großvater, besuchen kämen, am besten zu Weihnachten? Das Kind trage übrigens den Namen Mira-Sue, in Anlehnung an eine Maori-Tradition, der ungefähren Bedeutung: Die Erste, die vom Himmel kommt.

Nach weiteren Weinbränden, gedankenlosem treppauf, treppab und ausgiebigem Vorsichhinstarren schaltet der nervlich schwerst angegriffene Mann mechanisch den Fernseher ein. Im Videotext eines lokalen Senders, den er regelmäßig konsultiert, entdeckt er schließlich ein paar Hinweise auf die Phänomene des Abends: Ein Himmelskörper von bislang unbekannter Herkunft und undefinierbarer Substanz, womöglich ein Asteroid, sei unweit Maulbronn auf freiem Feld explodiert. Mehrere Menschen seien noch vermisst. Spezialeinheiten hätten das Gelände abgesperrt. Zur Stunde seien Experten zur Spurenermittlung im Einsatz.

Gegen vier Uhr dreißig, von weiteren Weinbränden und einer halben Schachtel Reval leidlich narkotisiert, kriecht Uli Briegel erschöpft in seine Bettstatt. Er legt sich auf den Rücken, versucht durchzuatmen. Das Schreiben seines Sohnes hat er neben sich auf dem Nachttisch ausgebreitet. Das ist aber immer noch zu weit weg. Fahrig greift er danach, riecht daran, faltet es zusammen, dann wieder auseinander. Ruckhaft presst er es gegen sein Herz. Dort bleibt das Papier liegen. Morgen, sobald er sich wieder artikulieren kann, wird er Reinholts Mutter anrufen. Vielleicht lädt er sie zum Frühstück ein. Für den Moment ist jeder Groll aus seiner Seele gewichen. Wenn diese Stimmung anhält, wird er seine Ehemalige eventuell sogar um Verzeihung bitten. Weihnachten – das wär doch was: mit der ganzen Familie! Wenn er schon die weite Reise auf sich nimmt, soll Reinholt auch von beiden Eltern empfangen werden, das gehört sich doch so. Und dann werden sie das Enkelchen, Mira-Sue, in die Arme nehmen. Und die junge Frau aus der Ferne, deren Namen er schon wieder vergessen hat. Zu gerne würde Uli Briegel jetzt wissen, wie sie heißt. Doch es fehlt ihm die Kraft, noch einmal Licht zu machen und den Brief zum dreißigsten Mal zu lesen. Nicht Stuttgart, Neuseeland – so was!

Wenige Wochen später befinden sich zwei Herren mittleren Alters auf dem Weg nach Süden. Im Speisewagen der Schweizer Bundesbahn haben sie Platz genommen und probieren sich durch die Weinkarte. Schon nach Verkostung des ersten Exemplars, eines herrlich cremigen Fendant du Valais, bekommt Lazarus glänzende Augen: „Also, wenn das die nähere Zukunft ist, dann seh ich ihr mit Gelassenheit entgegen."

„Wart erst mal ab", schlürft Keith sein Glas aus, „wenn du den Bodensee-Weinen begegnest: Weißburgunder von der Birnau! Spätburgunder aus Meersburg!"

„Wir nehmen noch so einen Käseteller", ruft Schambes der Kellnerin hinterher. „Also ich bin erstaunt, dass du bei unserem Kurzbesuch überhaupt so viel Aufmerksamkeit für die Seeweine aufbringen konntest. Mir schien, dein Sinnen und Trachten habe sich ganz und gar dieser kleinen Hochbegabten aus dem Breisgau zugeneigt, wie hieß die noch, auch so was Griechisches, Aglaia oder so?"

„Ach, ist ja gar nicht falsch, was du sagst", wehrt sich Keith halbherzig, „das war aber nur der Moment. Eigentlich hab ich extrem genug von so was. Kann ja nicht immer davon ausgehen, dass jemand mitdenkt und die Tatwaffe unbrauchbar macht."

„Lustiger Typ, dieser Solms, oder?" Lazarus schenkt nach, zum Missfallen des Freundes füllt er sein eigenes Glas deutlich höher an. „Was der so alles von sich gegeben hat bei der Anhörung, also alle Achtung. Sollte Autor werden. Oder Therapeut."

Keith zeigt sich mehr mit dem Schicksal des verhinderten Attentäters beschäftigt; noch immer liegt kein Untersuchungsergebnis vor, ob der junge Kerl nun zurechnungsfähig sei oder nicht. Doch dann gleitet er weiter zu interessanteren Themen und grinst: „Ich weiß gar nicht, ob du das mitbekommen hast, aber ich hab ja was gemacht ..."

„Doch wieder Weib?", fragt Schambes mit vollem Mund.

„Na ja, schon so was in der Art. Kannst du dich an diese Polizistin da erinnern, die mit dem italienischen Namen?"

„Melina Chiaramonte! Wer könnte so einen Namen je vergessen?"

„Ich. Aber nur den Namen. Ich hab ihre E-Mail-Adresse. Nächste Woche fahr ich mal nach Stuttgart."

„Was? Nein. Schweinehund!"

„Du sagst es."

Anerkennungsvoll stößt Lazarus mit Keith an. Noch eine gute Stunde haben sie für ihre Zwischenmahlzeit, dann erreichen sie Freiburg, den Umsteigebahnhof. In Konstanz erwartet sie ein Fahrer vom Internat Salem, der sie direkt zu ihren Zimmern bringen wird, gelegen in einem Nebentrakt des Schlossgebäudes, mit einem exquisiten Blick über den See und auf das Säntis-Massiv.

In der Fauststube der Maulbronner Klosterschmiede sind die ersten Gäste eingetroffen. Es ist Ende Oktober, die Lese eingebracht, die letzte Wärme verglommen. Über dem Klosterhof hängt seit Tagen der Regen wie eine müde Qualle, die ihre Tentakel über das Pflaster baumeln lässt. Django Heppinger hilft Tamara aus dem Mantel, verstaut die Schirme an der Garderobe. Dann sitzen sie einander gegenüber. Und warten. Tamara rührt in einem Kräutertee. Django bestellt ein Bier, nimmt aber keinen Schluck davon – ein ungewöhnlicher Sachverhalt, der auf besondere Umstände hindeutet. Ab und zu lächeln die beiden einander zu, ein wenig gequält: Man hat sich zur Genüge ausgetauscht im Verlauf der letzten Wochen. Fürs Erste ist alles gesagt. Was nun aber diese unverhoffte Einladung zu bedeuten hat? Schwer zu sagen. Die polizeilichen Vernehmungen sind längst abgeschlossen; das gerichtliche Nachspiel lässt auf sich warten.

Django reibt sich die Augen. Der gute Schlaf, jahrzehntelang ein treuer Genosse, meidet ihn seit den Geschehnissen beim Herbstfest. Zwei Freunde an einem Tag, das soll erst mal einer aushalten! Wobei, ganz so dramatisch sieht er die Sache nun auch wieder nicht; dass Wuff, der gute alte Wuff, nur vorausgegangen ist, zur rechten Zeit abgeholt wurde, gewissermaßen als Vorbote und Wegbereiter, darüber besteht im Kreis der Kraichgau-Stromberger Selbstversorger Einigkeit. Achtsam verfolgt man sämtliche Himmelserscheinungen. Alle paar Tage wartet einer mit einer sonderbaren Beobachtung auf: „Habt ihr das gesehen, was für ein Grün beim Sonnenaufgang am Himmel war? Vollkommen unnatürlich ..." – „Heut Nacht hat's bei uns vor de Tür gebellt: Haargenau wie de Hund vom Wuff, so hat sich des ang'hört!" – „Gestern, beim Abspielen von 'ner alten J. J. Cale-LP, da war 'ne Botschaft drauf. In echt! Hab's nur net so genau verstande ..."

Django nickt meistens nur still vor sich hin, wenn ihm derlei Nachrichten zugetragen werden. Er selbst hält ja den wahrhaft und wirklich besten Beweis in Händen, die klarste und schönste Meldung von droben: Eines Nachmittags, als er vom Äpfelklauen nach Hause kam, lag da ein Gegenstand auf seiner Fensterbank, einfach so. Wuffs Pfeife! Kein Zweifel, es handelte sich um das Lieblingstonpfeifchen des Freundes, lange Zeit vermisst von dem Ärmsten, weil eingeschlossen in der verplompten Wohnung.

Elektrisiert hielt Django Heppinger die sonderbare Gabe gegens Licht, blickte nach oben und flüsterte: „Danke, Wuff. Ich werd sie in Ehren halten. Versprochen! Bis wir uns wiedersehen." Dann rauchte er hingebungsvoll und flennte.

Eine blutjunge investigative Journalistin vom Bruchsaler Stadtmagazin Willi hatte zunächst die Region, dann das ganze Land schockiert, indem sie Unstimmigkeiten bei der Aufarbeitung des vermeintlichen kosmischen Ereignisses vom Lockenberg enthüllte. Zunächst hatte es von offizieller Seite geheißen, ein Asteroid, ein Kometensplitter oder dergleichen sei nahe Maulbronn verglüht – ein nicht seltenes Phänomen, das unter Umständen mit gehöriger Lärmentfaltung einhergehe. Nachdem renommierte Wissenschaftler dies widerlegt hatten, hieß es plötzlich, es habe sich um eine irregeleitete russische Maschine gehandelt, einen Suchoi-Jet, der wegen Triebwerkschadens abgestürzt sei. Hier nun setzte die Brettener Journalistin an und recherchierte, dass im weiten Rund kein einziges Wrackteil gefunden worden war; ein großes zylindrisches Metallstück, das man vorgezeigt hatte, erwies sich als verschrotteter Milchtank. Ein Abgeordneter der Linken verlangte im Parlament Aufklärung. Man verwies die Angelegenheit in die Ausschüsse, wo sie allgemach versickerte.

Über eines aber kann kein Zweifel herrschen: Dass Wuff bald wiederkommt, in Gesellschaft seiner extraterristischen Freunde! Pinkus ist ebenfalls dieser Meinung. Während er im Koma lag, nach dem Absturz, acht Meter tief, in den uralten Keller unterm Klosterhof, hat er Visionen gehabt, so plastisch, mit Händen zu greifen, „des isch viel reeller gwäse wie die Wirklichkeit, voll der Oberhammer, alles in 3 D – und en subber Soundtrack!“ – Über eine Stunde hatte es gedauert, bis die Mitarbeiter der Securitas Dorée, ein Bergungskommando von der Freiwilligen Feuerwehr Maulbronn, etliche Helfer sowie mehrere Polizeibeamte den Verletzten in den Trümmern fanden. „Ist ohnmächtig, lebt aber noch ein bisschen!“, hatte die freudige Nachricht gelautet, verkündet von Benedict Schempf, der gemeinsam mit seiner jüngsten Schwester Madeleine zu den Ersten gehört hatte, die sich in das Loch hinunterseilten.

Pinkus Janhagels Glück bestand in einem spätmittelalterlichen Doppelstückfass, dessen hölzerne Abdeckung sein Leib durchschlagen hatte, was den Fall entscheidend abgefedert haben mochte. Außerdem schützten ihn die Dauben vor allerlei Geröll, das ihm nachgestürzt kam, darunter ein schweres Kantholz, welches ihm vermutlich den Garaus gemacht hätte. Einerseits eine glückliche Fügung, verbarg auf der anderen Seite das wohlgeküferte Weinfass den verunglückten Kellerforscher vor den Blicken der Helfer; noch Tage später konnten die Retter den Zufall nicht fassen, dass Pinkus ausgerechnet dort hineingepurzelt war. Von Stund an blieb die Stelle abgeriegelt. Rot-weiße Absperrbänder flappten im Herbstwind. Keiner wusste, was dort vorging. Einzig Tamara ahnte, was sich da unten verbarg: Ob sich das unterirdische Gewölbe nun tatsächlich als der gesuchte Weinkeller voller Kostbarkeiten oder als etwas völlig Profanes erweisen sollte, ihr war sehr wohl bewusst, dass sie einer Einflüsterung des großen Versuchers aufgesessen war. Nur die heißen Gebete, die sie gesprochen hatte, während sich unter Pinkus die Erde auftat, hatten das Schlimmste abgewendet.

Wiewohl in Leid und Sorge um zwei Freunde vereint, haben sich Tamara und Django nicht eben viel Tröstliches zu sagen; gar zu unterschiedlich sind ihre jeweiligen Interpretationen. Gewiss, Django Heppinger ist ein geduldiger Mensch, doch die weitläufigen Schilderungen glaubensinniger Inspirationen gehen ihm allmählich auf die Nerven. Er entschuldigt sich: Bevor die Geschichte hier losgehe, müsse er unbedingt noch „ein Rettchen“ rauchen.

Das Haupt wägend, erteilt ihm Tamara ihren Segen: „Aber nur eine!“

Als Django unters Vordach tritt und die Selbstgewickelte entzündet, fahren zwei Autos vor. Dem einen entsteigen die Besitzer der Klosterschmiede; synchron umeilen Jürgen und Karl Schempf den dunklen Wagen, öffnen zuerst die Regenschirme, dann die Autotüren, und helfen Pinkus Janhagel, einem Abgesandten des Ministeriums für Kultur und Bildung, beim Aussteigen. Ohne zu zögern geht Django auf sie zu, drückt den Schempfs die Hände und umarmt den Freund.

„Net so fescht, du Depp, i hab Schmerze!“, jodelt Pinkus.

Noch immer klingt ihm die Bemerkung des Chefarztes im Ohr: „Da sind Sie aber ganz knapp an einer Querschnittslähmung vorbeigeschrammt, mein Bester.“

Aus dem zweiten Auto schälen sich drei Herren in dunklen Anzügen, von Karl und Jürgen Schempf mit allen Anzeichen der Ehrerbietung empfangen. Schirme fluppen auf, wohlgesetzte Worte werden gewechselt ... und man begibt sich so schnell wie möglich ins Trockne. Im Verlauf der nächsten Viertelstunde füllt sich das Fauststübchen mit Vertretern verschiedenster Ämter der Stadt und des Landes, mehrere Abgeordnete des Landtags treffen ein, drei Vertreterinnen der Lokalpresse nehmen am Tischende Platz. Django und Tamara wird ein wenig blümerant zumute – wozu soll dieser Auftrieb dienen? Der Gastgeber hat immer noch nichts verraten. Sollte es sich um weitere Strafmaßnahmen handeln, Tamara ist zu allem bereit. Ihr hat die Vernehmung durch einen jungen, immer zurückhaltender fragenden Beamten noch lange nicht genügt: Mit zunehmendem Eifer nahm sie die Gesamtschuld auf sich, bezichtigte sich der grässlichsten Vergehen ... und gab nach und nach, ohne es freilich zu beabsichtigen, das Bild einer religiösen Büßerin ab, die niemand je mit zusätzlichen Auflagen belasten würde. Mit einer gemurmelten Ermahnung kam sie davon.

Im Gegensatz zu Django Heppinger, der den noch lädierten Pinkus mit solchem Eifer umhegt, dass es dem Kameraden bald zu viel wird.

„Isch jetz mal gut, Django, ja? I bin noch koin Invalide.“

Auf die beiden warten mehrere Verfahren. Eine ganze Latte von Verstößen aus den unterschiedlichsten Gesetzesdisziplinen findet sich, gedrechselt in frühbarockem Juristendeutsch, auf zahlreichen Schriftstücken, die ihnen in den letzten Wochen zugingen.

Die Atmosphäre entspannt sich ein wenig, als flinke Bedienungen Vorspeiseplatten reichen, belegt mit Edelfisch- und Käsehäppchen. Doch erst in dem Augenblick, da Karl Schempf mit einer Doppelmagnum Sekt vom Eilfinger Berg in der Stube erscheint und munter ausschenkt, schöpft Django neue Hoffung.

„Du, ich glaub", flüstert er Pinkus ins Ohr, „so schlimm wird's vielleicht gar nicht."

Janhagel, dem jeglicher Alkoholkonsum strengstens untersagt ist, leert das Glas mit Genuss: „I hab koi Ahnung. Isch ja au egal. Aber i sag dir, wenn de Wuff mit seine Leut kommt ..."

An dieser Stelle unterbricht ihn der Hausherr mit einer kleinen Willkommensrede. Manch einer unter jenen, so beginnt er, die an diesem Abend im Fauststübchen versammelt sind, fragen sich wahrscheinlich, was denn eigentlich der Anlass sei. Nun, er wolle nicht vorgreifen. Eines stehe allerdings fest: Es sei dies ein besonderes Jahr für Maulbronn und seine Umgebung! So viel sei hier seit der Klostergründung nicht mehr los gewesen. Bevor er selber noch einmal das Wort ergreifen werde, wolle er an die stellvertretende Landeskonservatorin abgeben, die er aufs Herzlichste in der Klosterschmiede begrüße. Dem Toast folgt zaghafter Applaus. Tamara, Pinkus und Django wechseln verwirrte Blicke. Dann steht eine Dame mit Gleitsichtbrille auf, bittet um Aufmerksamkeit und bringt endlich Licht ins Dunkel.

„Meine sehr verehrten Damen und Herren, sehr geehrter Herr Landrat, sehr geehrter Herr Landesvorsitzender des Zweckverbands der Gewerbetreibenden Südlicher Kraichgau ..." So geht es eine ganze Weile, bis die Rednerin zum Ende der Protokollarien gelangt: „ ... liebe Frau Ratzel, meine geschätzten Herren Heppinger und Janhagel! Sie wollen jetzt sicher wissen, aus welchem Grund wir Sie hierher gebeten haben. Sie ahnen wohl, dass es etwas mit der Entdeckung zu tun hat, die – nennen wir's ruhig so – auf ihre Initiative hin getätigt wurde.

Wie Sie ausgesagt haben, liebe Frau Ratzel, sei es der Hinweis eines ehemaligen Mitarbeiters der Herzoglichen Weingüter gewesen, den Sie über viele Jahre nicht vergessen haben. Nun, es ist richtig: In diesem Raum, der seit Jahrzehnten nicht mehr zugänglich war, haben wir tatsächlich Weinflaschen gefunden. Leider nur Flaschen, keinen Wein."

Ein halb unterdrückter Jammerlaut von Pinkus unterbricht die Ansprache.

Mit einem Anflug von Schmunzeln fährt sie fort: „Seien Sie bitte nicht enttäuscht, ich sagte: in diesem Raum. Dahinter nämlich befindet sich ein weiterer, größerer, wenn auch kulturhistorisch gesehen von minderem Rang. Darin lagen in der Tat über sechstausend volle Weinflaschen aus dem Besitz der vormaligen Könige von Württemberg. Die älteste, ein großer Bordeaux, stammt aus dem Jahre 1789."

Zum ersten Mal brandet heftiger Beifall auf. Django, der offenen Mundes lauscht, jubelt los wie auf einem Fußballplatz.

„Wenn Sie jetzt schon so schreien", bittet die Denkmalpflegerin, „muss ich fürchten, Sie erleiden eine Herzattacke, wenn ich weiterspreche. Wappnen Sie sich, bitte. Die Hauptwerte, zumindest für unsere Seite, liegen anderswo. Denn die Grube, in die Sie, mein verehrter Herr Janhagel, hinabzustürzen beliebten, hat sich als Krypta herausgestellt. Vermutlich handelt es sich um den allerersten Bau aus der Gründungszeit des Klosters."

Die geübte Rednerin lässt das von Staunen und Fassungslosigkeit grundierte Gemurmel verhallen und fährt fort: „Bis auf die romanische Gewölbedecke, die Sie als Einstieg gewählt haben, ist die Grabkapelle komplett erhalten. Prunkstücke sind Wandmalereien aus dem frühen zwölften Jahrhundert sowie ein Taufstein, der vermutlich aus Cluny stammt. Wir wissen noch nicht, wie alt er ist, aber erste Schätzungen gehen davon aus, dass er zwischen dem vierten und dem sechsten Jahrhundert nach Christus hergestellt wurde."

„Jetz fehlt bloß noch, dass i de Gral g'funde hab!", platzt es aus Pinkus heraus, der, ungeachtet der Verletzungen, begeistert auf Djangos Oberarm einhämmert.

„Nicht ganz, Herr Janhagel. Aber fast. Denn in einer Nebenkammer, eventuell handelt es sich um eine Art Sakristei, haben meine Mitarbeiter einen vollständig erhaltenen Altar des Jerg Ratgeb entdeckt, ein verschollenes Meisterwerk der Dürerzeit, worauf unter anderem eine Schutzmantelmadonna und – man merke auf – fünfzehn Nothelfer dargestellt sind."

Die weiteren kunsthistorischen Erläuterungen bekommen weder Tarama noch Pinkus noch Django mehr mit; nur einmal erwachen sie aus ihrer Begeisterungsnarkose, als die Konservatorin den Schätzwert des Kunstwerks beziffert: weit über zwanzig Millionen Euro.

„Meine Damen, meine Herren", ergreift Karl Schempf, nachdem er der Sachverständigen gedankt hat, noch einmal das Wort, „Sie wissen jetzt alle, warum wir uns hier in so festlichem Rahmen versammelt haben ... und nicht vor Gericht, ihr Schluris", droht er in Richtung der illegalen Bodenforscher. „Dem Vernehmen nach, wie man so schön sagt, dürfte eure Strafe einigermaßen aktzeptabel ausfallen: gemeinnützige Arbeit in der neuen alten Krypta oder so was in der Art. Tatsache ischt: Maulbronn hat durch euer unkonventionelles Vorgehen eine neue Attraktion gewonnen. Außerdem, das hat meine Vorrednerin noch gar net g'sagt, wurde bei der Gelegenheit der verschüttete Gang zur Klosterschmiede wieder freigelegt, so dass die Besucherströme direkt durch mein Anwesen geleitet werden könnten ..."

Vielsagendes „Hört, hört!" erzwingt eine Pause. An Tamara gewandt, fährt der Gastgeber fort: „Meine gute Frau Ratzel, seien Sie ohne Sorge. Ich nehm's Ihne gar net übel, dass Sie mich net unterrichtet haben. Ehrlich gesagt, ich hätt's Ihnen gar net geglaubt. Ungewöhnliche Entdeckungen erfordern ungewöhnliche Maßnahmen. Und ganz ehrlich, Herr Janhagel, ich bin gottfroh, dass Ihne nix Schlimmeres passiert ist."

Nachdem er nochmals allen Anwesenden gedankt und die Zukunft Maulbronns (und der Klosterschmiede!) in leuchtenden Farben geschildert hat, zieht Schempf zwei weitere Trümpfe aus dem Ärmel. Wie er wisse, liebe Tamara Ratzel den Klosterhof über alles. Und das Schicksal wolle es, dass in der „Bel Etage" der Klosterschmiede vor Kurzem ein Appartement frei geworden sei. Aus Dankbarkeit für ihren Wagemut biete er ihr an, „auf Lebenszeit" dort zu wohnen.

Kaum sind alle Widerstandsversuche der Beschenkten abgewehrt und ein paar Rührungstränchen getrocknet, wartet der Chef mit einer weiteren Überraschung auf. „Für das Folgende, Frau Ratzel, muss ich Sie leider bitten, kurz aufzustehen und mir nach nebenan zu folgen. Ich hab noch was für sie."

Überfordert ganz und gar, doch unter gutem Zureden von allen Seiten, schiebt sich Tamara hinter dem Tisch vor. Während für die übrigen Anwesenden Wildspezialitäten und heimischer Spätburgunder gereicht werden, geleitet Karl Schempf seine ehemalige Mitarbeiterin hinüber in den großen Gastraum, wo just in der Nische, die sie vor einem halben Jahr nach ihrer Ankunft in Maulbronn selbst zur Mittagsrast erwählt hatte, ein älterer Herr auf sie wartet. Den einfühlsamen Satz, den sich der Maître zurechtgelegt hatte, muss er für sich behalten, denn mit einem unerwartet temperamentvollen „Josef!" macht sich Tamara Ratzel los und eilt zu dem Mann hinüber.

Karl Schempf ist sehr zufrieden mit seinem neuesten Coup. Den Josef hatte er im Lauf der Jahre schon mehrfach in der Klosterschmiede gesehen, war aber nie darauf gekommen, wo er ihn hinstecken sollte ... Erst als die Sache mit dem Keller durch die Presse ging, hatte sich der betagte Herr an ihn gewandt. Bald waren sie auf Tamara zu sprechen gekommen, und es war eindeutig, dass Josef ein enormes Interesse hegte, seiner Angebeteten von einst zu begegnen. Während die beiden Wiedervereinten einander die Hände reichen, zieht sich der Klosterwirt für einen Augenblick zurück. Seit dem Sommer war ein solcher Betrieb, dass er kaum einmal zur Ruhe kam. Es wird nun endlich Zeit, selber einmal die neue Spezialität zu verkosten, die inzwischen die meisten Mahlzeiten in seinem Hause abschließt; und mit geübtem Schwung schenkt er sich ein Gläschen ein: vom wunderbar nach Obst und Sommersonne duftenden Maulbronner Eselswasser.

